Le Secret du Chef

Le Secret du Chef

Yves Lafont

LE SECRET DU CHEF

(Roman ou presque)

Faiblement illustré par l'auteur

Le S

© 2019, Lafont, Yves
Edition : Books on Demand,
12/14 rond-Point des Champs-Elysées, 75008 Paris
Impression : BoD - Books on Demand, Norderstedt, Allemagne
ISBN : 9782322134007
Dépôt légal : février 2019

Le Secret du Chef

Il y a toujours, dans un roman dit "à intrigue", un moment où le narrateur doit payer son écot à la vraisemblance, ce qui l'oblige à quitter son confort de démiurge gâté pour les contorsions pitoyables d'un contribuable remplissant sa feuille d'impôts.

Que le lecteur le lui pardonne !

Le Secret du Chef

A mon père, et à ceux de sa génération, Si loin, si proches.

Du même auteur :

Fragments et Bribes - 2001

L'Archipel des Andouilles et autres nouvelles - 2007

L'os du Toufoulkanthrope (Roman) - 2010

* * *

Remerciements particuliers à Ghislaine et Didier pour leur aide, ô combien patiente, et leur compréhension.

« Madame Forbach avait été mariée en 1860 au hobereau prussien von Forbach, un alcoolique collectionneur de virgules. Cette collection consistait à pointer le nombre de virgules contenues dans une édition de Dante. Le total n'était jamais le même. Il recommençait sans relâche. » *Raymond Radiguet – Le bal du Comte d'Orgel.*

Chapitre Unième

Garçon, un café !

Ai-je bien dit ces mots ? Non ! Je trouve étrange d'appeler « garçon » un type qui a vingt ans de plus que moi. De toute façon, j'ai rayé depuis longtemps « garçon » de mon vocabulaire et je dis :

« Un café, s'il vous plaît ! »

« Un café, s'il vous plaît ! » Tout simplement.

En attendant le café, j'ouvre le journal. Et là, radicalement, je débande. Les dernières nouvelles agissent toujours sur moi comme un flux d'eau glacé sur mes érections matinales. Comment peut-on persister à bander devant le spectacle du monde ? Et cela en dépit de l'état de *misère affective* où je me vois réduit, depuis un certain temps !

« Un café pour Monsieur ! Le « garçon » pose la tasse devant moi, de sa main libre, car l'autre main porte un plateau surchargé de porcelaine blanche et de pots au lait métalliques. Au bord de la soucoupe, il y a un sucre et un carré de chocolat dans un papier doré. Le « garçon » dépose encore un petit billet sur la table : deux euros, qu'il déchire, aussitôt mes pièces ramassées, avec une surprenante dextérité. Drôle de gymnastique…

J'ai pris l'habitude de boire le café du matin, au Beaubar, rue de la Carreterie, tout près du siège des *Editions Laenardt* où je travaille, depuis deux ans, si l'on veut bien appeler *travail* ce que l'on me demande de faire…

A gauche, pour la deuxième fois, je croise dans la glace le regard d'une jolie brunette assise à quelques pas. Tiens ! Ses yeux d'un bleu intense ont, en leur centre, une lueur violette, très particulière. Elle porte une robe de lainage, un foulard de cachemire rouge et deux immenses boucles d'oreilles sur lesquelles sont perchés des oiseaux exotiques. Sa bouche est petite, couleur cerise. Elle fume. « *Femme à krockeerrr comme du chockolaaaat !* », criaille à mon oreille l'esprit malin que je porte en moi comme un perroquet piailleur…
Au risque de paraître immodeste, il me faut avouer que la nature m'a doté d'une forme d'attraction particulière qui, d'ordinaire, ne laisse pas indifférentes mes congénères de sexe féminin[1].
Piiip, Piiip, Piiip… A l'attackkk!
« *-Veux-tu bien te taire, oiseau de malheur !* »

Précisons que le volatile est imaginaire et que je n'ai pas aujourd'hui l'esprit à jouer les pirates.
Encore une heure avant l'ouverture de *Laenardt Edition*. Rien qu'à songer à l'odeur des couloirs, mon estomac se noue. *Pouaâârck* ! De l'extérieur la *littérature* peut avoir bonne mine, d'un peu plus près, elle suinte la sueur et l'encre rance. Je sens contre mes jambes mon vieux cartable qui s'agite, animal fidèle, qui rappelle ses devoirs à son maître. Il me reste quelques pages à finir.

J'extirpe un livre du ventre de cuir sombre, et l'ouvre devant moi : *Ma bohème* d'Arthur Rimbaud. La nausée me

---

[1] On voit bien là tout l'intérêt du texte de fiction…

saisit en songeant au sacrilège que je vais accomplir. Je respire, achève mon café et me mets au *boulot.*

« *J'allais les poings dans mes poches CREVEES...* »

Clic, clac, clic, clac.

« A l'abordage ! Pas de quartier ! »

Monsieur Laenardt, mon actuel *patron*, est un homme de caractère. Il a beaucoup d'idées, en toutes choses, et d'abord en littérature. Et c'est pour cela qu'il me paye :

Cinq centimes la virgule

Dix pour un adjectif.

Vingt la page,

Et jusqu'à un euro pour un gros subjonctif !

Car tel est mon nouveau métier : je coupe et j'éradique, j'effeuille et déshabille, je dégaze et dégraisse, je tranche et sabre ! Je suis le petit hussard du *grand essorage des Lettres Françaises*. L'œuvre d'une vie : la collection *L'écrit sans fard*, dirigée par Ernest Laenardt, le *misanthropographe* !

« *Mon (unique) culotte avait un (large) trou.* »

« *Observez, Monsieur Ducalm, les effets de ce vers libéré de son obésité. Il vous parle ! Il vous invite au festin poétique, il est le fruit de la pensée que l'on cueille à sa source... Il chante juste... Il est solide, sans complaisance, net, sans afféterie. Me comprenez-vous, cher Monsieur ? Ma culotte avait un trou ! Est-ce clair ?*

Il n'est de littérature que maigre ! »

Ces fortes paroles remontaient à mon esprit tandis que s'accomplissait mon œuvre castratrice. Mon travail progressait lentement.

« Un autre café, s'il vous plaît ! »

Mais ce jour-là, j'avais bien d'autres choses en tête. La veille, Hélène m'avait envoyé une carte :

Quelques jours de repos mérité sur la Côte d'Azur. Temps splendide et couleurs d'Italie ! J'ai eu la visite d'Hubert et des torrents de commentaires ! Amitiés. Hélène.

J'avais été tout remué, gorge nouée, tournant et retournant la carte : champ d'olivier sur un fond de ciel bleu. Mes pensées jouaient la cavalcade. Se pouvait-il qu'elle m'ait pardonné ? Sinon, que pouvait signifier ce message ? Oui, je savais, Hélène avait l'indulgence facile, la générosité preste. Me sentir pardonné m'émouvait, mais je songeais : le pardon est un manque d'amour. Cela, déjà, je l'avais ressenti lorsqu'elle avait appris, pour Déborah et moi :

« *Je comprends, nos routes doivent se séparer... je te souhaite tout le bonheur du monde...* »

Je m'attendais à plus, à *mieux* : être le déversoir d'un torrent de reproches, de larmes, de rage. C'est moi qui crie : *Hélène !...* quand déjà ses cheveux flottent sur ses épaules et que claque la porte :

Clac, clac.

Il y a comme un remuement de parfum sur ma gauche. Bras tendus sur le fond du miroir, la femme rouge aux yeux violets est en train de remettre sa veste. Je crois voir s'envoler les ibis de ses boucles au velours de son col. Elle s'en va, indifférente... Après Rimbaud, Verlaine :

« *Elle a passé la (jeune) fille (vive) et (preste) comme un oiseau....* »

« *Piiip, Piiip, Piiip...Pfuiiiittt!* »
(Je te couperai le bec !)

A nouveau seul tandis que montent les rumeurs de la salle : conversations, bruits de cuillères et de vapeurs, *Chplouings* de billards électriques... Pourquoi parle-t-elle encore d'Hubert dans sa carte ? Ah oui, Hubert est un ami *de longue date*. SON meilleur ami, un *vieux frère*... Ils sont inséparables ! Combien de fois me l'a-t-elle répété ?

Halte les vieux démons ! Je dois me concentrer. Ma bohème. Le temps presse.

Inutile de me presser, j'arrive en avance, Place Saint-Pierre, comme toujours.

« Monsieur Laenardt m'attend... »

Edith, la secrétaire, soulève un pan de Plexiglas et me regarde à travers le guichet :

« Pas encore arrivé. Veuillez patienter dans la salle d'attente.»

Ces derniers mots ont le don de me faire sourire.

La pièce, à côté du bureau patronal, ressemble à un placard. Deux sièges fatigués, aux pieds d'aluminium, côtoient une petite table sur laquelle sont posées des revues que personne ne lit :

Le Chausseur Froncé... Elle est pas belle la vis ? (revue de bricolage)... *De Profondis*, (magazine funéraire), *Dudule : l'Habitat...*

Pas de fenêtre, mais une vue de la Sainte Victoire punaisée sur le mur.

Combien de temps vais-je étouffer ici ? Je dépose ma veste sur le second fauteuil. C'est l'image d'Hubert qui me vient à l'esprit. Il est assis rue Thiers dans le salon d'Hélène, vêtu de cuir, de pied en cape, dans une pose nonchalante, bottes très en avant sur le parquet ciré. Tout près de lui, il a posé son casque.

« *J'ai poussé le bourrin jusqu'à 225, ça passe ou ça casse. Putain !* »

Il ne dit pas exactement « putain », mais quelque chose qui ressemble à « putâân », s'étalant un peu davantage dans le fauteuil de cuir, les bras sur l'accoudoir, la mèche de cheveux châtain clair comme figée encore par l'élan de la motocyclette.

Hubert ? Qu'on se figure l'Hermès de Praxitèle descendu de son socle (je devrais dire son gros cube) et se mouvant avec une grâce *hellénique*.

« Hubert Beautalon, Félix Ducalm, tu sais, le copain qui écrit. »

Elle a bien dit : « *le copain qui écrit* ».

Poignée de main ferme et cordiale.

« Bonjour Félix, Hélène m'a parlé de toi, tu es écrivain n'est-ce pas ?

-Oh, c'est un bien grand mot ! Répliqué-je hypocritement, spontanément enclin à plus de sympathie.

Hubert sourit et caresse ses gants, l'air lointain.

Hélène tourne les yeux vers lui. Ils viennent d'échanger un regard entendu. C'est la première fois que je suis le témoin de leur dialogue à eux, sans le secours des mots. Je devine qu'elle a parlé de moi. Je lui en veux un peu.

A son propos, elle m'a dit :

« Tu verras, il est vraiment *exceptionnel*, il fait des tas de choses... »

Et c'est l'exacte vérité : Hubert enseigne, écrit, milite, philosophe... Mieux encore, il cherche !

« Qu'est-ce que tu cherches, Hubert ?

-Je cherche à définir ce que "chercher" veut dire.

-Et tu as trouvé quelque chose ?

-Pas encore ! Il faut d'abord s'entendre sur le sens de "trouver". Là, on s'occupe de mettre au point les bases d'un lexique commun aux phénomènes cognitifs... Simplifier le machin. C'est un bordel invraisemblable. Putâân !»

Moi :

« Tu l'as dit ! Ça a l'air compliqué, comme truc ! »
Lui :
« Compliqué ; je dirais complexe, ou mieux : *complexifié*, volontairement, par d'obscurs radoteurs ! Tu vois, Félix, la philo doit descendre de cette tour d'ivoire où certains l'ont hissée malgré elle. »
Ou bien encore, en d'autres occasions :
« La philo ! Putâân ! Elle avance avec une canne blanche et des lunettes noires ! »
Je le cite.
A nouveau, la mèche de cheveux remonte à ma mémoire, légère, aérienne, sans cesse redressée par le souffle ascendant de son propriétaire en un mouvement gracieux.
Un jour je n'y tiens plus, je finis par parler à Hélène :
« Hubert et toi, vous... »
Elle ne me laisse pas le temps de terminer la phrase et s'applique à produire un NON ! bien rond, ferme et définitif.
Et puis d'un ton où perce un peu d'agacement :
« Oh, ne te mets pas des idées dans la tête, lui et moi c'est quelque chose... quelque chose... tu aurais du mal à comprendre. »
« Bien sûr, je réponds, ça rassure ! »

Soudain, j'en ai assez, d'Hubert, d'Hélène et de ces vieilleries qui pèsent sur mon âme ! Je préfère encore reprendre le journal : horreurs, catastrophes, crimes et châtiments.
(...) Rubrique nécrologique : Enfin, un peu d'humanité !

« Le Chef célébrissime, Marcel Dagneau, plus connu sous le nom de Marcellus le Grand, est décédé hier soir d'un malaise cardiaque dans son hôtel, en Avignon. Avec sa mort c'est l'ensemble de la gastronomie française qui

se trouve plongée dans un deuil douloureux... Marcellus *avait gagné ses galons de Chef en puisant son inspiration dans le répertoire local, principalement provençal, excellant dans sa variante maritime, qu'il avait sublimée. Cuisinier atypique, Marcel Henri Dagneau avait su éviter les excès de la modernité, préférant s'en tenir à une sage tradition, non exempte de créativité. Ses quatre cocottes au Lèchemin, et la note de 38.89/40, record historique du W.C.I. (World Cooking Institute) l'avaient propulsé dans le cercle très fermé des plus grands. Adulé des gourmets et encensé par la critique, l'immense Marcellus, l'as de la casserole, l'incomparable virtuose du piano à vapeur, constituera pour la postérité une référence absolue dans le domaine culinaire. Son dernier restaurant, l'Ile Sonnante, en Avignon, était le passage obligé de ce que la planète compte d'amoureux de la table et de la bonne chère. Enfin, point d'orgue dans cette brillantissime carrière, son incomparable banquet du millénaire restera pour tous les initiés un sommet incontournable de la gastronomie...*

Je n'en crois pas mes yeux ! Je lis, je relis. Marcel Dagneau est mort ! Déjà !

« Enfin ! » me souffle une perfide voix.

Un peu plus loin :

« *L'hypothèse d'une mort naturelle a été retenue...* »

Je revois son visage avenant et sa rondeur joviale lors de notre première rencontre :

« *J'aime beaucoup ce que vous faites, j'ai lu votre livre trois fois, voulez-vous un cigare ?* »

Les souvenirs affluent :

Hôtel Champrenard, lors de notre dernière entrevue. Il est pâle, épuisé.

« *Le Chef, qu'on disait fatigué, à court d'inspiration, s'était ces derniers mois éloigné des fourneaux...* »

Ce jour-là, nous parlions, installés dans les grands fauteuils du salon. Je vois sa tête près de la mienne tandis que son haleine chargée d'alcool caresse mon visage. Il parle d'une voix monotone et sans timbre :

«L'heureu est biengtôt venue, Monsieur Ducalm ; bieng engtengdu, je ne vous livrerai ce secret qu'une fois achevé mong séjour ici-bas, et mong corps mis eng terreu.»

Un secret !

Sekkreeeet ! Sekkreeeet !

(*Je te barde à triple lardon, gibier de malheur !*)

Du bruit dans le couloir. La voix d'Edith la Secrétaire et des pas qui s'approchent de la salle d'attente. C'est Nicolas, le doyen des *jeunes poètes* que compte *la maison*. Il entrouvre la porte.

« Tiens, tu es là, Félix ?

-J'attendais le Patron.

-Du nouveau ?

-Pas vraiment. La chasse à l'adjectif ! La routine !

-Ah, je vois ! Safari lexical !

-Ta *«Bastide»* ?

-Elle s'endort sous le soleil, envahie de lézards ! »

Il se force à sourire :

« Mon *Haricot* aussi a cessé de grimper. Pauvres de nous ! Pauvres poètes ! »

Nicolas a les yeux fatigués, la voix lente, la moustache triste, et quelques cheveux blancs. Son dernier livre *pour la jeunesse* : « *Le Haricot Grimpant* », n'a pas atteint les cinq cents exemplaires.

« *Même les écoles primaires ne m'achètent plus rien !* »

Nicolas lève au ciel des yeux de chien battu.

J'ai appris, avant-hier, qu'il vient d'être papa. J'hésite à le féliciter tant je trouve cela ridicule et pour tout dire, immérité.

Nous nous regardons un moment, sans mot dire. Et il n'est rien de plus pesant que le silence de deux littérateurs.

« Monsieur Ducalm, le patron veut vous voir ! » Crie Edith à travers le couloir.

Je salue vaguement Nicolas, et je passe à côté.

Laenardt a la tête des mauvais jours, c'est-à-dire de tous les jours. Il roule dans ma direction une prunelle courroucée en me demandant de m'asseoir. J'obtempère.

« Sale temps pour la littérature ! »

Alfred Laenardt grommelle en pivotant sur son fauteuil, en quête d'un confort que, ni ses costumes étroits, ni ses cravates trop serrées, ni ses cols boutonnés ne lui permettent de trouver. Mécontent, il se fige dans une pose résignée, se saisit de l'un des crayons formant bouquet dans une boîte ovale et en considère la pointe avec une attention tendue. Il soupire :

« Vous avez les épreuves ? »

Je pose devant lui une chemise bleue : Arthur Rimbaud (deuxième partie), qu'il consulte, l'air ennuyé.

« Voyons…Quatre cent cinquante deux virgules et cent trente adjectifs… Je vous fais confiance… Hum, hum, cela nous fait… clac, clac, clac, clac…. 42 euros, soixante trois centimes…»

Il griffonne le chiffre sur un petit billet.

« C'est Edith qui vous les donnera.

-Merci Monsieur le Directeur. »

Je m'apprête à prendre congé, 42 euros, soixante trois centimes en poche.

Un crissement d'étoffe, comme un coup de poignard :

« Monsieur Ducalm ! Votre nouveau bouquin… Ça avance ? »

Une froide moiteur s'installe au creux de mes épaules.

« *Touchééé ! Croâaak, Croâaak !* »

(Je vais te rôtir à la broche !)

Mon *travail* ! Près d'un an que je le lui promets ! Plus de six mois que je n'ai rien écrit ! Pas une ligne ! Pas un mot ! Désert ! Trou noir ! Page blanche ! L'inspiration à marée basse, échouée sur la grève comme un vieux cachalot, toute sèche, comme un vieux chocolat ! C'est tout juste si je possède au fond de mes tiroirs un début de brouillon.

Alors, comme à l'accoutumée, j'improvise :

« Mais bien sûr, ça avance, quelques réglages encore, mais l'essentiel est fait. »

Et puis, soudain, l'article du journal me revient en mémoire ! Je pense à Marcellus, l'illustre Cuisinier qui vient de décéder, et bien sûr au secret prodigieux que, bientôt, je serai le seul à connaître, et je lance, euphorique :

« Et j'ai même trouvé le titre : *Le secret du Chef* ! Qu'en dites-vous, Monsieur Laenardt ? Croyez moi ça va faire du bruit ! »

Il ne semble pas m'écouter, tête baissée, plongée dans l'affûtage millimétré du crayon à papier. Une fine poussière noire colore le bureau sous l'entame chirurgicale d'un *cutter* minuscule aussi aiguisé qu'un rasoir. D'où je suis, je peux voir s'étaler l'étendue rosâtre d'une calvitie constellée de petites taches brunes, et soulignée, sur les étendues pariétales du crâne, de pilosités blanches et résiduelles. Au centre, près du front, une grosse ride, en forme de « V », traduit les efforts accomplis dans l'aiguisage du crayon à papier. Un instant, l'idée d'y enfoncer la mine, telle la pointe d'un épieu, dans la lettre de chair, me donne le pouvoir temporaire d'un Ulysse terrassant le cyclope…

Pendant qu'il réfléchit, je me revois un an plus tôt, assis sur cette même chaise. Devant moi, et comme rapetissé, mon manuscrit, *« Bastide au Crépuscule »,* roman autobiographique dans lequel je raconte ma vie dans la Drôme jusqu'à la disparition de mon père, repose piteusement sous un austère buste romain posé sur le bureau.

Monsieur Laenardt lance un regard plein de gravité vers la statue de bronze :

« *Jules César ! Félix Ducalm ! Jules César ! Avez-vous lu de bello gallico ? Ah quel style ! Rien de trop ! L'Équilibre ! Le Verbe à l'état pur, le cristal de la Conjugaison : Veni, vedi, vinci*¹. *Qu'ajouter ? Sublime ! Absolument sublime !* »

Et le voilà qui tortille du cou, le col de la chemise dans sa chair rouge, épais, tranchant comme un glaive textile.

Puis saisissant du bout des doigts mon manuscrit :

« *Il y a là quelques passages qui ne manquent pas d'un certain intérêt, quelques portraits dressés avec un début de talent, la forme juvénile d'un lyrisme qui plaît.* »

Il tapote de son crayon la couverture du dossier :

« *Le dernier chapitre, vous voyez, quand vous parlez de votre père...Eh bien, disons... c'est assez réussi...* »

Il soupire :

« *Mais si gras !* »

Je tends l'oreille.

Il explique :

« *Gras ! Bavard ! Compliqué !... Ces retours en arrière qui donnent le vertige... Tortueux, biscornu ! Des passés simples ! Des imparfaits du subjonctif ! (Vigoureusement, il se frotte les manches) Et puis ces adjectifs... Ces adjectifs ! Connaissez-vous cette phrase de Giraudoux : Quand les adjectifs sortent du mot, c'est que le mot vogue à sa perte. Les adjectifs ! Les adjectifs !* »

Ses mains velues s'agitent, comme souillées des dernières paroles.

Je m'étonne. Il reprend, l'index pointé tel un fusil :

---

[1] « Je suis venu, j'ai vu, et, je dois le reconnaître, j'ai eu pas mal de cul!» - Les vraies paroles de César au Sénat - (Registre des citations latines – BNF - 1937)

-Voulez-vous un exemple ? La page 39 : Le puits profond près de la grange. C'est cela, n'est-ce pas ?
Il grimace :
Permettez-moi de vous poser cette question : connaissez-vous des puits qui ne soient pas profonds ? »
Puis il reprend, l'œil en coin, un vague sourire aux lèvres :
« *Des puits qui manquent d'une profondeur, disons, élémentaire ?*
Laenardt m'agace, pour la première fois. Il n'aurait pu choisir un plus mauvais exemple. Je puis le proclamer à la face du monde : à la *Bastide,* le puits dépasse largement une profondeur ordinaire :
« A la Bastide, le puits dépasse largement une profondeur ordinaire ! »
« *Quand on arrive à la Bastide par la Montagne de Barry et les collines du Bousqueyras,* on voit d'abord le puits, profond, se dessiner sinistrement près de la grange. *Ses vieux agrès rouillés, grinçant au vent, évoquent une antique potence. Depuis des siècles, il plonge, interminablement, dans le cœur de la roche.*

A jamais disparu ce qui choit dans ce gouffre sans fond !

Jadis, on y jeta, vivants, des brigands et quelques hérétiques. Parfois, les nuits d'hiver, son haleine s'exhale en un souffle glacé, et l'oreille perçoit un murmure de plainte. Combien de fois sa bouche humide et noire a hanté mon esprit et envahi mes nuits ? Combien de fois ai-je voulu comprendre son horrible attraction, éprouvé dans ma chair l'effroyable descente ? »
Un exemple parfait de ce qu'il n'aime pas !
Pourtant, il se tortille et se gratte le front :
« *Bien entendu, il faudra faire quelques ajustements... Edith vous donnera les papiers nécessaires.*

Veni, vedi, vinci!
Jules César me ramène à la réalité.
Un an déjà !

*　*　*

« Il y en a qui ne se sont saoulé qu'une fois, mais elle leur a duré toute la vie. » G. Debord (Panégyrique), citant Balthazar Gracian.

Chapitre Second (et non secondaire)

C'est gagné ! Le patron m'a renouvelé sa confiance !

Le vent de novembre et la hâte d'écrire m'ont ramené chez moi. La mort de Marcellus me donne la matière de mon nouveau roman.

« Bonjour Annie ! »

Annie Réglisse est ma propriétaire, depuis que j'ai quitté l'appartement d'Hélène. Elle fait une réussite. Elle n'a rien entendu.

Bravo ! Mademoiselle Dolly Prane, qui habite Saint-Thol, dans le Médoc, vient de gagner cette magnifique boîte à pilules...

C'est la télévision : toujours les mêmes âneries, qu'elle adore.

D'où je suis, je guette la nuque de mon hôtesse, appréhendant d'y découvrir une raideur suspecte, une ride d'accusation muette... Mais non, la tête reste droite, souple, indifférente encore aux trois mois de loyer impayés. Sans m'attarder, je me dirige silencieusement vers ma chambre.

« Bonjour Félix ! »

Je sursaute !

« Il ne fait pas chaud aujourd'hui ! Chez vous, j'ai *monté* le chauffage !

C'est très aimable de votre part, Annie ! » Dis-je, sincèrement touché par cette marque inespérée de générosité.

La pièce que j'occupe, et que, dans mon for intérieur, je nomme « la grotte », a son plancher au-dessous du niveau de la rue, ce qui, à tort, lui vaut d'être qualifiée d'*entresol*. Le trottoir construit sur le rebord de l'ancien forum de la ville romaine, coupe à mi hauteur la fenêtre, ce qui permet d'apercevoir parfois quelques jolis mollets. L'ouverture est si basse que deux chiens qui se suivent font un animal à huit pattes.

Description[1] :

Outre le lit qui *prend* l'essentiel de l'espace, on voit encore une armoire à glace, aux moulures florales, une petite table en bois qui me sert de bureau, une étagère suspendue contenant quelques bibelots disparates : marquise de coquillages, chaton en verre de Murano, deux romans d'amour de Charlotte Lobster, ainsi qu'un étonnant volume : *Histoire de la Métempsycose*, d'Yvon Cané, aux éditions du Chrysanthème. Sur les murs, peints en blanc, un crucifix en bois, de style byzantin, une reproduction du Douanier Rousseau, ainsi qu'une copie de bas-relief aux signes hiéroglyphiques représentant un sacrifice humain.

« C'est ma fille qui les a accrochés.» M'a dit un jour la propriétaire.

Sur le sol, un carton de livres, jamais rouvert. Tout ce que je possède !

Au travail ! Au travail ! Je n'y tiens plus ; je sors du tiroir de la petite table un épais cahier vert.

LE SECRET DU CHEF
Avant-propos
Les surprenantes révélations contenues dans ce livre tiennent à l'amitié que le Grand Marcellus a eu la bonté de me manifester peu avant ses ultimes instants. Le très éminent cuisinier, ce maître incontesté de l'art culinaire mondial, ce Poséidon de la bouillabaisse, ce Bonaparte du

---

[1] Comme le disait une sage femme (de lettres), la description constitue le liquide amniotique de la substance narrative.

bœuf Marengo, cet Alexandre de la macédoine, ce Mozart de la mozzarelle, y livre l'un des secrets les mieux gardés de la Gastronomie...

Je repose la plume, mécontent... Une fois encore j'ai succombé au jeu de mots facile : mauvaise blague de bazar, vanne de superette, calembour de discount ! Si Laenardt voyait ça !...

L'étendue vierge des pages entassées me donne le vertige. Le stylographe en main, je scrute l'horizon des lettres et des arts tel un conquistador qui attend son bateau...

Mais le bateau a beaucoup de retard !

On gratte à la porte !
Entrez !
« C'est moi ! » Dit Annie Réglisse.
Derrière elle, encore la télé ! Le grand jeu du « *devinez où ?* » par la sémillante Isabella Oléoléar, dont le décolleté sort du téléviseur. *Clap, clap, clap...*

Il n'est pas donné : le Cher !
Une cité mortelle : Cannes !
Un endroit plein de trous : la Creuse !
On y marchande tout le temps : la Chine !
Elle est laborieuse : la Marne !
Le poil y pousse abondamment : Menton !
On y fait sauter les bouchons : Liège !
C'est la capitale du jeu : Paris !
On y court vite : La Thrace !
On n'y est pas sérieux : Vannes !
On s'y lève tôt...

« J'ai préparé du chocolat, avec ce froid... »
Annie m'apporte un bol fumant et des tartines.

« Encore en train d'écrire ? Oh, Mon pauvre mari, il était comme vous. Croyez-moi, il en savait des choses !

-Oui, dis-je, poliment, Monsieur Réglisse nous a laissé une œuvre… vraiment *originale*. »

L'Aube ! On s'y lève de bonne heure, bien sûr ! Madame Laureiller vient de gagner un réveil électrique ! Clap, clap, clap…

Annie m'a montré, un mois plus tôt, un fort volume rempli de formules absconses :

« Sachant qu'il est inconcevable que rien n'existe entre deux objets de natures distinctes, nous devons convenir que l'essentiel de l'espace que forme l'univers est occupé par un état de la matière qui nous est inconnu : l'Etat Gada, ou Force Interstitielle. »

On voit encore sur des cahiers en formes de grimoires quelques schémas complexes dont l'un porte cette légende : *machine à sillonner le Temps !*

Ambitieux, tout de même, le père Réglisse !

« Il a écrit tout ça, le pauvre, ajoute-t-elle, deux ans a peine avant de nous quitter, (regard au ciel) je le revois encore !

-Vraiment intéressant, consens-je, J'ai des amis dans l'Edition qui trouveraient qu'il y a là des potentialités… »

Les yeux mouillés, elle me tend les tartines

« Allez, je vous laisse, je vois que vous êtes occupé… »

Je suis ému de tant de gentillesse. J'en oublierais presque « la grotte », le bruit des pas sur le trottoir, la télévision et ma condition de personnage dostoïevskien.

C'est le Département préféré des Dentistes…

Les bouches du Rhône ! Ah ! Ah !

Monsieur Max Hilaire, gagne un magnifique fauteuil à roulettes !

Seul encore. Le vide au fond du cœur. Je pense à la fille du bar, et puis à Hélène, bien sûr. Je donnerais tout Verlaine pour un instant d'amour[1] !

Presque inconsciemment, j'ai sorti de ma poche la carte reçue le matin, que je contemple le cœur lourd : les troncs noueux des oliviers s'inscrivent avec un relief saisissant sur l'ocre desséché de la terre, tandis que les rameaux, couverts de leurs feuilles d'argent, dansent au vent...

Un vrai paysage de carte postale ! Me dis-je, avant de me rendre compte qu'effectivement je regarde une carte postale.

La mélancolie rend poète.

Poêt, poêt !

Je me demande encore :

« Pourquoi m'a-t-elle envoyé cette carte ? »

Et je sens des larmes se former au creux de mes paupières.

A qui la faute si Hélène est partie ? Je suis coupable, le SEUL coupable !

Inexorablement les heures qui s'écoulent me ramènent à ma peine. Le cahier vert semble me regarder avec un air mauvais.

Impérativement, j'ai besoin de sortir, sentir l'air frais sur mon visage.

Dans le salon, Annie regarde *« Le Mot Juste »*, qu'elle ne rate jamais :

Arbre originaire d'Asie Mineure, de la famille des oléacées. Les Grecs m'appelaient Phénix parce que je renais toujours de ma souche. Je produits des fruits de couleur verte ou noire...

...*OLIVIER ! OLIVIER !* Crions-nous en chœur.

---

[1] Et la moitié de Gérard de Nerval par-dessus le marché !

« Quatorze points ! Exulte Annie. Je suis troisième ! »

Au même instant, je sens bondir mon cœur dans ma poitrine. *« Qui renaît toujours de sa souche ! »* Maintenant je comprends le message contenu dans la carte d'Hélène : l'olivier ! L'olivier qui renaît de sa souche, l'olivier, notre amour...

« Prenez garde à l'engrenage du lyrisme, Monsieur Ducalm, on y plonge le bout de sa plume et l'on se retrouve envahi de pensées mortifères. »

Laenardt a peut-être raison, je dois me ressaisir...

Me voici rue Pontmartin, devant le portail hermétique de l'hôtel Champrenard dont la construction entreprise par le Cardinal Geoffroy de Bonnefigue, surintendant du pape Benoît XII, remonte, dans ses parties les plus anciennes, au début du quatorzième siècle. La majestueuse façade garnie de fenêtres à meneaux, d'époque renaissance, se dresse noblement vers le ciel. Juste à coté, une petite porte par laquelle je pénètre dans la cour intérieure. Au fond, à gauche, sous un auvent galonné d'or, on a placé un catafalque.

Dessus, un gros cahier recouvert de cuir noir :

A MARCELLVS, LE ROI DES CVISINIERS,
I N MEMORIAM

On peut y lire quelques pensées ultimes en forme d'épitaphes :

Dagneau, tes côtelettes, resteront immortelles !

Tu nous quittes trop tôt, juste avant le dessert !

Notre appétit est aujourd'hui en deuil !

Voilà ce qui s'appelle un dîner aux chandelles !

*Qui dira, oh le meilleur des hôtes,
Ce que ton départ, à nos papilles, ôte ?*

*A ta santé, je bois un dernier pot,
Ô feu mon joyeux camarade.*

Dans un coin de la cour, deux touristes, tels des Nippons nippés, nantis de luxueux bagages signés Louis Vuitton, ont saisi l'occasion pour visiter les lieux et se photographier. Ils sont serrés l'un contre l'autre et l'haleine de leurs deux bouches se confond dans la même buée.
Monsieur Ducalm ! Monsieur Ducalm !
On me hèle ! J'aperçois la silhouette noire de Donatien, le *majordome*, là-bas près de la loge.
Il s'approche de moi :
« Je suis content que vous soyez venu, voyez ce que nous sommes ! » Du pommeau de sa canne, il désigne le sinistre édicule.
« Bien peu de choses ! Dis-je, d'un ton de circonstance.
-Si vous voulez me suivre... pour une dernière visite... avant la mise en bière... »
Une pensée terrible me traverse l'esprit : *Buffet froid, maintenant* !
Je tremble et j'obéis.
Nous gravissons, silencieux, le grand escalier de l'hôtel, chef d'œuvre d'architecture et de ferronnerie. Les vitraux des hautes fenêtres, décorées de scènes de festins, laissent passer le vent.
« J'ai coupé le chauffage, pour préserver le corps. »
Ultime dévouement !
Donatien me cède le passage devant la chambre funéraire, abondamment fleurie, qu'illuminent des cierges. Mar-

cellus est impressionnant, immense ! La mort lui confère une dimension presque surnaturelle. Il porte l'habit de Chef, d'un blanc immaculé, et sur la tête, la grande toque d'apparat. Son visage, pâle, et ses mains potelées reposant mollement sur la rondeur du ventre, semblent coulés dans du foie gras. Je perçois, près de moi, le bruit étouffé d'une porte qu'on ouvre : c'est Donatien qui sort, un bouquet à la main.

Seul ! Je regarde Marcel avec plus d'attention. Ce qui me frappe, c'est la sérénité absolue du visage. Rien ne persiste des tensions du passé, des peurs, des interrogations... Est-ce la lueur des chandelles ? L'odeur enivrante des fleurs ? Je crois voir un sourire de connivence aux commissures de ses lèvres, un sourire qui dit : « Rappelle-toi ce que tu m'as promis ! » Doucement, je pose une main sur la sienne, froide comme du marbre...

« C'est... c'est que l'eau gèle avec ce temps ! Regardez-moi ces roses ! »

Le majordome est de retour, ma visite s'achève.

« A-t-il encore de la famille ? » M'enquiers-je tandis que nous descendons prestement l'escalier.

« Deux vieilles tantes du côté de Marseille, et un cousin germain dont on est sans nouvelles depuis plus de vingt ans. »

Je hoche la tête : « On dit que la fortune est... »

Il lève son regard vers le ciel :

« Considérable ! Bien plus qu'on ne le pense ! Il ébauche un début de sourire - Une sacrée galette ! »

Puis il dit à voix basse :

« Un peu avant sa mort, Monsieur s'est longuement entretenu avec Maître Garel... J'ai cru comprendre qu'une partie des biens irait à une institution pour *chefs nécessiteux*... Le restaurant devrait être vendu, et cet hôtel aussi... »

Nous sommes à nouveau devant l'entrée cloutée qui donne sur la rue. Les deux touristes japonais se photographient en riant devant le catafalque.

Donatien se tient très droit près de la porte :

« Les obsèques auront lieu demain, au cimetière d'Avignon, la messe sera dite en l'église des Carmes, à dix heures… »

-J'y serai ! » Affirmé-je, en lui tendant la main.

-Monsieur Ducalm ! »

Il se racle la gorge en appuyant les paumes sur sa canne :

« Monsieur a laissé une lettre pour vous. Autant que je sache, elle se trouve chez Maître Garel qui vous la remettra. »

Mon cœur se met à battre. Je ne sais que *répondre. Donatien connaît-il le secret ? Je n'ose* demander.

Il poursuit :

« Je tiens à ce que vous sachiez… Le défunt avait pour vous une grande affection… et aussi de l'admiration… Il appréciait votre travail… votre talent… Il aurait tant voulu être poète ! Alors… si un jour… eh bien… vous parlez de lui dans l'un de vos ouvrages…

-Bien entendu, dis-je avec émotion, je ne manquerai pas d'honorer sa mémoire… »

Que sait le Majordome ? Que vais-je apprendre ?

Peu importe. La tête me tourne. J'ai envie de sortir, de respirer l'air pur.

Croäck ! Croäck !

La nuit s'est installée, subitement. La rue se perd dans un brouillard opaque que, seuls, de place en place, les halos troubles des réverbères cherchent vainement à percer. L'air est rempli de masses vaporeuses. Les pas crissent sur les trottoirs glissants. Le froid est insupportable.

Rue des Teinturiers, décorée de guirlandes, je rentre en hâte dans un petit bistrot :

Le Tambour Battant
Restauration extrêmement *rapide.*

La chaleur est aussi vive que les conversations. Je ne sens plus mes doigts. Bref coup d'œil à la carte :

Café Expresso - Sandwich Coup de Vent - Eclair au chocolat - Pommes Vapeur,- Coupe TGV - Citron Pressé...

« Une *Tequila Rapido*, s'il vous plaît ! » commandé-je, en me dépêchant.

-Ça vient, ça vient, me répond le garçon, y'a pas l'feu !»

C'est un comble !

D'autres clients font leur entrée... Richesse de la langue française :

« *On se caille les miches... On se pèle le jonc... On se gèle les c... »*

Et même, un Antillais, excessif, à la mode des îles :

« *On se les giveu, les ananas... »*

La Téquila me réchauffe. J'en commande une autre.

Une femme au comptoir :

« Je n'ai pas envoyé la petite à l'école, elle toussait tellement. »

L'école ! Je revois Hélène au collège quand je l'ai rencontrée pour la première fois. Depuis le matin, sans l'avouer, je pense à elle, recroquevillé dans la douleur amère de l'absence.

« *Ne cherche pas à me revoir, Félix, ça ne sert à rien de se faire du mal, puisque entre nous c'est impossible... clac clac clac...»*

-Elle ne veut plus de vous ! Oubliez tout cela ! Ah, ah, ah !»

La voix est grave, chaleureuse. Le type près de moi, un *Africain*, habillé d'un manteau à grand col de fourrure, se présente en ces termes :

-Maître Oukouni M'Biya, parapsychologue et griot à ses heures. Ah Ah ! Il me tend une petite carte :

> *Son Excellence Oukouni*
> *Voit tout et guérit tout.*
> *Consultation sur rendez-vous.*
> *Discrétion assurée.*

-Ça alors ! Vous savez lire dans les pensées, Monsieur Oukouni, constaté-je avec étonnement !

-Pas difficile, en voyant votre tête ! Chagrin d'amour... Du doigt, il désigne mon front : c'est écrit là, en rides majuscules !

-Vous touchez juste, on ne peut vraiment rien vous cacher Monsieur Oukouni... je veux dire : *Excellence* !

-Ah Ah Ah ! Vous me plaisez, jeune homme ! Oukouni peut tout arranger... Divination, Voyance, Maraboutisme, Vaudou, Magie noire... sans jeu de mots ! Vous ne pouvez imaginer tout ce que je peux faire...

-Malheureusement, vous perdez votre temps, tel que vous me voyez, je bois mes derniers sous....

-Qui vous parle d'argent ? Venez me voir, n'oubliez pas... En attendant, restez tranquille... Ne tentez rien... A la prochaine... Ah ! Ah ! »

Deux cAAAfés, une vEErvEEIne, un GROOOg !

« La même chose, s'il vous plaît ! »

Et une TeQuilAAA pour le monsieur pressé !

A peine gonflé, le garçon!

« ...elle s'est cassé le col du fémur en glissant dans la rue. *La pauvre femme!* A quatre-vingt-douze ans, elle le levait, *le coude ! Le coude ? Oh oui... Et la jambe, parbleu ! Pas de chance ! »*

« C'est la première fois que tu viens par ici ? »
On m'apostrophe encore... Je dois avoir le look d'une célébrité !
L'homme est grand, mince, frisé, le visage en *lame de couteau* si long et si fin que, de face, il est presque invisible. Du côté droit un éternel sourire s'ouvre sur d'immenses dents blanches, du côté gauche, contre la joue près de toucher l'épaule, un *portable* paraît se maintenir tout seul, *scotché* à son oreille.
Je me sens las. Pas envie de répondre. Je détourne la tête.
Côté Portable, j'entends une voix qui demande :
« *...T'aurais pas un p'tit bout... j'te rappell' tout à l'heure...* » Côté bouche, l'homme à tête de Laguiole continue à m'entretenir, large sourire aux lèvres :
-Allé, fini ton verre... Eh, Tim, tu nous r'met ça, s'teuplaît... »
Je ne peux refuser. Le patron, Tim, un grand blond chevelu, façon pop star de la fin des sixties, a déjà le goulot dans mon verre.
-G entendu, kan tu diskuT avec Oukouni, touta leur, dit le lamelliforme, tu cherch du boulo ? »
Je déglutis avec un certain embarras. J'ai beau me raisonner, le mot *boulot* suscite toujours en moi un réflexe autistique.
Cela ne décourage pas mon interlocuteur :
-Ekoute Mek, avek les teufs de NoëL ki approchent, y'a d'la tune à graT... On fait ékipe à 2... J'suis l'fotograf... et toi t'attire les gosses...
-Quoi ? Tu veux dire...

-Père Noël ! T'as trouV Kamarade ? En kèlke jours à peine, on s'fait D boules en or ! »

Tuuiiiit (le portale) :

« *No broblem, frèro, Mais t'as pas dit pour kombien k't'en voulais...* »

Père Noël ? Je suis surpris par la proposition. Les traditions, pour moi, c'est de l'histoire ancienne. Et puis les mômes, sous toutes les formes, je n'en fais pas des folies.

Prudemment :

« Eh bien, heu… En ce moment, j'ai un autre projet… pour un livre… »

Le profil droit s'aiguise :

« Pas possible ! Encore 1 ki ékrit D boukins ! Vous aV tous le teston ki Démange ? Moi, C pas mon kif 2 me prendre le chou… Et pourtant avek c'ke GVQ, j'en ai D truks à rakonT ! Seul'ment voilà, j'M pas m'étaler ; J'suis pudik…!

Driiinng !...

Allé, Mek, D fois k'tu chang' d'avis, 2mande Hamid ! Tout l'monde me konnaît dans l'kartier… »

Hamid s'éloigne, le portable à l'oreille :

« *OK, Bogos, j't'en mets pour 30 €...* »

Un CHOCOlAAAT, Un thEEE, un Demiii, Un CAAlvAAA ! ! !

A nouveau seul, perdu dans mes pensées.

« Et Une TeQuilAAA!!!, Tenez ! C'est l'patron qui paye sa tournée !

Les vitres se sont couvertes d'une épaisse buée, tout comme mon esprit de confuses pensées. Je tente de fixer, dans mon souvenir, le visage d'Hélène, le sourire d'Hélène, la peau d'Hélène, les seins d'Hélène ! Les jolis seins d'Hélène !

Kroââackkk !

Et c'est la brume qui les recouvre. Les traits s'estompent dans des vapeurs d'alcool et se dissolvent dans la moiteur du bar. Par bouffées, d'amères réminiscences *d'histoire ancienne* envahissent ma tête.

Machinalement, j'ai sorti mon portable, j'appelle malgré moi :

« Hélène ?

-Oui ? »

Le son de sa voix me plonge dans un océan d'émotions qui me laissent muet.

Craquement, crispation :

« Ecoute, Félix, on a déjà beaucoup parlé... Alors...

-Je sais, Hélène... attends, je voulais juste t'avertir, Marcellus... le Chef... il est mort... ça me fait de la peine.

-Oui, j'ai entendu ça, à la radio, hier soir... moi aussi, ça m'a fait de la peine... c'était un homme bon, généreux... et fidèle ! C'est plutôt rare de nos jours ! ... J'ai des copies à corriger, il est tard et...

-Hélène ! »

Soupir.

« Je vais commencer un bouquin.

-Bonne idée, Félix... Mais...

-Avec Marcellus justement... Il va me confier un secret... Une lettre... Chez un notaire...Le secret de sa vie... Ou plutôt de sa mort... Tu verras, ça va faire un carton...

-Oui, d'accord, on en reparlera... je veux dire : peut-être... Il faut que je te laisse... Je ne voudrais pas réveiller Béatrice...

-Hélène ! »

Je me crispe sur l'appareil, les mains moites, le front envahi de sueur, je hurle presque :

« L'olivier !...Les Grecs ! Le phénix qui renaît de sa souche... L'oléacée... L'oléacée...

-Mais, qu'est-ce que tu racontes ?

-La carte postale, Hélène... tu sais... Le symbole de notre amour... je l'ai trouvé dans l'émission « *Le Juste Mot* »... avec Annie Réglisse... »

Les paroles me viennent avec difficulté, tout se mélange dans ma tête, une boule aigre s'est formée dans mon ventre ; je vacille et m'accroche au comptoir... loin, très loin, j'entends une voix lasse murmurer, comme pour elle même :

« Adieu, Félix ! »

* * *

« Magique enfin l'amour, et la haine, qui impriment dans nos cerveaux l'image d'un être par lequel nous consentons à nous laisser hanter. » (Marguerite Yourcenar. L'œuvre au noir.)

Chapitre tiers

Hélène, je l'ai rencontrée un peu après la parution de « la Bastide au Crépuscule », aux éditions Laenardt, dans une collection « pour la jeunesse », fortement expurgée, édulcorée, moralisante, où les coquilles se comptaient par douzaines.

« *Monsieur Ducalm, il y a une lettre pour vous.* » m'avait annoncé Edith, la secrétaire.

Cher Monsieur,
Professeur de lettres au Collège les Vignes d'Arès de V**, j'envisage de proposer à mes élèves de troisième l'étude de votre roman « Bastide au Crépuscule », une œuvre, qu'à titre personnel j'ai beaucoup appréciée, tant pour ses incontestables qualités didactiques que pour sa remarquable justesse d'écriture....

Elle me priait aussi de bien vouloir « intervenir » dans le cadre d'un *« projet de rencontre »* afin d'apporter à ses jeunes lecteurs l'éclairage précieux de l'auteur sur son œuvre.
La lettre était signée : Hélène Lessabaud.

PS : Le montant des sommes allouées au titre d'intervenant extérieur par l'Académie et le Foyer du Collège est de 130€, payable par l'Etablissement.

« Et, en plus, c'est vingt cinq exemplaires vendus ! » avait sobrement commenté Laenardt.

La *Bastide* bénéficiait d'une conjoncture tout à fait favorable. Les hautes sphères pédagogiques venaient d'inclure au programme des classes de troisième l'étude obligatoire d'une œuvre autobiographique d'expression française, des XIXème ou XXème siècles. Les malheureux professeurs de Lettres, soudainement projetés aux pieds d'immenses monuments funéraires tels *« Les mémoires d'outre tombe »* ou *« La recherche du temps perdu »*, s'étaient prestement rabattus sur des œuvres de moindre ampleur et faciles d'accès. Pain béni pour le poète obscur ! Revanche des petits stylos sur les grandes plumes !

Elle avait dit : *« Justesse d'écriture »* : ces mots seuls suffisaient à me rendre Hélène Lessabaud sympathique, très sympathique.

Je suis au collège *Les Vignes d'Arès,* de V**, Vaucluse, vaste quadrilatère grillagé, qui déploie, au sud de la petite ville, ses mornes bâtiments de béton orangé.
Croak croak croak croak croak !
Croak croak croak croak croak !
C'est le linoléum des sols qui crisse sous mes pas. Longs couloirs badigeonnés de rose, percés de portes numérotées. Cela provoque en moi un tournis nauséeux.
Secrétariat du Principal Adjoint :
« Madame Lessabaud, salle 237, deuxième étage, à droite…. Attendez, vous êtes… Monsieur Ducalm ? Ah oui ! On vous attend au C.D.I, dernière porte à gauche.
Croak croak croak croak croak !
Le C.D.I. (Centre de Documentation et d'Information) est une vaste salle meublée d'étagères multicolores garnies de livres. Au centre, quelques tables, autour desquelles

s'activent des élèves. Le mur du fond est orné d'une fresque représentant des feuilles de salades, montées sur pattes, portant des inscriptions, dites *cunéiformes*. Elle est signée : *En marche vers l'écriture, classe de 6^{ème}8. 1996.*

Mon malaise s'accroît.

Sur ma gauche, près d'un ordinateur, une femme est assise :

« Bonjour ?

-Je suis Félix Ducalm.... Le... L'auteur... J'ai rendez-vous avec Madame Lessabaud...

-Ah, oui ! Monsieur Ducalm... Soyez le bienvenu ; Hélène est encore dans sa salle, elle ne va pas tarder... Je suis Bernadette, la *documentaliste*, et j'ai lu votre livre... émouvant, le récit, et beaucoup de... de justesse dans l'écriture ! Asseyez-vous, ce ne sera pas long. »

Sympathique aussi, la documentaliste ! Je formule quelques remerciements et m'installe tout au fond de la salle.

GRIIIIIIIIIINNNNNNNNNGGGGGG !

La sonnerie me vrille les tympans.

Aussitôt, c'est comme un tourbillon, un maelström de jeunesse et d'odeurs. Des élèves sortent en trombes, d'autres font irruption violemment dans la salle.

« Déposez vos cartables près de l'entrée ; et en silence, s'il vous plaît ! »

Tout le monde se contrefiche des recommandations. C'est à qui s'assiéra le premier.

Intense brouhaha.

« J'envoie en *permanence* le premier qui bavarde ! »
Silence relatif.

Je suis tendu, nerveux, des réminiscences scolaires me nouent les intestins...

« Les troisièmes, au fond de la salle, en vitesse...

Bonjour Hélène, Monsieur Ducalm est déjà arrivé... »
La voici devant moi.

Elle est jeune, plus que je ne pensais, plutôt petite, très brune avec de grands yeux noirs, tout ronds et pleins d'intelligence. Son teint est frais, sa peau mate et lisse. Spontanément, l'ensemble de sa physionomie me paraît agréable, joli, désirable. Elle porte un pull de laine, couleur prune, et sous lequel pointent de jolis seins, fermes et gracieux.

« Soyez le bienvenu, Monsieur Ducalm, dit-elle en me tendant la main, enchantée de vous voir. »

Les jolis seins pointent vers les élèves :

« Je vous présente l'auteur de *La Bastide* ... »

Je suis cerné de paires d'yeux, curieux, bienveillants ou hostiles... Désespérément, je cherche à dire quelque chose.

Le professeur me vient en aide :

Si Monsieur Ducalm nous a fait l'amabilité de venir...c'est pour répondre à toutes vos questions...

[« *C'est étrange quand je t'ai vu... Je n'ai pas été surprise. Je te voyais peut-être plus âgé, plus mûr... Tu étais tellement maladroit, j'avais envie de rire...*»]

Un jeune homme au visage enfantin et coiffé d'une houppette blonde lève timidement le doigt.

« *Pour quelles raisons choisit-on d'écrire une autobiographie, de raconter sa vie ?* »

Je suis tout de suite plongé dans le vif du sujet. Je m'apprête à répondre, quand, tout à coup, les mots me manquent et se dérobent. En un instant, je me retrouve dans le creuset terrifiant de l'Ecole. J'aurais dû m'y attendre, me préparer à ces questions. Au lieu de ça, je reste là, muet, pris de court comme un cancre qui n'a pas révisé sa leçon.

Tout près de moi des chaises craquent et me ramènent à la réalité. Je lâche d'une voix sourde :

« Parler de soi ? Hélas, je crains que le choix autobiographique ne propose qu'une réécriture révisionniste de son propre destin ! »

C'est une phrase que j'ai écrite dans mon journal, un jour de découragement.

Chuchotis et toussotements.

« Y a-t-il une autre question ? »

C'est le tour d'une jeune fille, aux tresses rouges.

« Quelfs écrifains fous font le pluf féduit parmi feux que fous afez lu ? »

(Elle a un piercing sur la langue)

« Je ... je... »

Cette question, pourtant facile, me plonge encore dans la perplexité. Une interminable liste de noms défile dans ma tête comme un long générique de film, sans que mon esprit ne puisse en saisir un... Le temps passe. Je m'enfonce inexorablement dans un mutisme obtus...

« Dans votre ouvrage, vous citez Baudelaire... »

La voix claire d'Hélène Lessabaud me tire de nouveau vers la réalité.

« Baudelaire, oui, bien sûr ! Je l'aimais beaucoup, lorsque j'avais votre âge... Cette ampleur formidable... Ce goût pour le sublime... Mais maintenant... Les *divans profonds*, les *gouffres amers* et les *longs corbillards*... Tous ces adjectifs ! Vous voyez... Ca finit par des indigestions ! »

Qu'est-ce qui me prend ? Je suis en train de jouer les Laenardt ! Son esprit sarcastique, fielleux, s'infiltre en moi, contre ma volonté. Mécontent de moi-même, je m'entends dire :

« César ! Jules César ! *Ah quel style ! Vedi, veni, vinci, avez-vous lu* de Bello Gallico ? *Le verbe à l'état pur, le cristal de la conjugaison... AH AH AH ! »*

On me regarde avec étonnement. J'ai mal au ventre, envie de quitter la salle.

[« *Quelle mine tu faisais, là, tout seul ! C'est parfois terrible la solitude devant le groupe...*]

Une autre jeune fille, tout habillée de noir, déchiffre péniblement des notes chiffonnées :

« *Un journaliste vous a qualifié de* Giono du Tricastin. (C'est Laenardt qui a écrit cela ; le régionalisme, ça fait vendre, dit-il !) Vous sentez-vous le dépositaire d'une identité culturelle ?

Je me concentre cette fois ; c'est mon ultime chance de ne pas décevoir Hélène Lessabaud :

« J'aime le Tricastin, affirmé-je, la voix pleine de conviction, il faut le voir sous le ciel que la pluie a lavé... J'aime la roche, le gravier des sentiers et le vert des bosquets, le Val des Nymphes et son immuable douceur, la plaine de Saint-Paul nimbée de couleurs tendres... On ne peut qu'évoquer ce vers d'Arthur Rimbaud que vous connaissez tous : « *C'est un trou... C'est un trou...* »

Les mots se brouillent...

Je n'y crois pas : j'ai un trou !

Débâcle ! Humiliation ! Furieux contre moi-même, je conclus avec hargne :

-Oui ! J'aime le Tricastin, mais je hais le régionalisme... et Giono, par dessus le marché[1] !

On se dépêche de jeter les dernières questions.

« *Et votre père ? Dans le livre, on a l'impression... que vous avez beaucoup souffert de sa disparition...* »

C'est un élève, au fond, qui depuis le début ne cesse de se balancer sur sa chaise, ouvrant et fermant sur sa bouche le col de sa veste.

---

[1] Réaction d'humeur spontanée ! Bien sûr, on admire comme il se doit le grand poète manosquin !

La question m'atteint comme un trait d'arbalète. La présence soudaine de mon père, ici, dans cette salle, a quelque chose d'irréel, d'abstrait, d'indécent presque... Je me sens dénudé, fragile et vulnérable, percé à jour, sous l'armure de dérision que je me suis forgé. Hélène me regarde. Elle a saisi mon trouble. Je suis sur le point de répondre : « Ne parlons pas de ça... »

[*C'est étrange comme tu as changé, j'ai compris à quel point la question te touchait...*]

Mais je regarde les élèves, et me lance :

« La disparition de mon père a été l'ultime étape d'un lent naufrage et le crépuscule d'un rêve... Il s'était engagé sur une voie étroite que seul il connaissait... »

Je me mets à parler, emporté par un torrent de mots, de regrets, de colère :

« Je ne crois pas que vous puissiez comprendre. Mon éditeur, Monsieur Laenardt, a coupé des passages, changé l'histoire... Trahi le livre ! Mes parents... ils s'étaient connus... à la fin des années soixante, quelque part du côté de Kaboul... dans la remorque d'un vieux camion afghan... au milieu des ballots de haschisch (et non de coton !) et des caisses de munitions (Pas de médicaments !). Et ils s'étaient aimés, au rythme des cahots du chemin... Ils étaient *libres*, vous comprenez... pas exactement comme dans *votre* livre...

Et puis, un jour, ils s'étaient retrouvés, des milliers et des milliers de kilomètres après, à la *Bastide*, dans la Drôme, un héritage de ma grand mère maternelle : des ruines sauvages, lugubres, pathétiques, au flanc de la montagne, au bord d'une falaise percée de baumes et d'avens.... Dans la fièvre, ils avaient défriché et construit. Mon père avait rebâti les restanques, brûlé les ronces, parsemé la montagne de plants de chanvre indien. (Pas de vigne !)

En été, les amis affluaient... un grand campement coloré de nomades, avec des guitares, des danses au coucher du soleil.

Puis mes sœurs étaient nées, des jumelles, et moi trois ans après... L'enthousiasme s'était bientôt tari, les travaux arrêtés... On avait acheté quelques chèvres...

Myriam, ma mère, cuisinait, cousait, jardinait, fabriquait des fromages pour gagner de l'argent ... Mon père, lui, semait de l'herbe, méditait, fumait du matin jusqu'au soir, recevait ses amis, leur offrant, avec beaucoup prodigalité, le peu que nous avions.

Nous étions pauvres, très pauvres même, lorsque j'y repense aujourd'hui. L'hiver, nous vivions de châtaignes, de choux, de champignons séchés... Mes parents mangeaient même des herbes sauvages, avec une sorte de gourmandise hautaine... (La savoureuse cuisine du terroir !)

Étions-nous malheureux ? Oh non, nous faisions tout ce que nous voulions.

Mais, peu à peu, s'installa la souffrance... Les voisins nous jetaient des regards méprisants. Nous étions rejetés, intouchables, hors castes. (Les *gentils villageois* de Laenardt !)

Une assistante vint nous voir et posa des questions... On mentit, par fierté. Mon père refusa obstinément toute aide...

A cette époque, il avait commencé à changer. Dans les grottes, il avait vu des signes, gravés sur les parois. Il s'était mis à parler des Cathares, ces hérétiques, nombreux dans le pays, durant le moyen âge... Il en avait conçu toute une théorie sur les rites védiques, le chamanisme, la réincarnation... Il portait un immense chignon et s'enfermait des jours entiers fabriquant des *shiloms, des* lyres *éoliennes,* des *tambours sacrés,* d'immenses *pipes à eau,* (Les poteries traditionnelles !) Dès lors, il voulut qu'on l'appelle *Shankar.*

Ma mère alla travailler au village voisin, chez l'un de ces néo-cultivateurs écologiste reconverti dans la gestion de *chambres d'hôtes* (Celui que vous connaissez sous le nom de Norbert, le phytothérapeute !) avec qui elle vécut désormais... Mes sœurs partirent. Je fus envoyé en pension à Montélimar où vivait une tante... *Shankar* resta tout seul à la Bastide. On ne le revit plus ! »

Je relève la tête. Deux douzaines de paires d'yeux[1], tout aussi ronds que ceux d'Hélène, me regardent avec étonnement...

« Voilà, dis-je, la vérité, sur ma vie, sur mon père... Je l'ai beaucoup aimé, sans jamais le comprendre. Aujourd'hui encore, je me rappelle son rire clair, presque naïf, le contact, tendre et sec de ses mains, lorsque j'étais enfant, sa bonté, sa noblesse devant l'adversité... Il était de ces êtres qui blessent par trop de pureté – Un baladin perdu, une espèce de Don Quichotte, qui vous rendent, et victimes, et coupables... Souvent je l'ai maudit... C'est dur à expliquer... Je le sentais si proche et lointain à la fois... Au fond, ce livre est la seule chose qu'il me reste de lui... Un peu de sa vie... un peu de son mystère... Nous n'avons jamais su ce qu'il est devenu... disparu sans laisser de traces... Alors, peut-être, écrire...

GRIIIIIIIIIINNNNNNNNNNGGGGGG !

Les sixièmes, au fond de la salle ! On pOse les cartables !

Je suis happé par la sortie, emporté par le flot des élèves. Hélène Lessabaud marche à coté de moi.

Nous prenons un couloir sur la gauche.

Croak   croak   croak   croak   croak!

Croak croak croak croak croak croak croak!

(Son pas est plus court que le mien.)

« Je suis vraiment confus, dis-je, je ne sais pas ce qui m'a pris, je n'ai pas l'habitude de parler en public...

[1] Soit 48 yeux... (Environ 24 élèves)

-Au début, ce n'est jamais facile… Rassurez-vous, tout s'est très bien passé… j'ai beaucoup apprécié ce que vous avez dit. »

Sa voix est douce et apaisante.

« C'est gentil de chercher à me réconforter …

-Voulez-vous du café ?»

Salle des professeurs : vaste quadrilatère exsudant le savoir. Tout un mur est rempli de casiers comme dans une ruche. En face, trois grandes baies vitrées donnent sur un *patio* où pousse un acacia. Les autres murs portent un foisonnement d'affiches et d'écriteaux :

Ce qui ne tourne pas rond dans la dernière circulaire…
Réunion d'Orientation : suivre les flèches.
Les séances de remise en forme reprendront dès que la responsable se sera rétablie…
Ciné club : un nouvel éclairage sur les frères Lumière.

Quelques enseignants taciturnes corrigent en grinçant des copies :

« Allons bon, vous connaissez Lady de Nantes ?
-Probablement une parente du Chandelier Hitler ! »

Nous nous tenons, Hélène et moi, devant le cœur palpitant du collège : une antique machine à café, tremblante, vrombissante, qui distille un jus noir, épais comme de l'encre.

Elle me tend un gobelet tout en faisant passer, d'un mouvement de tête, ses cheveux d'une épaule sur l'autre, en un geste gracieux qui lui est familier. Elle est jolie, même dans ce décor austère, tellement naturelle. Elle ne doit pas être de beaucoup mon aînée, et pourtant elle paraît si mûre, si femme… Parfois, je devine ses yeux qui se tournent vers moi.

Croââkk!
Je vais t'empailler, vil volatile !

« J'y pense, Monsieur Ducalm, les papiers, pour... vos frais de participation.»

Elle me tend une feuille verte.

« Oh, non, laissons ça, je vous prie...

-L'argent sera perdu si vous le refusez. Il faut remettre ce document au *Service de Gestion du Collège*... premier couloir, troisième porte à gauche... Voulez-vous que je vous accompagne ?

-Je crois pouvoir y aller sans me perdre, dis-je, tandis que, de toutes mes voix intérieures, je crie : Oui, venez avec moi ! »

Je me balance d'un pied sur l'autre, en écrasant mon gobelet... Hélène me regarde de ses yeux ronds et lumineux. Elle hésite un instant puis lance :

« Félix ! J'aurais voulu te poser encore des questions, pour préparer mon cours. Tu vas me trouver ennuyeuse... mais j'ai pensé que, peut-être, nous pourrions nous revoir... »

Croaaaaaâck...

Regard direct et franc, non dépourvu d'audace :

« Je ne travaille pas le mercredi matin...

-Justement, moi non plus !

-Alors, si je t'invitais à passer chez moi ; disons... vers onze heures ; nous pourrions prendre un verre, et poursuivre cette... *concertation* !

-J'y serais ! Entendu ! Vers onze heures... Tapantes ! »

Moi, les femmes...

* * *

Qui sait si vivre n'est pas mourir,
Et si mourir n'est pas vivre ? (*Euripide*)

Chapitre quart

La cérémonie est interminable, l'église des Carmes un vrai congélateur. Un troupeau de fourmis a envahi mon corps, un hérisson est en train de pourrir dans mon ventre : *beeeeurkkkkk* !

Au fond de mon crâne surnage un zeste de mémoire.

Je suis assis sur le trottoir, on m'entoure :

« Il est sorti du Tambour Battant complètement bourré !

-Faudrait peut-être appeler les pompiers ! »

Je sens la morsure du froid qui pénètre ma chair, un goût âcre de téquila me remonte à la gorge. Je ne peux plus bouger. Le trottoir couvert de neige tremble devant mes yeux.

« Qu'il se débrouille ! Pas idée de se mettre dans des états pareils...

-Allez, mek, tire-toi d'là, tu vas choP la krèv' ! »

Cette voix, lointaine, ne m'est pas étrangère... Ah oui ! Hamid, le *photographe...*

Et puis plus rien....

Qui, mieux que le Seigneur, pourrait comprendre les sacrifices consentis, dans l'office, si noble et généreux, de la restauration, lui qui nous a offert, et son corps, et son sang...

Le sermon s'annonce copieux. L'enterrement est de première classe. Donatien me pousse du coude et tend avec fierté son pommeau vers la foule.

L'église est pleine : des brochettes de personnalités, le gratin, la crème... Glacés !

« Regardez à quel point Monsieur était aimé... »

Je pense :

« Oui, c'est ce qu'on appelle la reconnaissance du ventre ».

J'ai mal au cœur ! Je hais la téquila.

Comment suis-je rentré chez moi ?

Ce matin, mon réveil ressemblait à la scène que j'ai vue dans un film : le monstre que l'on croyait à jamais terrassé, tremble et s'émeut, ouvre un œil et se dresse. La glace de l'armoire renvoie la profondeur de ma déliquescence ! Je suis si pâle que je tarde à me voir ! Quelque chose, pourtant, remonte à la surface...

« *En l'église des Carmes...* »

J'y suis.

Les mots claquent dans le silence de la nef et rebondissent sur les murs. Puis s'entrechoquent dans ma tête :

« D'abord (((bord ((ce fut le Petit Cabanon ((non, non ((dans les calanques de Cassis (((sis, sis (((puis le Mare Nostrum, sur le Port de Toulon ((lon, lon (((Le Grand Bleu ((bleu à Marseille (((et, pour finir, l'inégalable Ile sonnante , dans la cité des Papes (((Papapapap (((Et pourtant, malgré tous les succès((cès, cès ((et les attraits mondains ((dains, dains ((ce fils de pêcheur, cet apôtre ((ôtre ((de la gastronomie ((mie, mie ((sut rester, après un long pèlerinage ((age (((sur les chemins du goût, un bon fils de l'Église ((ise, ise ((Ses coquilles Saint Jacques ((acques ((son filet de Saint Pierre grillé, yé yé, son Jésus tiède au bain Marie, riz riz, ses cuisses de grenouilles, ouille, ouille, de bénitier farcies, si si, ses pets de nonnes à la Bénédictine, titine, titine (((qui lui valurent cinq couronnes d'épines, pines, (((au Guide

Suprême, prême, (((nous laissent encore l'eau bénite à la bouche... bénite à la bouche ...(((Recueillons-nous mes frères... »

Le cercueil, colossal, étend son ombre noire sur les dalles du chœur. Il se dégage de ce volume cyclopéen une forme de densité tragique, à l'échelle de celui qui l'occupe.

Le froid persiste. Le piétinement contenu de la foule fait vibrer l'édifice. Du sol, comme soulevée par le choc des semelles, monte une fraîcheur douloureuse qui irradie les pieds. En un lent processus de pétrification, mes orteils se soudent peu à peu. Le froid est tel que les vapeurs d'encens stagnent au dessus des têtes et se solidifient en nuées parfumées. Sur le retable, des anges dévêtus donnent la chair de poule.

Donatien, près de moi, conserve une pose rigide, les yeux rivés sur le cercueil.

A nouveau, je cherche à comprendre comment, la veille, je suis rentré chez moi ... De rares neurones encore actifs s'agitent vainement dans ma matière grise, comme des asticots dans un fromage blanc : rien ne vient !

« Allez, mek, boug' toi d'là, tu vas tchoP la krèv ! »

Hamid ! Encore ! Il faudra que je retrouve Hamid.

De plus en plus souvent, du fond de la nef, des raclements de chaises et le bruit sourd des battants du portail, trahissent le départ de fidèles frileux.

L'oraison s'accélère, trouve des raccourcis, prend des accents plus bossuliens :

« Pourtant, mes chers enfants, ne nous y trompons pas !

La maison du Seigneur, ce n'est pas une Auberge !

Pas de menus gastronomiques, pas de carte, pas de second service !

A Dieu Unique, plat unique !... nique, nique (((
Amen. »

Les premières mesures d'un requiem jaillissent avec peine d'un ensemble vocal.

Les larynx grincent, les pharynx coincent :
Requiiiem æternam dona eiiii, Domiiiine...

C'est fini !

Sans plus attendre, Les croque-morts donnent le signe du départ.

Auraient-ils peur d'attraper la crève ?

* * *

Sous la neige, le Cimetière d'Avignon prend un aspect fantasmatique de banquise fondante. L'odeur âcre des chrysanthèmes s'élève avec puissance vers un plafond de zinc. Trop lourd, le corbillard patine. Bientôt il faut haler avec des cordes le cercueil gigantesque, à la manière d'un traîneau, dans une allée bordée de pagodes crémeuses.

Le cortège funèbre ne compte plus que quelques éléments, ombres noires haletantes sur l'immense linceul.

Ho hisse ! Ho hisse !

« Nous y voici, dit Donatien, montrant un monticule aux allures de temple : la tombe de Monsieur. »

Du revers de la manche, il découvre une plaque de marbre :

Marcel DAGNEAU,
Dit le GRAND MARCELLUS
Fidèle Serviteur de la Grande Cuisine
19** - 20**

Paix à son âme !

Il faut encore ouvrir la porte de la tombe, obstruée par la neige. Je suis à bout de force, mes mains gercées semblent sortir d'un grill. J'ai froid, j'ai faim, et ma tête bourdonne...

[*Merci, Hélène, tu sais, pour moi, c'est la première fois...*
-Première fois ?
-Mais oui ! Qu'on m'apporte le petit déjeuner ! Suis-je si maladroit ? »
Nous rions. Un parfum de café a envahi la chambre. Le jour se lève sur nos amours naissantes. Les oiseaux chantent. Je m'étire, heureux, dans la tiédeur du lit...]

Donatien vient de passer la tête dans l'entrée du tombeau :
« Tout est en ordre, déclare-t-il, les traits tirés, la bouche contractée en un rictus amer. Poussez ! »

Les forces conjuguées des ultimes fidèles
Donnent au sarcophage un impérieux élan...[1]

La grosse caisse glisse, ainsi qu'un savon sur le sol, jusqu'au cœur du tombeau.
C'en est fait.
Le goupillon répand sa grêle funéraire.
Amen !
Il ne faut que quelques instants pour que le champ des morts retourne à sa solitude glacée. Il ne reste, près du tombeau, que Donatien et moi.
Le silence est percé par le cri des corbeaux.

---

[1] La mort d'Akhenaton. Tragédie en cinq actes de Jean-Théodore Iphore. 1889. Editions du Scarabée. Paris.

Soudain, ma présence en ce lieu me paraît incongrue. Va-t-on me dire enfin ce qu'on attend de moi ?

Avec des gestes courts, le majordome ordonnance les dernières couronnes.

« Monsieur repose en paix. Puisse-t-il le demeurer toujours ! »

Le demeurer toujours ! La formule est étrange, pléonastique comme dirait Laenardt ! N'y tenant plus, je suis sur le point d'exiger quelques explications quand Donatien du menton me fait signe :

« Derrière-nous ! Là-bas, regardez, en vous faisant discret... »

A quelques pas, appuyé contre une urne de pierre, comme absorbé par ses méditations, se tient un homme, grand, le teint jaunâtre, portant un long pardessus noir.

« Régis Stuffton ! Murmure Donatien, Correspondant du *London New Gourmet*. On l'appelle aussi Gosier d'Or. Je n'aime pas le voir rôder autour du tombeau de Monsieur !

-Donatien, S'il vous plaît, Je voudrais...

-Par ici ! Suivez-moi ! Le majordome me saisit par le bras et m'entraîne vers la sortie du cimetière à grandes enjambées. Un vent glacial nous fouette le visage et nous brûle les yeux.

Il m'explique en chemin :

« L'univers de la Restauration, Monsieur Ducalm, est d'une rudesse à peine concevable. Ce qui compte le plus, l'âme cachée de la Cuisine, le souffle méconnu de la Gastronomie, l'ultime dessous de la Table, ce n'est ni l'argent ni la gloire, m'entendez-vous ? Mais l'Honneur !»

Son regard se faisant plus aigu et sa poigne plus ferme, il poursuit :

« Oui, l'Honneur : *Cruel tyran des belles passions*, comme dit un poète[1]. Près du piano, dans la chaleur des lèchefrites, les casseroles délimitent un champ clos et les poêles des lices ! Chaque fourchette est une épée, un grain de poivre une cartouche ! Pas de quartier ! Alors parfois, vous comprenez, tous les coups sont permis... »

Il m'agace ! Je ne vois pas du tout où il veut en venir.

Avec colère :
« Mais, au moins, dites-moi...
Lui :
-Je ne peux... A moins que... - il hésite - Ecoutez... Le défunt n'est pas mort... d'une mort naturelle...
-Quoi ? Vous voulez parler... »
Furtivement, il jette un regard en arrière :
« D'une mort programmée ! Nous pourrions évoquer un suicide, mais un suicide assez particulier ; à effet différé ! Et ceci pour certaines raisons que plus tard vous serez appelé à connaître... En attendant, silence...
- Mais je...
- Assez parlé, je dois vous remettre ceci. »
Donatien me tend une petite carte :
« Surtout n'oubliez pas : Maître Garel, notaire, Mercredi à 10 heures. Au revoir et... prudence !... »

Avenue de la République, j'expérimente une locomotion voisine de la lévitation tant mes pieds sont gelés. Les roues des automobiles qui passent en chuintant ont creusé dans la rue des ornières noirâtres. La nuit tombe.

---

[1] En l'occurrence, Honorat de Bueil de Racan (1589 – 1670) in *Arthénice ou les Bergeries* (1619). On doit à sa fille, Ondine Racan, l'essor du « hors-d'œuvre » en France.

Square Perdiguier, rue Henri Favre, *Place des Corps Saints*...

La froid m'engourdit. J'oublie tout.

Sauf Hélène !

Elle ne s'appelle pas Lessabaud, mais *Dewaere* ; Hélène *Dewaere*, c'est écrit sur la boîte aux lettres.

« Au collège, j'ai préféré garder mon nom, pour ne pas perturber les élèves. »

Elle a vingt-neuf ans, elle aime Proust, Joyce, Faulkner, Dac (Pierre), Moussorgski, Schönberg, Eric Clapton, Monk, Kandinsky, de Staël, les pins parasol, le yaourt à la fraise...

Elle s'est mariée, quatre ans plus tôt, avec un professeur d'Éducation Physique, coureur à pied de haut niveau, qui bien vite s'est révélé un coureur de jupons (également de haut niveau !).

« D'abord, j'ai essayé d'accepter, de comprendre, et puis j'en ai eu marre... »

Ses yeux se mouillent.

J'ose :

« Ces types-là pèchent toujours par les membres inférieurs. La douleur des autres, ça leur fait une belle jambe ! »

Hélène ébauche un sourire gêné, qui me met dans mes petits souliers !

Elle a une petite fille, Béatrice, cinq ans, qui vit *une semaine chez l'un, une semaine chez l'autre.*

« C'était ça, le plus difficile dans la séparation ; à son âge, on comprend tout ce qui se passe. »

Je ne peux qu'approuver, l'air contrit.

« Pour elle, je suis restée le plus longtemps possible... »

L'œil au ciel, je soupire :

« Évidemment, c'est naturel... »

Mais je pense :

« Ces histoires m'ennuient... »

Elle dit :

« Je t'ennuie avec ces histoires... J'ai du Perrier, du Martini, du jus d'orange, ou bien si tu préfères un Sancerre, très bon, qu'un ami m'a offert. »

-Sancèrement, j'opte pour le Sancerre...! HA ! HA ! »

Cette fois, elle affiche la moitié d'un sourire : « Ha ! Ha ! »

Croâaack ! Croâaack ! Femme qui riiit est à moitiéé au liiiit !

(Toi, tu te tais, ou bien je t'assassine !)

Hélène habite au quatrième, dans un immeuble neuf, fonctionnel, entouré de bâtiments anciens. L'appartement est lumineux et sobrement meublé. Tout y est clair, à l'exception des tableaux, tous abstraits, qui décorent les murs et des reliures dans la bibliothèque. Il y a, au coin du salon, une table recouverte de classeurs et de livres. La stéréo diffuse une musique étrange et dissonante.

Le Sancerre est très bon.

« Excellent cru, dis-je, faisant claquer ma langue, et qui ne soûle que si l'on Sancerre ! Ah ! Ah ! Ah ! »

« Ha ! Ha ! C'est aussi ce que m'a dit Hubert, l'ami, qui m'en a fait cadeau, il enseigne la philosophie, j'aimerais te le faire connaître. »

Je réponds: *pourquoi pas ?,* en pensant : *Surtout pas !* Et je me jure de proscrire à l'avenir tout *bon mot* dans la conversation !

Elle boit, à petites gorgées, puis me regarde droit dans les yeux :

« Ce doit être passionnant d'écrire... Je veux dire, écrire des romans... »

Je me sens comme un paon dont on flatte la queue :

« Oui, dis-je, une sensation rare, le moyen de construire une réalité qui n'appartient qu'à soi... de fabriquer un monde dont on détient la clé... ou, plus justement, dont on se croit le maître... car il échappe à notre volonté...

-Un peu comme avec les enfants, dit-elle, on croit les gouverner quand ils mènent la danse !

-C'est bien cela, Hélène, les livres sont aussi de vilains garnements ! »

Je vide un second verre. Je me sens bien, apaisé, soulevé par la sérénité qui émane des lieux et du regard d'Hélène. Je découvre, avec ravissement, l'exceptionnelle facilité dans laquelle tout ce qui gravite autour d'elle semble s'organiser. Au début de notre relation, je pensais simplement qu'elle savait se couler dans l'harmonie des choses et puis je me suis rendu compte que c'était elle qui générait toute cette harmonie.

« D'abord on mange, propose-t-elle, et après on prépare le cours. Tu aimes la tourte aux épinards ?

-Bien sûr ! Dis-je. Regarde mes biceps ! Ah ! Ah !

-Ah ! Ah ! »

(Quand même !)

Je suis saisi d'une étrange euphorie. Tout me paraît facile, limpide, lumineux.

Hélène me sourit tandis qu'elle fait onduler ses cheveux d'un bref mouvement de la tête. Elle porte un court pantalon noir, des chaussures à petits talons, et un grand pull de laine.

Elle m'offre une cigarette.

« Non merci.

-Tu ne fumes pas ?

-Si, parfois.

-Moi, j'ai besoin de ça, à cause des copies. »

La curieuse musique continue d'égrener ses notes apparemment sans suite.

Elle se lève :

« Je fais chauffer la tourte.»

Son pas est souple. Les cheveux bruns, mi longs, ondulent sur la nuque, les seins folâtrent sous le pull, avec un soupçon d'arrogance. Il se dégage de son allure beaucoup de séduction. J'aimerais la serrer dans mes bras.

Crâack, crâack...

« Je fais des œufs, d'accord ?

Je suis d'accord pour tout !

SCRIIIIIITTTTCHHH... Ploch Ploch Ploch... (Les œufs.)

Ses gestes sont précis et cependant gracieux.

« Tu aimes Schönberg ? » Lance-t-elle, en riant.

Je ne vois pas de différence entre le bruit des œufs et la musique de Schönberg[1]. Je perçois seulement qu'il existe, bien loin de moi, un univers plein de mystère...

« On m'a bercé avec Jimmy Hendrix, dis-je, alors, tu sais, maintenant je peux tout écouter. »

* * *

---

[1] Schönberg utilise dans sa musique dodécaphonique pas moins de 479 001 600 possibilités sérielles réparties sur les 11 degrés de la gamme chromatique, ce qui fait de lui un compositueur en série !

« De toutes les productions nutritives que la bienfaisante providence accorde à l'appétit de l'homme, il n'en est aucune sur laquelle l'industrie d'un artiste s'exerce avec plus de succès que sur le poisson, et surtout sur le poisson de mer [...] »

Grimod de la Reynière[1]

Chapitre Quint

De retour à la *grotte*, je fais sécher mes habits contre le radiateur. Mes chaussettes trempées exhalent une odeur âcre et prolétarienne. La neige a obstrué le vasistas. Je suis coupé du monde.

J'ai froid.

De ma poche, je sors la petite carte, donnée par Donatien.

Maître Garel m'a fixé rendez-vous, à dix heures le lendemain matin. Je dois attendre, encore attendre ! J'en viens presque à regretter le cimetière : l'endroit rêvé pour tuer le temps !

En évidence, au milieu de la table, le cahier vert, sur lequel j'avais commencé à écrire, revêt l'aspect d'un marbre mortuaire ! *Pouak* ! Devant l'afflux des souvenirs funèbres, mon estomac se noue. L'enthousiasme du premier jour laisse la place au découragement.

On a glissé sous ma porte une lettre. Mon cœur se serre chaque fois que je vois cette enveloppe de papier recyclé, couverte d'une grosse écriture. Quatre billets de cent euros

---

[1] Ecrits gastronomiques.

en glissent quand je la décachette. La lettre exhale un parfum de lavande.

L'hiver est arrivé plus vite que prévu....
Maman ! J'éprouve une pensée coupable à la pensée que je n'ai pas encore répondu à ses lettres. J'écris si peu ! Même pas à ma mère !
Oh comme je m'en veux d'être un écrivain vain !

Du bruit dans le salon.
Encore la télé :
Un endroit qui compte beaucoup : la Somme !
Réduite à la mendicité : la Manche !
Une ville qui ne tient pas debout : Assise !
C'est un pays où rien n'est grave... ?

Les quatre cents euros me donnent du courage...
« Bonsoir Annie, je voudrais vous payer le loyer...
-Approchez, approchez ! Comment allez-vous aujourd'hui ? Mieux, j'espère... Ah oui, laissez-moi vous présenter ma fille. »
Je n'en crois pas mes yeux !
Mon perroquet non plus :
Croack ! Croack ! Je n'en croaak pas yiiieux !
(*Je vais te botter le croupion !*)
C'est la fille aux oiseaux, celle à côté de qui, la veille, je buvais mon café, lorsque j'avais appris le décès de Marcel. Elle a troqué ses immenses boucles d'oreille et sa robe de laine pour un tailleur marine et des pendants de perles. Elle semble plus distinguée, plus mûre, et me salut très poliment, sans paraître me reconnaître.
Cela me froisse un peu.
Sa mère dit à mon adresse :
« Mélanie est lectrice, à Paris, chez un grand éditeur »

Puis se tournant vers elle :

« Félix aussi est dans l'Edition, ici en Avignon. »

Un demi-million de globules rouges affluent à mon visage :

« Je collabore... à une Collection, aux Editions Laenardt...

-Laenardt, Laenardt... Cherche-t-elle avec application.

-L'*Ecrit sans Fard*, cette tentative d'éradication du groupe adjectival improprement apparentée au segmentalisme minimaliste...

Elle ne voit toujours pas.

J'insiste bêtement :

« Ainsi que le dit justement Giraudoux, quand, ces satanés adjectifs sortent du MOT... (j'ébauche une grimace) c'est que le mot vogue à sa perte...»

Visiblement déconcertée, elle allume une cigarette, se tourne vers sa mère :

« Je dois y aller maintenant ; prends soin de toi, Maman ! »

Puis sur le ton de la courtoisie lasse, me fixant de ses grands yeux violets, sans paraître me voir :

« Au revoir, Monsieur ... ?

-Ducalm, comme le groupe nominal, sans adjectif ! Ah ! Ah !...

Lâmentâaaable !

(Tu vas voir, sac à plumes !)

Le Bénin ! Au Bénin rien n'est grave ! Oh, oh! Clap, clap, clap...

Annie Réglisse m'a rendu cent euros :

« Pour le reste, vous me paierez plus tard. »

Je ne sais ce qui m'empêche de lui baiser les pieds !

« Ah oui, Félix, j'y pense ! L'ami qui vous a ramené hier au soir a oublié ceci :

C'est une pochette de couleur jaune dans laquelle sont rangés des papiers :

« *Socrate dans tous ses états, ou la tentative de mise en œuvre d'un processus de réfutation de l'expérience sensorielle à la lueur de l'analyse phénoménologique.* »

Elle ajoute, une lueur dans l'œil :

« C'était un homme jeune, tout à fait comme il faut, et même très charmant. »

-Ne m'en dites pas plus ! Lui dis-je, je le connais très bien !

-En tout cas, pas de ceux qui rentrent gris le soir, glisse-t-elle perfidement, en me fixant d'un œil à la fois amusé et sévère. »

Je demande sans grande conviction :

« Et ce personnage en tous points exemplaire vous a-t-il indiqué qui l'avait appelé après ma grosse cuit... mon indisposition?

Elle se met à réfléchir :

« Non ! Non ! Il n'en a pas parlé... Il paraissait pressé. Il y avait quelqu'un qui l'attendait dehors, une femme, je crois... Je me rappelle seulement ce qu'il a dit en vous portant dans votre chambre : *Sacré Félix, Il a du mal à supporter l'alcool !*

« *GRRRRRR !* »

Hubert ! Comme je hais cette générosité complaisante !

Mortifié, je me suis mis au lit, le ventre creux, trop fatigué pour sortir à nouveau ou pour téléphoner. Par contraste, la froideur des draps fait resurgir dans ma mémoire des moments chaleureux.

Hélène et moi, nous nous sommes aimés le samedi qui suivit ma visite.

Nous avions rendez-vous, au cinéma U-Top, près du palais des Papes.

En avance, comme toujours, je fais les cents pas, essayant de fixer son image qui joue à cache cache avec mon souvenir. Quelquefois, en un éclat fulgurant de conscience, elle m'apparaît avec une netteté stupéfiante. Alors les battements saccadés de mon pouls propagent en moi des flux d'ondes nerveuses jusqu'au bout de mes ongles.

Le temps passe. Hélène est en retard. Elle ne viendra pas.

« Bonjour Félix, il n'y a pas longtemps que tu attends, j'espère. »

-Je viens tout juste d'arriver... Bonjour, Hélène...

-Désolé, c'est toujours compliqué (soupir) quand Béa doit aller voir son père... »

Son souffle est un peu court, sa voix sifflante et rauque. Une ombre palpitante niche dans ses prunelles, mouvante et trouble, comme l'eau d'une source dont on touche le fond. Elle s'est maquillée et coiffée, et son parfum est comme une promesse.

Quand nous entrons, la salle est plongée dans le noir. A tâtons, nous cherchons une place. Je sens sa hanche contre la mienne et nos mains qui se frôlent.

Back to Oklahoma

Le film est de Steven Murray, avec Nicky Wortley et William Holden.

C'est l'histoire d'un type qui cherche sa femme. L'action est lente, prétexte à un vagabondage un peu soporifique dans les prairies reculées du Far West... Tout se termine par une scène de rédemption interminable noyée sous un torrent de larmes.

« J'ai trouvé un peu long le plan avec le type qui mange des biscottes dans la chambre d'hôtel, dit Hélène.

-Moi je trouve au contraire qu'il donne un certain rythme ! C'est ainsi que je voudrais écrire, tu vois, ce dépouillement qui va à l'essentiel... tout écrivain devrait être capable de faire entendre le petit bruit de biscotte croquée pendant au moins trois pages...

-Difficile ! Même Proust n'y est pas arrivé avec sa madeleine... »

La nuit est tombée sur la ville, nous rions de bon cœur, enlacés sous les draps.

Et maintenant ? Les pieds glacés, je me demande avec une sourde inquiétude quelle jeune femme accompagnait l'indispensable Hubert lorsqu'il m'a ramené, dans l'état que l'on sait, chez Madame Réglisse, me répétant sans cesse :

« Non, non, ce n'était pas Hélène ! »

* * *

[...]Soupe sétoise au beurre de favouilles[1] et tartinettes tièdes à la rouille d'oursin.

Filets de rougets grillés, tout bonnement salés et huilés, avec leur accompagnement de légumes confits.

La brouillade aux truffes de Richeranches à la façon de ma tante Louise.

Rognonnades d'agneau du Ventoux cuites au feu de sarments, escortées de morilles à la crème.

La Bouillabaisse Imperator, façon Marcellus. (Pour deux personnes au moins, et selon la Marée.)

Cailles traitée en sarcophages au sirop de jujubes et ail en chemisette.

---

[1]Etrilles. Macropipus puber. Petits crabes verts très savoureux quand ils sont rouges.

Le Secret du Chef

Beignets d'anémones de mer et fleurs d'aubergine à la farigoulette. [...]

« Et avec le *poulpeu de roche aux amangdes, cuït à la dïable et flamgbé à l'absingtheu*, puis-je vous suguegérer un Bangdol blangc 1998, cuvée *Le Cadagou*. La chaireu des céphalopodes supporteu volongtiiers ung peu d'acidité. »

Nous sommes à l'Ile Sonnante. Hélène dans sa robe décolletée Baobab, et moi, le plus heureux des hommes...

Marcellus en personne nous prodigue ses soins. Sa toque immense effleure le plafond de la salle aux murs décorés de splendides natures mortes dues au crayon de G. Bottalico[1].

Autour des tables, le ballet des serveurs, réglé comme une horloge sous l'autorité bienveillante du Chef, réjouit le regard. Un parfum safrané embaume l'atmosphère.

« Je suis engchângtéeu que vous soyez venu Mongsieur Ducalmeu. Mademoiselleu est vraimengt ravissângteu...

– Merci, c'est gentil, dit Hélène.

– En toute sincérité, Marcellus, ce poulpe de roche est phénoménal ! Dis-je. J'aimerais tant posséder vos talents !

– Il n'y a pas autangt de différengces qu'ong ne le pengseu entre mong métiier et le vôtreu, me rétorque Marcel d'un air de confidence. Nos états réciproqueus ne réclament-ils pas un sujet nourrissângt ? Prenongs, si vous le voulez biieng la page engcore blângche d'un simple Court-Bouilliiong – en l'occurrengceu nous pourriiongs l'appeler court-brouilliiong ! – compositiiong de bong aloi, d'asseupecteu commodeu, mais parfois capriciieuseu. Le héros ? Accordez-moi qu'il lui

---

[1] Dessinateur, plasticien et graveur avignonnais à qui l'on doit de nombreuses représentations d'ustensiles culinaires engagés dans un processus d'empilage. On l'a parfois qualifié de Dürer de la Casserole.

faut un caractèreu fort et un esprit subtileu : un Turbot, frais péché et de bong naturel, devrait faire l'affaireu. Adjoigniiongs-lui quelques personnageus plaisângts qui le mettent en valeur : Carottes jeunes et charnues, Poireau biieng vif, Thymg, Lauriier, sans oublier de beaux Oigniiongs et une gousse d'Ail. Voulongs-nous de l'actiiong pour animer le tout ? Ingcorporongs une ongce de Beurreu biieng battue, gengtimengt persillée, allongée d'un bong ving de Cassis ? Il ne mângque que de piquângtes fiioritureus en guise de figures de styleu : Câpreus, Sel de Hyières et Poivre du mouling, plus un Clou de Girofleu... Ung seul ! Dressongs le tout sur un lit de verdureu : voilà une œuvre prêteu pour la publicatiiong !

—Bravo, bravo ! Cher Marcellus, quel lyrisme ! Levons nos verres aux nourritures terrestres, maritimes et spirituelles ! A l'Esprit, à la Table, à la Plume !

—Et à l'Amour, à l'Amour, mes engfangs ! » Ajoute à notre adresse le génial cuisinier.

C'est Edith la secrétaire de Laenardt qui m'a remis, huit jours plus tôt, l'invitation, pour deux personnes :

Monsieur, permettez-moi de vous féliciter pour votre admirable roman, Bastide au Crépuscule, qui m'a bouleversé tant j'y ai retrouvé de moi-même. Sur bien des points, votre admirable plume semble y conter ma propre enfance, avec justesse et sensibilité. Vous me feriez un grand honneur de bien vouloir me dédicacer votre ouvrage et, si l'appétit vous en dit, d'accepter l'invitation ci-jointe. Veuillez croire à l'expression de mon extrême sympathie et de ma considération. M.D.

Croooâââââck... !

« Comme quoi, avait dit la secrétaire, tous les goûts sont dans la nature !

—Merci, Edith, ça me va droit au cœur ! »

Hélène, en face de moi, s'est attaquée résolument à un *homard vapeur et coulis de pommes d'amour*. Son appétit m'étonne.

« Et pourtant, à douze ans j'étais anorexique !

-Attention ! Dans vingt ans, tu seras boulimique ! A ta santé, Hélène !

Elle lève son verre puis murmure en montrant une table à côté :

« Regarde, on dirait... Attends... Steven Murray, celui qui joue dans ce film... hum ! hum ! Back to Oklahoma, tu te rappelles ?

-Bien sûr, dis-je ; le mangeur de biscottes ! »

La belle figure de l'acteur émerge au-dessus d'un grand tas de coquilles. Quel talent ! Il gobe les huîtres d'une manière vraiment hollywoodienne.

Par la fenêtre grande ouverte (nous sommes au mois de mai), le pont d'Avignon profile ses arches rescapées sur un coude du Rhône. Et au-delà, sous le chapeau blanc du Ventoux, la cité médiévale étale son semis de palais, de clochers, de murailles.

Quelque chose en moi murmure que je vis les moments les plus beaux de ma vie. Les petitesses de l'existence se dissipent bien vite au contact d'une belle femme et d'une poêlée de palourdes.

A cette époque, je vivais chez Hélène, installé dans la *chambre d'amis* car je venais, faute d'argent, d'abandonner le réduit sous les toits que me louait un ami de Laenardt, envisageant à contre cœur un retour dans la Drôme.

Elle avait dit à ses parents et à tous ceux qui trouvaient, si peu après la douloureuse épreuve du divorce, quelque chose de précipité et d'inconvenant à notre relation :

« Félix n'avait plus d'endroit pour écrire, les loyers aujourd'hui c'est tout bonnement effarant ! »
Vive l'idéalisme !
Vive l'amour !
Vive le mécénat !
Chaque jour, je me coulais avec délectation dans l'austérité rassurante de la monogamie.

Des phrases telles que : *Pourrais-tu descendre les poubelles et ramener un paquet de lessive,* me plongeaient dans le ravissement ; je maniais l'aspirateur et le ramasse-miettes avec une ferveur quasi sacerdotale.

Le bonheur grandit l'âme et abêtit l'esprit.

Il n'était point jusqu'au rôle ingrat de *beau-père* que je n'assumasse avec abnégation. Et cependant, dès le début, la tâche s'était annoncée délicate !

« Et Lui, il va rester longtemps ? »

Lui ! L'affectueux et unique pronom dont voulait bien me gratifier Béatrice, la fille d'Hélène.

« Oh tu sais, la petite n'a pas la langue dans sa poche, mais au fond, elle a un cœur en or : *Une semaine chez l'un, une semaine chez l'autre, ce n'est pas facile à son âge...* »

En attendant, le *cœur en or* faisait tout pour me gâcher la vie.

Sitôt qu'elle me voyait, la gamine se collait à Hélène selon un angle savamment calculé qui rendait tout contact avec sa maman impossible, ou bien encore, elle se rétractait comme un poulpe offusqué dès que je l'approchais.

Je n'obtins de relatif pardon qu'en la laissant, au prix d'interminables heures de régression mentale, gagner au jeu des *sept familles,* ou bien à la *bataille.* Et pourtant, malgré tous ces efforts, elle persistait à me faire sentir, animée de cette implacable cruauté enfantine, à quel point elle préférait Hubert. Quelle humiliante différence lorsqu'elle l'apercevait ! Elle lui sautait au cou, le couvrait de *bisous* ou se juchait sur ses genoux en propriétaire arrogante.

J'en vins tout naturellement à me montrer beaucoup moins assidu chez Hélène quand la petite venait y passer la semaine.

Ce devait être, pour beaucoup, la cause de mes futurs remords !

En attendant, à cette époque, j'allais aussi passer quelques dimanches à R**, chez les parents d'Hélène, malgré les préventions qu'ils nourrissaient pour notre relation. Monsieur Dewaere, en particulier, jugeait cette dernière un peu prématurée et dommageable à l'équilibre de sa petite fille, dont *l'excès de sensibilité* exigeait, après les traumatismes du divorce, une transformation *prudente et progressive* du milieu familial. Je supputais en outre que les revenus extrêmement modestes et tout à fait aléatoires que procuraient mes travaux littéraires contribuaient à renforcer ces mêmes réticences. Quoiqu'il en fût, j'étais reçu avec une courtoisie sobre, et, de même, j'introduisais dans mon comportement tous les dehors d'un naturel affable.

Dois-je finalement compter au nombre des épisodes heureux ces moments de presque intimité ? Assurément. Je recouvrais près des Dewaere un peu d'un bonheur familial depuis longtemps perdu.

Le père d'Hélène, beau sexagénaire, pensionné de l'armée, malencontreusement blessé d'un coup de sabre lors d'un défilé militaire à Paris, avait servi dans la Garde Républicaine pendant plus de vingt ans. Il en avait gardé une jambe raidie ainsi qu'un caractère entier et un goût prononcé pour le commandement.

La mère, plus jeune de dix ans, à qui Hélène ressemblait de façon étonnante, possédait un sourire avenant et des manières affables.

Invariablement, les dimanches, nous mangions *le Gigot du Ventoux*, des pommes de terre sautées, la laitue du jardin (sans aucun pesticide), des picodons de Dieulefit[1] et des *gâteaux maison* ; le tout accompagné de Vacqueyras et de muscat de Beaume-de-Venise.

« *Alors, juste au moment où j'allais rengainer, voilà le cheval de l'adjudant Segard qui se met à broncher.*

-J'y pense, Hélène, Madame Chassagnol fait soigner ses varices par le docteur Poiret.

-A la bonne heure ! La laitue est craquante, Maman.

-Et je sens à la cuisse comme une piqûre de guêpe... Une grosse piqûre... treize centimètres de lame, rendez-vous compte ! Ça se sent ! Quatre mois d'hôpital, sans savoir si on allait la sauver, cette jambe... Clemenceau, mon tout grand, oh oui, oh oui ; il est beau ce nonos !

-En effet, très impressionnant !

-Alors, Félix, comment va la littérature ? Mais reprenez donc du fromage !

-Lui, il fait que m'embêter quand je fais du vélo !

-Je ne l'embête pas... au contraire, j'essaye de l'aider !

-Le nonos ! Le nonos ! Clemenceau ! Sage ! Vous savez, Félix, avec les enfants, il faut être patient... »

Après le café, abandonnant les femmes à la vaisselle, curieusement baptisée *popotage*[1], Monsieur Dewaere et moi, accompagnés de Clemenceau, portant son os avec fierté, allions jusqu'au bord d'un étang, abrité dans un coude du Rhône. Avec un don particulier pour la diplomatie, l'étonnant quadrupède se maintenait à une savante équidistance entre son maître et moi, manifestant à mon endroit une certaine sollicitude dont je lui savais gré.

---

[1] Dieulefit (Drôme) est réputé pour son picodon, fromage de chèvre AOC (Appellation d'Origine Céleste !).
[1] Probablement l'association des mots *popote* et *papotage*.

La maison, construite avant la Grande Guerre dans un esprit vaguement *rhodanien* donnait sur un jardin planté d'arbres fruitiers sévèrement taillés et de massifs floraux. En approchant de l'eau, l'allée centrale, rectiligne, soigneusement gravillonnée, laissait la place à une bande herbue, plus sauvage, longeant la rive.

Là, se trouvait l'*embarcadère*, long d'une dizaine de mètres, qui s'avançait à travers les roseaux vers d'improbables fonds. Seul, Clemenceau s'aventurait sur cet édifice branlant, nous laissant admirer le profil moustachu qui lui valait son nom.

Il n'était pas rare que, dans ces moments-là, survînt une compagnie de canards, cancanant en quête de quelque nourriture.

« Tenez, voici un beau colvert, disait Monsieur Dewaere, pointant le bout de sa canne vers l'un des palmipèdes, et regardez par là : la femelle n'est jamais loin ! »

Nous demeurions au bord de l'eau dans la contemplation muette de la faune lacustre tandis que Clemenceau rongeait son os sur le ponton. Le temps suspendait affablement son vol dans une attente dont l'inutilité faisait le charme. L'improbabilité même de quelque changement dans l'ordonnance de ce paysage immuable, rendait le moindre événement d'un notable intérêt : vol de libellule, saut de carpe frayant, ou simple bulle crevant à la surface sombre et huileuse de l'eau.

Les voix joyeuses des femmes nous hélant pour la partie de cartes « de Béatrice » nous rappelait aux devoirs familiaux. Tels deux bonzes assagis, nous cheminions vers la maison, l'esprit vide et le cœur alourdi de confidences tues.

Je ne parviens pas à trouver le sommeil. Les souvenirs de mon bonheur passé ravivent mes blessures, et ceux de Marcellus ont réveillé ma faim.

Dehors, la neige, avec un bruit entêtant de succion, digère lentement la surface du monde. Dans la rue, des pas se font entendre. Quelqu'un ouvre ma porte ! Ai-je bien entendu ?

« Monsieur Ducalm ? C'est moi, Mélanie Réglisse, est-ce que je vous dérange ? »
-Heu... Pas du tout ! Donnez-vous la peine d'entrer ! Dis-je le cœur battant d'une curieuse appréhension.
-Tout à l'heure, devant ma mère, je n'ai pas osé avouer que je vous avais vu, l'autre jour, dans ce bar... Et pourtant, je vous jure que j'en mourais d'envie... Un sot réflexe de gamine ! Bizarre, n'est-ce pas ? Car d'habitude, voyez-vous, j'ai horreur de la passivité ! »
La voix est suave, charmeuse, différente de celle du précédent chapitre.
Croâââaâââckkkkkk !!!!
(Je vais t'engluer comme un bas passereau !)

La silhouette de Mélanie paraît à contre-jour, dans l'ouverture de la porte, enveloppée de la faible lumière qui provient du couloir. Elle a mis, sur son tailleur de laine, un ciré noir que mouchettent aux épaules quelques flocons de neige. Ses jambes sont gainées de collants gris, épais, et ses pieds chaussés de petites bottines. Les yeux violets ont un éclat farouche, animal, tandis que la masse épaisse des cheveux, couleur de jais, se répartit de chaque côté du visage jusque sur les épaules.

Un parfum lourd parvient jusqu'à ma couche.

Croâââaâââckkkkkk !!!!
(Gaffe à tes plumes, l'oiselet !)

Mon taux d'hormones grimpe soudainement, en même temps que ma température ! Je dirais même qu'un certain nombre de molécules appartenant à mon enveloppe charnelle subissent des élans ascendants, que ma modeste couverture ne parvient à dissimuler qu'avec peine.

Mélanie pose une main lascive sur mon gros cahier vert tandis que l'autre débouche sa ceinture.

« Vous écrivez un livre, n'est-ce pas ? Un roman ? Sans adjectifs, bien sûr !

-Oh ! Rien de définitif, dis-je, je n'en suis qu'au début…

-Rien de définitif ! Répète-t-elle en avançant les lèvres ; les gens de lettres sont de grands cachotiers, allez savoir pourquoi ? »

Le ciré noir gît sur le sol comme une ombre égarée.

« Moi aussi j'ai couché dans ce lit, lorsque j'étais enfant, susurre-t-elle, s'asseyant près de moi. Vous ne sauriez imaginer de quoi sont faits les rêves d'une petite fille !

-Difficile en effet ! Mais je peux affirmer que ceux d'un grand garçon sont de nature… beaucoup moins *innocente* ! »

Ô camarades de pensionnat ! Ô Montélimar ! Puissiez-vous voir cela !

« Vous avez là un bien joli oiseau ! Reprend-elle en me touchant l'épaule.

Cröââck ! Cröââââââck ! Qu'est-ce qu'elle diîit !??

-Son nom est Libidos, avoué-je sans réfléchir, mais au fait, comment faites-vous pour le voir ? »

Elle ne prend pas la peine de répondre et m'attire vers elle.

Ses lèvres tendres se posent sur les miennes.

A l'abordâââââge !

Son souffle chaud stimule d'une exquise façon mes glandes sébacées, mes coussinets plantaires et mon corps caverneux !

Me voilà presque rassasié alors que ce ne sont que des amuse-bouches !

Gâââârdez des munitiiiions...

Son corps se colle au mien, sa poitrine durcie s'écrase sur la mienne. La cime de son mont de Vénus presse mon champ de Mars...

Elle murmure haletante :

« Pourquoi... donneriez-vous... ce manuscrit... aux Editions... Laenardt ?

Net refroidissement !

Rentreeeez les bâaateriiiies...

« De quel manuscrit parlez-vous ? Tout au plus quelques mauvaises lignes... Un brouillon, rien de mieux... Restez donc près moi...

- Allons, allons, Monsieur le biographe, un peu de volonté... N'avez-vous pas envie de me faire plaisir ?

- Oh si, bien sûr, mais... mais... »

Brutalement, la voix devient rauque, pressante, minérale !

Alors assez tergiversé ! Félix Ducalm ! Dis-moi ce tu sais ! Je le veux, tu m'entends ?»

Etrangement, les cheveux bruns se sont solidifiés en une lourde coiffe que surmonte un petit serpent noir d'allure menaçante ; le visage s'est transformé en un masque doré, et plus curieux encore, le corps d'une lourdeur de bronze, emmailloté de bandelettes, me broie les os et m'écrase les chairs. Seuls, encore mobiles, les yeux, fendus, projettent une lueur violette, perçante, insoutenable !

« Je… Je ne sais rien… vous m'étouffez, gémis-je, au bord de l'évanouissement… rien encore…, je vous le jure… Par pitié lâchez-moi ! Eurgh !»

-Fort bien, je te laisse, Félix, mais n'oublie pas que bientôt nous nous retrouverons !»

Les châââaloooupes à la meeer !

Au secours ! Au secours !

Glurppps !

*

Et puis tout rentra bientôt dans l'ordre,
C'est-à-dire dans les ténèbres."
R. Radiguet - *Le bal du comte d'Orgel*

Chapitre Sixième

« Maître Garel va vous recevoir dans quelques instants, cher Monsieur. »

Dans la salle d'attente, le tic-tac de l'horloge, au dessus d'une porte, me blesse les tympans. Autour de moi les hautes vitrines surchargées de dossiers, qui s'élèvent abruptement jusqu'aux moulures compliquées du plafond, me donnent le vertige.

On m'a passé la tête au laminoir ! Mon estomac est un Verdun gastrique. Au fond de ma bouche persiste un goût amer. Eurk !

De temps à autre remonte en moi le souvenir d'une eau glacée aux brillances de chrome qui m'aspire et me broie.

Et puis soudain une présence ! Une chaloupe, enfin !

« Félix ! Vous m'entendez, Félix ?

Je connais cette voix ! C'est Annie Réglisse, ma propriétaire ! Où suis-je ?

« Mais qu'est-ce qui vous arrive ? Vous venez de pousser un hurlement terrible… C'était tellement… Oh mon Dieu ! J'en suis toute retournée… Voulez-vous que j'appelle un docteur ?

-Non, non, ce n'est rien, un cauchemar, tout simplement… Eurk ! Je… je rêvais que j'allais me noyer !

-Attendez, je vais vous donner quelque chose.

Bruits de pas qui s'éloignent et reviennent :

-Tenez, buvez ! J'ai préparé une bonne tisane.
Ce n'est pas permis de se mettre dans des états pareils !
*

Une porte qu'on ouvre. Soudain retour à la réalité :
« Monsieur Ducalm, très heureux de vous voir... »
Maître Garel est un homme de taille moyenne, d'une quarantaine d'année, qui tient la tête légèrement penchée. Les cheveux sont bruns, épais, luisants et fraîchement coupés.

Le regard, pénétrant et curieux, traduit un caractère affirmé mais affable. Il porte un impeccable costume gris sur un corps vigoureux. La voix est un peu nasillarde, saisie parfois de menus bégaiements :

« Veuillez entrer et vous asseoir, cher Monsieur Ducacalm.»

Il ouvre un dossier à rabats orné d'une grande étiquette :

« Succession Dagneau, Marcel, Henri, dit Marcellus, né à la Cacadière d'Azur, Var...

-Vous étiez un ami du défunt n'est-ce pas ? »
J'hésite :
« Il semblait me considérer comme l'un de ses proches, notamment à la fin de sa vie... Cela explique, je suppose, les raisons de ma présence ici...

-En effet, Monsieur Dagneau paraissait avoir pour vous une affection toute particuculière. Quelle perte inestimable !

- Oh oui !

- De vous à moi, un dîner à l'Ile Sonnante était une expérience inoubliable ! J'en ai encore l'eau à la boubouche ! Hélas, tout est bien terminé maintenant. »

Il déclame, lamartinien :
« Adieu, œufs coucouronnés de Poutargue tiédie ! »
J'agrée en haussant les sourcils :
-Ce sont toujours les meilleurs qui s'en vont ! »
Il chausse ses lunettes :

-Les dispositions testamentaires vous concernant sont conconsignées sur un document holographe, scellé, figurant à titre de cocodicille dans un ensemble de donations beaucoup plus important dont mon associé, Christian Bonifastoche, va vous donner lecture... »

Un quart d'heure plus tard, il appert que Marcellus, sain de corps et d'esprit, me lègue, pour usage strictement littéraire, un ensemble de documents à caractère biographique, ainsi qu'un vase canope d'époque pharaonique... »
C'est tout.
«Le vase possède une valeur difficilement estimable, compte tenu de son état et des aléas du marché, commente sobrement le Notaire, quant aux différents docucuments, je ne doute pas qu'ils vous seront utiles, si toutefois vous acceptez les conconditions du legs.»

C'en est fait ! J'ai lu, accepté, et signé.
Christian Bonifastoche, le clerc, m'a remis une mallette de cuir beige, dûment enregistrée, et demandé d'aller récupérer le vase, deux jours plus tard, à l'hôtel Champrenard.
Je suis sur le point de quitter l'étude lorsque Maître Garel juge bon d'ajouter :
« Lorsque Monsieur Dagneau vous a coucouché, hum... sur son testament, juste avant sa disparition, il paraissait assez... préocucupé... Quelque chose, à l'évidence, le perturbait, dont il refusait de parler, et, si j'ose cette expression, il n'était pas vraiment... hum, hum ... dans son assiette...
-En effet, dis-je, non sans prudence, il semblait éprouver, au faîte de la gloire... certains doutes... de nature, disons... existentielle... Une sorte de... passez-moi la formule, *crise de foi* en la gastronomie...»

Dans la rue, des paquets de neige salie encombrent les trottoirs et tendent de perfides langues glacées sous les pas des passants. Le ciel, tout en aplats gris blanc, est comme cartonné. Un crachin compact recouvre toute chose d'un givre granuleux.

Je décide de ne pas retourner tout de suite à la *grotte* et me dirige, d'un pas de patineur, par la rue Violette, l'avenue de la République et le Petit Jardin, vers le Tambour Battant, bien décidé à retrouver Hamid, dernier témoin de mes prouesses soûlographiques...

En chemin, la précieuse mallette pèse au bout de mon bras du poids de ses secrets. Ah, si Hélène était là pour me voir !

[*Rappelle-toi, Hélène, lorsque tu m'as rencontré portant cette invraisemblable mallette de cuir beige... Quelques mois avant la publication du mon livre...*]

En face d'un passage piéton, un attroupement qui, par sa maladresse, évoque une compagnie de manchots me ramène à la réalité.

Il y a, au milieu de ce groupe, un homme de haute taille, vêtu d'un long pardessus noir, dont la silhouette ne m'est pas inconnue... Serait-ce...? Le nom m'échappe... Stuffton ? Un frisson me soulève le poil ! Régis Stuffton ! dit Gosier d'Or ! Le critique gastronomique du London New Gourmet. L'obscur rôdeur du cimetière !

Je presse le pas, bifurque soudainement rue de Trois Faucons, poursuit jusqu'à la place des Corps Saints, et pousse sans me retourner la porte d'un débit de boisson :

« *LA DIVE BOUTEILLE, vin fins, spiritueux, livres philosophiques, anciens et modernes.* »

L'endroit est un hybride sombre de taverne et de bouquinerie qui dégage, sitôt le seuil franchi, une haleine de vin, prégnante, palpable, solidifiée à la surface des choses en patine bordeaux. Immédiatement mon cœur se soulève au souvenir de la téquila bue la veille, mais il est trop tard pour rebrousser chemin. Quelques tables en forme de barriques, d'une rusticité digne d'un tableau de Bruegel (l'Ancien !) côtoient des rayonnages chargés de bouquins écornés :

La mécanique des cantiques : Einstein et les polyphonies corses...

Onanisme onomastique : essai sur les paronymies contingentes...

L'existentialisme expliqué aux enfants. (Collection illustrée par Michel Gravezat.)

Du Kant à soi au Kant à vous. Petit guide d'altruisme pratique...

Tectonique des plaques d'immatriculation. Notions de sémiotique contractuelle...

Et même, dans une collection brochée à reliure dorée :

L'érection comme ascenseur social. Voyage au cœur des phallocraties populaires, de 1936 à 1981. Par Hubert Beautalon, Professeur Honoraire au Collège de Flandre !

Sacré Hubert !

Je m'installe auprès de la vitrine bordée de dentelle jaunie, d'où il m'est loisible de surveiller la rue. Stuffton a disparu, mais je reste aux aguets. De l'autre côté de la salle, un homme aux cheveux longs, le visage barré par d'énorme moustache *en guidon de vélo*, et le teint rubicond, est attablé devant un ballon de vin rouge, regard lointain, comme empreint d'une sagesse amère.

Sur une longue ardoise, figure une liste de crus aussi fournie en patronymes qu'un monument aux morts sur le Chemin des Dames.

Bruit de cascade : un rideau de buis s'ouvre derrière le comptoir :

« Pour Monsieur, ce sera ? » Me demande une femme tout en chignon qui arbore quelques poils au menton et brandit dans sa main, à la manière d'une excroissance osseuse, un gros tire-bouchon.

Mon intuition me dit que réclamer la tasse de thé chaud que mon ventre réclame constituerait un véritable affront. Je lance avec détresse :

« Un rosé, je vous prie ! »

Le vin n'est pas mauvais, je le trouve même assez bon ; une surprise après mes exploits de la veille. Le Tavel, frais à point, glisse au fond de ma gorge avec docilité et imprègne d'une humidité bienfaisante mes muqueuses asséchées. Un début d'euphorie me permet de jeter un œil neuf sur la situation :

Pour autant que je sache, Marcel Dagneau, sommité de la gastronomie mondiale, officiellement décédé d'une crise cardiaque, se serait en fait *suicidé* pour d'obscures raisons qui touchent à un *secret* difficile à porter ; un *secret* qu'il a désiré me confier pour que j'en fasse un livre... Pourquoi ? Quelle affinité, quelles accointances particulières, quelle inclination singulière ont rapproché cet homme illustre de l'illustre inconnu que je suis ?

Une fois de plus, ces pensées me ramènent quelques temps en arrière, à l'hôtel Champrenard où le Chef m'avait demandé de lui rendre visite :

« Prenons un verreu d'armagnac ! Avait-il déclaré, sitôt assis dans de vastes fauteuils aux pieds torsadés comme des sucres d'orge, Donatiieng ! Servez-nous, je vous prie. »

Nous étions demeurés silencieux, armagnac en main, faisant tourner le liquide doré dans le verre tout près de nos narines, attentifs aux multiples senteurs : raisin sec, prune confite, humus, fougère, coing blett... Et puis, baissant la tête, il avait dit d'une voix lasse :

« Hiier, une cliiengte a demângdé du sel ! »

Et comme je le regardais, interdit, il avait ajouté à la manière d'un enfant pris en faute :

« J'ai ressengti cela comme un reprocheu, un blâmeu !

-La belle affaire ! Avais-je aussitôt rétorqué. Du sel ! Propos de béotienne nourrie de hamburgers ! De souillon au palais sclérosé par trop de fastfoodaille !

-Hélas ! Je craings qu'il ne s'agisseu, au congtraireu de quèqu'ung d'averti. Il y avait dans song maingtiieng à tableu, dans la somgbre rigueur de son habillemengt, riieng que dans la façong dont elle a dépliié sa servietteu, ce quèque choseu qui dénoteu à coup sûr la cliiengte de goût, la personne au bec fing. Et là-dessus, eh biieng, croyez-moi, je ne me trompeu guèreu !

-Quelle importance, Marcellus ? Que n'avez-vous cloué le bec, aussi fin soit-il, à cette impertinente !

-Peut-être bieng, avait-il murmuré, comme se parlant à lui-même, mais je ne peux m'emgpêcher de pengser qu'elle a dû flairé quèque choseu...

-Allons donc ! Vous vous alarmez pour des enfantillages ! Trois grains de sel ! La belle affaire ! Votre renom fait l'unanimité ! La critique ne cesse de vous couvrir d'éloges ! »

Il m'écoutait, avec cette attention polie, ironique et désabusée, d'une personne qui sait fort bien ce que vous ignorez.

« Oui mais voilà, continuai-je, en le regardant bien en face : vous êtes fatigué, et la moindre contrariété vous est insupportable. Voulez-vous que je parle avec sincérité ? Vous devriez, comme tant d'autres, former de jeunes chefs ; la place est convoitée, vos talents...

Mes talengts ! Oh mong Dieu ! J'aimerais biieng en posséder le quart de ceux que l'ong m'accordeu !

A cet instant, le visage de Marcellus, à l'accoutumée d'une blancheur unie et comme poudré de fleur de farine, s'était constellé d'une foule de petites ridules, tel un vernis qui se craquelle :

« Le vrai talengt, Monsieur Ducalm, c'est un dong qui permet l'expressiiong de notre moi profong et de nos sentimengt; tenez, dangs votre livre, quângd vous parlez de votre pèreu, de sa disparitiiong ; là, cette émotiiong, ça sonne justeu, comme une clocheu biieng fongdue... Vous pouvez être fiier... Mais pour d'autres... Si vous saviiez ! Ils usent d'artificeus, ils dissimulent, ils trichent... Ils fongt, c'est le cas de le direu, leur petite cuisineu! Et ce faisangt, eh biieng, ils gardent au fongd du cœur une amertumeu, un poisong qui peu à peu les ronggent... »

L'expression du Grand Chef était à ce point saisissante que je ne pus m'empêcher d'éprouver un frisson. Ces paroles aux accents sibyllins annonçaient un aveu que je craignais d'entendre.

« Mais le temgps est venu, avait-il enchaîné, que les imgpôsteurs paient leur detteu... »

Puis avec un triste sourire :

« C'était écrit depuis longtemgps ! Le graing de sel a gâté le festing! »

Alors, me fixant de ses yeux délavés, tout à coup recouverts d'une buée de honte :

« J'ai mengti ! J'ai mengti sur toute la ligne, depuis plus de trengte âng ! J'ai mengti tellemengt, que, bien sûr, j'ai fini par croire à mes mengsonges ! Je n'ai pas de talengt, cher ami, seulemengt un secret, un viieux et lourd secret...

-Quel secret Marcellus, de quoi voulez-vous donc parler ? »

Le Chef avait levé son verre à la hauteur des yeux, telle une boule de cristal, considérant par transparence son contenu ambré, et puis sa voix chantante s'était élevée dans la pièce :

«Félix, je veux vous congfiier ce secret, nong seulemengt parce ce que vous m'êtes symgpathiqueu, mais parce que vous pourrez y trouvez matiièreu à réflexiiong, et, je l'espère, ung bong sujet de livreu... »

Je m'apprêtai fiévreusement à recueillir ses confidence mais il fit mine de se lever, agrippé aux accoudoirs torsadés du fauteuil, et ajouta en me donnant congé :

« Cependângt, vous devrez vous mongtrer patiiengt, un peu de temgps engcoreu, car je veux devoiler ce secret qu'une fois achevé mon séjour ici-bas, et mon corps mis en terreu... »

C'est fait.

Précautionneusement, le cœur battant, je pose la mallette sur la table du *bar philosophique*.

Que vais-je découvrir ?

Un tour de clé : Clic, clac, un petit mécanisme libère le couvercle. Et aussitôt, c'est l'odeur de l'Ile Sonnante qui monte à mes narines : suave, raffinée et gourmande.

A ma grande stupéfaction, tous les papiers, à l'exception d'une enveloppe posée en bonne place, semblent avoir été jeté là dans le plus grand désordre. L'enveloppe contient un feuillet manuscrit couvert d'une fine écriture :

« *Cher Félix, permettez que depuis le tombeau j'honore ma promesse... Je vais enfin vous livrer mon secret... Mais hélas, au moment où j'écris, je mesure que le temps m'est compté, plus que je ne croyais...* (L'écriture devient brouillonne) *Un froid funeste s'insinue dans mes veines... Je glisse dans cette petite mallette tous les documents nécessaires à ma biographie... Vous saurez, j'en ai la certitude, en reconstituer les divers épisodes sans lesquels le secret que je porte ne peut être compris !... Quelle ironie pour moi, qui aurait tant voulu écrire, que cette collaboration posthume ! Je ne peux m'empêcher d'en tirer à l'avance fierté ; et cela quand bien même j'y participe comme l'auteur d'un honteux artifice !... Enfin, Cher Fé-*

lix, n'oubliez pas que la tâche qui vous attend n'est pas de tout repos et pourrait même se révéler plus périlleuse que vous ne le pensez
  Je garde en vous une absolue confiance,
  Et meurs sans crainte...
  *Adieu, et... (*La fin est illisible*)*

La mallette est remplie de papiers disparates : coupures de journaux, photos de différents formats, lettres diverses, menus, brochures et notes. S'y trouve aussi un fort carnet à couverture de maroquin usé, et plus étrange encore, un petit biscuit à l'apparence de macaron roussâtre que, machinalement je glisse dans ma poche.

Je suis ému et déçu à la fois. Tout est beaucoup moins clair que je ne l'espérais. L'épaisseur de mon nouveau roman décroît comme la profondeur d'un étang qui s'assèche.

Que va penser Laenardt ?

Bref coup d'œil au carnet. C'est encore cette écriture fine, appliquée, penchée en fines vaguelettes, si délicate qu'on a du mal à croire qu'elle est de la main de Marcel.

Pour l'essentiel, il s'agit de recettes :

Filets de rascasses et scampi sur lit de fenouil à la crème d'ail frais. (Marcel Dagneau. 198*. Le Bien Manger, la Fortune du Pot, éd.)
[Pour 4 personnes]

Prélever les filets de deux rascasses rouges (ou chapons) de taille moyenne ; saler, poivrer, huiler légèrement, cisaler la peau, et réserver sur la plaque du four préalablement recouverte d'un lit de sel humide. Couper les queues des scampi, prélever la chair en veillant à ne pas la hacher. Laisser intacte la nageoire caudale. Entailler les dos aux ciseaux

Le Secret du Chef

et retirez délicatement l'intestin avec la pointe du couteau. Mettre au frais. Au mortier, broyer des gousses d'ail frais avec un grain de badiane, une pincée de sucre, un dé à coudre de gros sel, un peu de curry, une cuiller de tapenade. Remuer en incorporant de d'huile d'olive jusqu'à obtenir une pâte onctueuse. Dans une cocotte, faire revenir un oignon de taille moyenne, deux tomates d'Italie, non pelées et coupées en quartier, les carcasses concassées des rascasses, une ou deux têtes de scampi, quelques filaments de safran, et un demi citron (sobrement épluché). Mouiller le tout avec trois décilitres de vin blanc, un verre de muscat et porter à ébullition. Ecumer le bouillon, puis couvrir et laisser mijoter à feu doux pendant une trentaine de minutes. Pendant ce temps, trancher par le milieu deux bulbes de fenouil en conservant du « vert ». Aplanir au couteau la partie convexe pour obtenir de belles tranches et les faire blanchir, légèrement salées, dans une casserole. Saupoudrer les scampi d'un peu de piment d'Espelette. Remuer doucement le contenu de la cocotte en veillant à ne pas trop disperser les arêtes, puis le passer à l'étamine pour obtenir un fumet de poisson. Tenir au chaud, et préchauffer le four à la température maximale. Achever « à la vapeur » la cuisson des plants de fenouil, rincés et égouttés, et des queues de scampi. Réduire par une nouvelle cuisson le fumet de poisson, incorporer du beurre malaxé, des cébettes émincées, et fouetter jusqu'à l'épaisseur souhaitée. Passer les filets de rascasses au four très chaud pendant cinq à sept minutes selon la grosseur. Sur les assiettes, dresser les morceaux de fenouil, les recouvrir avec les filets de poisson badigeonnés de la pommade d'ail. Disposer à proximité les queues de scampi. Napper le tout avec la sauce. Ajouter un filet de citron, persil et poivre du moulin. Servir très chaud. .

J'ai faim !

Figurent aussi sur le carnet quelques aphorismes fameux, des notations plus personnelles, et des chiffres qui évoquent une forme obscure de comptabilité :

Changer « blanc de seiche à la plancha » par « rostre de calmar poêlé ». Menu 12. (Gérard.)

Les animaux se repaissent ; l'homme mange ; l'homme d'esprit seul sait manger. *(Brillat Savarin)*

La découverte d'un mets nouveau fait plus pour le bonheur du genre humain que la découverte d'une étoile. *(Ibid)*

Et toujours des recettes :

    Grenouilles sautées belles cuisses
    Encornets mode toréador
    Des souris (d'agneau), et des pommes
    Gras double au triple sec
    Dindon de la farce (plat surprise)
    Sardine de Marseille (pour douze personnes)
    Lapin aux poireaux (compter deux heures d'attente)
    Champignons de Pâris, andouillette de Troie (spécialité grecque)
    Nougats écrasés (sur demande)
    Alouettes sans têtes (ni queues)
    Purée de nous autres (faite maison)
    Rognons de cheval croque en selle
    Crabe dormeur sur canapé
    Duo de fruit : mi figue, mi raisin
    Tête de veau façon parigote
    Mille (et une) feuilles à l'Orientale
    Faux filets d'anguilles
    Soupe à la grimace (Très épicée)

Ragout de mouton aux cinq pâtes
Aumônières à l'oseille (compter un supplément)
Palourdes (très légères)

« Les vins ont toujours plus d'esprit que ceux qui les boivent. » Yvon Lebouffé - L'œnologie logique. Ed. La Fortune du Pot. »

Là, des marques d'intérêt des Corps Constitués :
(Quelques exemples du mois de juin) :

Mardi 8 : Personnel du Conseil Régional : zarzuela à la galicienne, xérès, fruits de saison.

Jeudi 10 : Conseillers de la préfecture : coquelets au champagne, asperges crème mousseline, cèpes d'Ardèche.

Lundi 14 : Cabinet du Député Maire : Poularde, Châteauneuf blanc, melons de cavaillon.

Mercredi 16 : Bureau du Conseil économique et social : Belons 3x6x12. Langoustines. Soles. Pithiviers

Vendredi 18 : Commission de jumelage franco-allemande : choux, saucisses. Bière. […]

Des raretés, comme cette :
Barbue garnie dite à la talibane. *(Y. Lebouffé, livre de cuisine. La Fortune, éd.) Lapidez, videz, ébarbez et faites dégorger à l'eau une barbue*[1]*... etc....*

---

[1] Scophthalmus rhombus, ou barbue, poisson plat qui ressemble au turbot. Elle ne porte qu'un léger duvet jusqu'à l'adolescence.

Au verso d'une carte de visite au nom de Jean-Pierre Vidal, Chevalier de la Légion d'Honneur, cette citation de Charles Baudelaire :

« Le vin est semblable à l'homme : on ne saura jamais jusqu'à quel point on peut l'estimer et le mépriser, l'aimer et le haïr, ni de combien d'actions sublimes ou de forfaits monstrueux il est capable. Ne soyons donc pas plus cruels envers lui qu'envers nous-mêmes, et traitons-le comme notre égal. »

Ici, un quatrain de Marcel, dédié à Ragueneau[1], d'une touchante maladresse :

A toi, mon vieux compère, Cyprien Ragueneau,
Pâtissier et poète, et généreux mécène,
Tu nourris Cyrano de tes divins gâteaux,
Et Molière servis en éclairant la scène…

Côté photos, c'est le même désordre :

Tiens, voici Hélène et moi devant les fourneaux de l'Ile Sonnante ! Je me souviens quand Marcellus a pris ce cliché, *en cuisine*. Que nous étions heureux ! Hélène, resplendissante, porte un chemisier vert et le collier que je lui ai offert. Elle est tournée vers moi, saisie dans un élan spontané de bonheur qui témoigne avec une douloureuse évidence de l'amour qu'elle me porte…

« Et dire qu'un mois plus tard tout sera terminé !» Médité-je, tandis que l'image lascive du long corps blanc de Déborah remonte à ma mémoire …

Et je pense : « Quel horrible gâchis ! »

---

[1] *Cyprien Ragueneau*, 1608 – 1654, pâtissier *du cardinal de Richelieu*, devenu comédien de l'Illustre Théâtre, puis moucheur de chandelle, inspira Edmond Rostand dans Cyrano de Bergerac.

« La cuisine est un pays dans lequel il reste toujours des découvertes à faire. »
Grimod de la Reynière. Almanach des Gourmands. (1803)

En-dessous, ces mots de Rivarol cités par Curnonsky :
« Savez-vous la différence qu'il y a entre une huître et un savant ? C'est que l'huître bâille et que le savant fait bâiller ? »

Une autre citation :
« L'Esprit français peut se résumer dans ces deux formules :
Liberté - Egalité – Fraternité
Entrée – Plat – Dessert »
(*Y. Lebouffé, Maximes. La Fortune, éd.*)

Extrait de bulletin scolaire de l'élève Marcel Dagneau. Classe de sixième :
Année médiocre. Des aptitudes en tout mais du goût pour rien. Doit se motiver.

Samedi 12 : rendez-vous avec Maître Garel. Penser à descendre le vase.

« Voilà enfin qui peut m'intéresser ! »
Près de moi, L'homme aux longues moustaches commande un autre verre :
« *Madame, s'il vous plaît, vous me remettrez ça !* »
J'entends à peine la grosse déneigeuse qui passe en grondant dans la rue, tant je suis absorbé.
Soudain, la Dive Bouteille se remplit d'air glacé. Une femme emmitouflée dans des châles fumants vient de rentrer et souffle dans ses mains :
Chhuuuuhhhhh !

La neige, muette et drue, s'est remise à tomber.

Une autre photo retient mon attention. On y voit un enfant très jeune, corpulent et joufflu, posant nu sur une peau de bête. Son air, étonnamment sérieux, et sa façon de contempler le monde qui l'entoure avec une curiosité bonhomme, ne laissent aucun doute sur son identité. Au demeurant, Marcellus a noté au verso :

Six mois que je suis né, avec un peu d'avance, le 24 décembre 19**, près de la Cadière d'Azur (Var), dans la maison de ma grand-mère. Ma mère avait senti les contractions alors qu'elle plumait la dinde de Noël, et, fait singulier, que l'on m'a rapporté plus tard, et qui, assurément, sera déterminant quant à mon devenir : je pesais exactement le même poids que le malheureux volatile.

Sur un autre cliché, le même enfant, un peu plus grand se tient très droit, au premier plan, devant deux adultes vêtus de sombre. L'homme, la cigarette aux lèvres, possède un visage fermement dessiné, creusé d'ombres profondes. Il porte un costume anthracite sur un corps puissamment charpenté, une chemise blanche et une fine cravate noire, mal nouée. La femme, en imperméable marine et foulard pourpre, a des traits réguliers et une bouche sensuelle, aux lèvres pleines. Lui a posé ses mains sur les épaules de l'enfant qui, sourcils dressés, affecte un petit air de gravité et d'incompréhension.

Au dos, ce commentaire :

Avec mes parents à Cassis en 19**. Je viens de perdre ma grand-mère. J'ai du mal à saisir le mystère insondable de sa disparition.

Marcellus en premier communiant.
Le cierge entre ses mains a la taille d'un sucre d'orge.

Ecole hôtelière (Photo de classe non datée) : 2ème Année. Marcel Dagneau, le plus grand de sa promotion, se trouve au premier rang. C'est lui qui tient l'ardoise.

197*. Quelque part en Orient. Les cheveux ont poussé. Marcel, en gilet coloré, pose devant un temple hindou, près d'un homme au turban.

Une photo de femme ! Belle, brune, aux yeux clairs, en pantalon bouffant. D'un air de défi elle brandit un sabre. Marcel l'observe, un énigmatique sourire aux lèvres.

Dans une enveloppe jaunie, encore une photographie aux couleurs de marine (Jean-Luc Carot. Photographe) : Une forêt des mâts en constitue le fond. Devant, un appontement couvert de caisses empilées et de filets de pêche. Sur la gauche, attaché par la queue à une sorte de potence, un énorme espadon pointe vers le pavé son éperon vaincu. A droite, un enfant en culotte courtes, admire la fabuleuse prise, ou peut-être son père, qui, bras croisés, pose aux côtés de l'immense poisson.
Au verso : *02/09/196*. La dernière photo que je possède de mon père avant que la mer ne l'enlève. On n'a jamais retrouvé sa dépouille, ni même son bateau. L'espadon pesait 160 kilos. Ce fut la dernière fois que je songeais à devenir pêcheur.*

C'est en remettant la photo à sa place que je découvre une coupure de journal dont l'illustration n'est pas sans rappeler la scène précédente. Fait singulier, l'article a été déchiré, puis recollé d'une manière hâtive. On voit encore les bateaux amarrés sur le port et le quai des pêcheurs. Au loin les falaises du cap Canaille tranchent sur le ciel bleu. Cette fois, ce sont quelques amphores antiques, un vieux fût de canon dévoré par la rouille, et des pièces de bois, couvertes de varech, qui sont exposés, sur le quai, devant Marcellus et son père.

Le journal est daté du 23 juillet 196*, deux mois avant la prise du cliché précédent.

Découverte archéologique au large de Cassis.

Alors qu'il ramenait ses filets dans la zone du Grand Congrue, Marius Dagneau, patron du bateau « l'Escogriffe », marin pêcheur à Cassis, a eu la surprise de remonter à bord quelques pièces archéologiques d'époque antique, dont plusieurs amphores hellénistiques, un vase funéraire égyptien, ainsi qu'un fragment de bas-relief en marbre. L'analyse des débris ligneux issus de pièces d'accastillage ramenés en même temps que les antiquités, en particulier une poulie de palan de conception moderne, tout comme la présence d'une petite pièce d'artillerie d'origine anglaise (apparentée au fauconneau d'un navire de faible tonnage) donne à penser que l'on se trouve en présence d'objets issus d'une épave du dix-huitième siècle. Monsieur Moity, Directeur de Recherches à l'Institut National des Etudes Subaquatiques, a émis l'hypothèse que le chargement ait pu comporter des *curiosités* destinées à un collectionneur...

Une lueur me traverse l'esprit : le vase égyptien n'est autre que celui que m'a légué Marcel ! Approcherais-je enfin de rivages connus ?

Je me sens bien trop las pour chercher à répondre. L'heure avance et il faut que je retrouve Hamid.

Je m'apprête à quitter la dive Bouteille quand, venant de la table à côté, une voix m'interpelle :

« Monsieur Ducalm, pourriez-vous, je vous prie, m'accorder une instante ? »

Je sursaute, et serre la mallette.

C'est mon voisin, l'homme aux bacchantes d'allobroge, qui, de la main, m'invite à rejoindre sa table.

Il ajoute :

« Aurais-je le plaisir de vous offrir une verre ? »

Sur le qui vive, je lui lance aigrement :

« Cher Monsieur, avant que de répondre à votre invitation, j'apprécierais beaucoup de savoir qui vous êtes, et comment vous connaissez mon nom !

Un large sourire soulève les extrémités du guidon de vélo :

« Good Lord ! Je dois me considérer comme fière de ne pas avoir été reconnued, malgré votre méfiance ! Notez que ma métier m'oblige à pratiquer souvent l'art du déguisemente !

Le sang se glace dans mes veines.

J'articule avec peine :

« Ainsi vous... vous êtes ...

- Régis Stuffton, précise l'inconnu, Sir Régis Stuffton, correspondant du London New Gourmet, plus connued de mes concitoyens sous la pseudonyme de : « Golden Throat : Gosier d'Or ! ». Ahûûûhh !

- Ainsi donc, vous m'avez suivi, Sir Stuffton ! Sachez que ce sont des façons que...

- Aôh ! Je vous en prie ! J'ai pensed que, peut-être, nous pourrions échanged quelques mots, et, pourquoi pas, évoqued le mémoire de - Ahûûûhh ! Votre ami Marcellus ? Le sujet est, vous en conviendrez, des plus intéressantes... Mais avant... Ô Djésus ! Ces moustaches tiennent affreusement chaude ! Permetted que je les retire...»

* * *

C'est vrai, je ne suis pas un vin des plus couru,
Mais j'ai quand même rang de septième grand cru.

                       Martial - Epigramme (livre XIII)

Chapitre septième

Sans ses moustaches, Régis Stuffton a retrouvé sa physionomie anguleuse, son maxillaire conquérant, et cette implantation dentaire à la mode équine, que l'on dit si particulière aux habitants des îles britanniques. Il parle d'une voix haut perchée, et, si ce n'est l'étrange feulement oxfordien dont il ponctue la plupart de ses phrases, quelques approximations dans le genre des noms et d'autres menus anglicismes, le critique gastronomique du London New Gourmet s'exprime en un très bon Français :

« Savez-vous, Monsieur Ducalm, J'ai étudié le langue française dans le région du Bordelaise, où mon oncle maternelle possédait une « château ». Oh ! Une bien grande mot pour un propriété viticole d'à peine deux hectares, Ahûûûhh ! Mais produisant une vin qui n'était pas dépourvued de noblesse. J'avais deux ans à peine lorsque mon mère nota qu'à table, assis sur une chaise haute au milieu des convives, je pouvais reconnaître, sans un hésitation, les crus du bordelaise à leurs seules odeurs. A ce propose, un anecdote veut qu'un bouteille de Pétrus ayant disparu du cellier, je confondis en une instant la gouvernante de mon sœur, Ahûûûhh ! A la parfume de sa haleine !

-Voudriez-vous, Madame, nous apported deux autres verres de Laudun.

Quelques années plus tard, à Londres, lors d'un goûter organised par ma école, je fus capable, les yeux fermés, de distinguer trente sept variétés de cheese cake aportted par les mamans d'élèves. Dès lors, l'on commença à me surnommer Golden Throat : *Gosier d'Or* !

-Merci, Madame. A le vôtre, Monsieur.

Le docteur Jarry Coe, auteur d'une thèse sur l'hypersensibilité gustative, m'examina et établit que, seul cas recensed sur le Vieux Continente, j'étais doted, Ahûûûhh ! du Nez et du Goût ABSOLUTE ! J'acquis rapidemente un notoriété qui eût pu me faire entreprendre un carrière lucrative dans la domaine du spectacle ; je choisis le voie plus escarped de la Gastronomy. Par gourmandise ? Assurémente, Ahûûûhh ! Mais avant tout par goût pour les énigmes ! Car, voyez-vous, il n'est aucune endroit au monde où une secrette soit plus jalousement garded que dans une cuisine ! Et moi, Ahûûûhh !, j'adore les secrettes ! »

Je ne puis m'empêcher de sursauter en entendant ce mot.

« En effet, dis-je, avec humeur, m'engageant malgré moi dans la conversation : Colette, l'une de nos femmes de lettres, a écrit quelque part : *Il ne faut pas se mêler de cuisine si l'on n'a pas de goût pour la sorcellerie.*»

Et d'ajouter d'un ton auquel je confère un peu de fermeté :

« Et je précise qu'en ce qui me concerne, Monsieur Stuffton, je n'ai AUCUN goût pour la sciences occultes, et moins encore pour les SECRETS ! Par conséquent (je détache un peu les syllabes), je ne vois pas en quoi je pourrais satisfaire votre curiosité... »

L'Anglais agite ses immenses phalanges au-dessus de son verre à la manière d'un pianiste qui, s'apprête à jouer un morceau :

-Allons, allons, sait-on jamais, lance-t-il, le regard brillant, observez la robe de ce vin. Quelle merveille ! N'évoque-t-elle pas, Ahûûûhh ! le goutte de rosée sur le tendre jonquille ?

Stuffton ne manie pas la métaphore culinaire avec le dos de la cuiller. Je dirais même qu'il pousse assez loin le bouchon !

Je lui sers une moue de dessous les fagots, pas piquée des gaufrettes.

Mais ce n'est pas fini ! Comme inspiré, les yeux mi-clos, il approche la coupe de ses lèvres avec une lenteur savamment calculée : Inspiration profonde, reniflement, aspiration, suçotis, gazouillis, clapotis, friction, mastication, déglouglomation, long silence puis Claquement de langue :

« Not bad! »

Je dois le reconnaître : c'est de la belle ouvrage !

L'artiste me demande :

« Ahûûûhh !!, Au fait, et vous qui avez été autrefois œnologue, que pensez-vous de ce petit Laudun, *les Charmettes*. 2007?

Quoi ! Comment Stuffton sait-il que j'ai tenu quelques mois auparavant la rubrique vinicole au magazine *La Comtadine*? Comment a-t-il eu vent de cette calamiteuse période de ma vie pendant laquelle j'avais rencontré Déborah, et que je croyais irrémédiablement enfouie dans les tréfonds de ma mémoire, et ignorée de tous ?

La moutarde me monte au nez. Je lance avec colère :

« Suffit, Stuffton ! Je suppose que par ce froid polaire, vous ne passez pas votre temps à me filer le train, pour solliciter l'opinion d'un présumé confrère sur cet... Mum, mum, très acceptable, vin de Laudun !

Délicatement, il tapote son verre :

-En effet, cher Monsieur, vous l'avez bien compried, mon penchante pour les *devinettes* me conduit à m'intéressed davantage à Marcellus, votre défunte ami, qu'à votre vie prived, aussi excitante soit-il ?

-Parlez Stuffton, intimé-je avec une excessive brusquerie, pressé d'en finir et désireux d'en savoir davantage, que voulez-vous de moi ? »

Il racle sa gorge en or, ce qui produit un léger cliquetis métallique :

« Un peu avant sa mort, votre ami avait-il évoqued devant vous le présence, à l'Ile Sonnante, d'une cliente qui... réclamaid du sel ? »

Décidément, Régis Stuffton en sait plus long que je n'aurais pensé...

« Oui, dis-je, saisi d'une étrange impression. Il m'en avait parlé. Et cet événement l'avait beaucoup marqué...»

Une ombre satisfaite parcourt les traits de l'impavide Anglais :

« Je vous dois une aveu, cher Monsieur : Cette cliente... Eh bien, Ahûûûhh ! Ahûûûhh ! C'était tout simplemente... moi-self !»

Cette révélation est un coup de poignard. Je manque m'étrangler. Je crie presque :

« COMMENT ! C'était vous-self ? Mais pourquoi ? POURQUOI ? Savez-vous que ces agissements ont conduit au tombeau le pauvre Marcellus ! Oh mon Dieu ! J'y vois clair maintenant : C'est un meurtre, Stuffton ! Pire : un assassinat ! Car le crime était prémédité ! Ah mais... vous n'allez pas vous en tirer aussi facilement ! Je vous...

Stuffton avait dressé vers moi son oblongue paume saxonne

-Allons, Allons, du calme, je comprends tout à fait la chagrin que suscite le perte d'une ami... Cependant, notez-le, je n'ai fait qu'accomplir ma devoir. La sens de l'équité qu'impose ma métier me conduit à servir la talent et à blâmer le fraude. Or, depuis bien longtemps, Ahûûûhh ! Marcellus nous TROMPED ! Vous TROMPED ! Il tirait la meilleur de son art d'obscures manigances ! Et cela, chère Monsieur, vous le savez tout aussi bien que moi !

Il avale une gorgée de vin :

« D'ailleurs, vous-même, que cherchiez-vous dans cette mystérieuse mallette que vous dissimuled maladroitement sous le table ? »

Une sueur glacée s'écoule sur mes tempes. La MA-LETTE

Mallette, Mallette, je te tiens, je te tiens bien, petite Mallette

-Laissez-moi ! Dis-je, me levant prestement, je refuse de vous répondre ! Et je suis attendu... »

Avec une vigueur tout à fait surprenante, Stuffton, en bon Anglais, me saisit par la manche.

« Attendez, j'ai encore quelques détails intéressantes que vous serez, j'en suis certaine, très étonned d'apprendre. Et tout d'abord comment j'en suis venu à suspecter *votre* Marcel de tous nous mener en ferry.

Je ricane :

-Rien de plus naturel... pour un fils de marin...

-Oh my God, Vous me faites mourir de rire! Ahûûûhh ! Déjà midi une quart ! Que diriez-vous d'un petit collation ?»

Stuffton m'agace. Ma patience tourne au vinaigre ! Je boue !

Et pourtant ! Voilà presque deux jours que je n'ai rien mangé :

Je cède lâchement :

Menu rabelaisien

Le Secret du Chef

Salade des six pèlerins[1].
Tripes à la Gargamelle[2].
Gigot de mouton de Panurge aux flageolets pétaradants.
Fouace picrocholine.

[Suite du discours que me tient Régis Stuffton, dit Gosier d'Or, dit Palais Impérial, dit l'Attila de la Gastronomie, pendant que mangeons, et buvons du vin de Chinon.]

« Ahûûûhh ! Il me fut donné, cher Monsieur, d'approcher Marcel Dagneau pour le première fois lors du onzième M.C.A. (Mondial de Cuisine Aquatique) de Barcelone, en 19**. J'ai tout d'abord été frappé par le haute stature, l'exacte embonpointe de ce tout jeune chef. De plus, dès cette époque, il émanait de lui cette aspecte de puissance rentred et de dextérited, si précieux dans les métiers de bouche. Ahûûûhh ! On comprendra que l'impressione qu'il produisait amenait à penser que, dans une proche avenir, il intègrerait la gratine culinaire mondial, d'autant qu'il s'était d'ores et déjà tailled un solide réputationne dans l'accommodemente du poissonne, Ahûûûhh !! Et se montrait avec les fruits de mer proprement intraitable. Mais les places étaient chères et les concurrentes redoutables…

Scluupsch ! Scraotchhh ! Ch'brooff !

-*Oh My Lord, Really gooood!* Regardez cette assiette de tripes ! Tout est là, dans son absolute complétude : Panse ! Bonnet ! Feuillet ! Caillette ! Les quatre piliers de la Rumination ! Le nirvana cœliaque ! Quelle heureuse surprise ! Mon

---

[1] « Comment Gargantua mangea en salade six pèlerins. » (Cf. Gargantua. Chap. 38)
[2] Gargamelle ayant dévoré force tripes (ou godebillaux) accoucha de Gargantua par l'oreille gauche. (Cf. Gargantua Chap. 4 à 6)

carnet ! Mon carnet ! Certes, Vuillemot[2] y aurait ajouted - dans une jatte en terre enterred sous le braise : douze pieds de moutonne bien blanchis, une jarret de veau désossed, une bouteille de Jurançonne, une verre de cognac, une livre de moelle ! Mais les temps ont changed, cher Monsieur, sachons nous satisfaire de la légèreté.

Scluuupsch ! Scraotchhhh !

Où en étais-je ? Le Mondial ! Oh yes ! Je disais, Ahûûûhh !! que le concurrence était rude : Italians, Japoneses, Chineses, Espanese... Des durs à cuire, des vrais pros du piano et de la mandoline[3].

Scluuupsch ! Scraotchhhh !

A propose ! Savez-vous dans quelle ville française j'ai débarqued pour le première fois ? C'était à Caen ! Ah ah ah ! Mais revenons à nos tripoux - Ah ! Ah !- et aux épreuves qu'aurait à affronter, à Barcelone, notre jeune Marcel en cette juillette catalaniculaire de 1981. Vous savez commente se déroulent les concourses de gastronomy, chère confrère : l'épreuve technique fut remported haut la baguette par le Japonais Agatô, tenant du titre, qui usa, pour l'exercice de découpe, d'une sabre de samouraï. Quelle maîtrise ! D'une concombre, un tomate, une navette, il fut capable de composed en un fraction de seconde un macédoine multicolore dont chaque dé, selon l'ingrédiente qu'il avait découped, correspondait respectivemente aux tailles dites «Brunoise», «Mirepoix», «Parmentier[1]»!

Il était absolutely imbeattable !

---

[2] Elève de Carême, ce grand chef compléta le *Petit dictionnaire de cuisine* d'Alexandre Dumas (Paris, Lemerre, 1882, in-18) La recette citée figure dans *Fleur de la cuisine française*. Tome 2. p° 220. (Paris, Editions de la Sirène, 1921)

[3] Ustensile en forme de planche à découper, très dangereux. Ne pas laisser gratter par un bambino.

[1] Découpes de diverses sections.

De sa côté, appliqued, mais une peu lente, le jeune Marcellus n'arriva que sixième.»

-Monsieur Ducalm, videz donc votre verre, mumm, plôôcht, plôôtch... Mais oui, c'est bien ça, vous sentez ? Il y a un peu d'ail là-dedans... et aussi une soupçonne de genièvre...

Mallette, Mallette, je te tiens bien, petite Mallette !

Les figures *imposed* furent de toute beauty, Ahûûûhh ! Il s'agissait d'accommoder la brème, poisson d'eau douce une peu revêche et rétive au dressage[1], en s'inspirant de la culture nationale de chaque cuisinier.
Ce fut encore Agatô qui gagna. Ahûûûhh !! Avec beaucoup de naturel, il avait donned au poissonne l'apparence de Darhuma, le saint patron des arts martiaux, combattant la dragonne.
Et une rien de persil...Marvelous !
Avec les mêmes ingrédientes, mais une talente un peu moins abouti, un Italien avait choisi de représenter Michel-Ange décorant la chapelle Sixtine, et fut classed seconde.
Sclörkchhh !! Sclörkchhh !
« So sweet, so smooth, so tender... »
Croââckkk ! Qu'essskidiiiii ? Qu'essskidiiiii?
(Il dit qu'il va te bouffer tout cru, Perrocaille !)

Quant à votre Marcel, il avait tired son sujet de l'actuality. Comme nous étions, je le rappelle, en 1981, après les élections, il accommoda la rétive poissonne à le sauce landaise, sous les traits de votre présidente Françoise Mitterrande allant au Panthéone, son rose dans le main : un petit

---

[1] Dressage culinaire s'entend !

tomate épluched du plus charmante effect! Audacious, n'est-il pas ? Ahûûûhh !! Ahûûûhh !! Et même un peu risqued, direz-vous ? Politiquement just correct ! Eh bien, croyez-moi, malgred une conservatisme certaine du milieu culinaire mondial, et un brème au maintien une peu raide, votre ami acquit une franche successe, et obtint le throisième place.

[A ce point du récit, Sir Stuffton, trouvant son illustre gosier un peu sec, mande autre *chopine* de bon *vin de Chinon*.]

Je te tiens, je te tiens, petite Mallette !

« Il semblait donc tout naturel que le Japonais Agatô fût grande favorite de le compétition. D'autant qu'il excellait dans l'épreuve reine (que Dieu la bénisse !) des Recettes Libres ! Son infaillible savoir-faire dans le préparation du périlleux fugu, ce poisson bien connued pour son poisonne mortel, qu'il était capable de découped les yeux banded, lui assurait un considération toute particulière dans la domaine thalasso-culinaire.

Mais ce jour-là, Le veille de l'épreuve, l'illustre cuisinier avait appris que son véneréd maître, Royko, roi du poulet yakitori, qui l'avait éleved comme son propre fils, venait d'être emported par le terrible grippe aviaire. Accabled de chagrin, le Japonais fit un erreur tragique en tranchant le poissonne. Deux membres du jury moururent dans d'atroces souffrances. L'affaire fit grande bruit, et l'on évita de justesse un crise diplomatique nippo-catalane.

Alors, tout naturellemente, Agatô, en cuisinier d'honneur, se donna le mort avec la même soin millimétrique qu'il avait apported, son vie durante, à faire les sushis. Il se découpa lui-même en rondelles d'épaisseurs parfaitemente égales, suscitant à titre posthume l'admiration de tous. Ahûûûhh !! La concours fut dès lors promptemente acheved et finalemente remported par Marcellus, votre compatriote, grâce à son «*Loup façon grande mère, avec son galette du Mont Faron et sa petite pot de miel de Provence*» qui fut considered comme un grand réussite. »

Stuffton pointe vers moi les dents de sa fourchette, et les siennes, par la même occasion :

« Et pourtant, dès cette momente, alors même que des critiques gastronomiques très éminentes commençaient à tresser des lauriers au jeune cuisinier, naquit en moi un soupçonne, Ahûûûhh !!, qui depuis n'a cessed de m'occuped l'esprit. »

Aux aguets, je fronce les sourcils.

Mallette, Mallette, je te tiens, petite Mallette !

« Oh ! Mangez donc, Monsieur Ducalm, et laissez-moi vous expliquer commente j'en suis venued à suspecter certaines manigances de la parte de votre protéged. Comme je l'ai déclaré tout à l'heure, je suis pourvu d'une sens particulière me permettant d'embrassed d'un seul coup de papilles la palette des goûts, sans jamais me tromped. Aucune particule, à condition qu'elle soit comestible, ne saurait échapped à mon rigoureuse jugemente gustative ! Une célèbre zoologiste, me comparait, dans les colonnes de *Science and Cooking*, à la baleine blanche du Détroit de Béring, animal énormous, mais capable de distinguer chacun des trente mille espèces de microorganismes que contient la planctonne. Ahûûûhh !! Et pourtant ! Lorsque je fus appeled à goûter le *Loup façon grande mère*, de Monsieur Marcellus, eh bien, je sentis tout de suite, Ahûûûhh !! Comment dire ? Que quelque chose m'échappait pour le première fois ! Ma fidèle gosier ne pouvait percevoir le goût d'une ingrédiente, d'une genre singulière et inconnued de moi ! Oh yes ! J'éprouvais la plus horrible doute. Ou bien le rigorous système sur lequel j'avais construit tout ma savoir gastronomique laissait percevoir une faille, ou bien Marcel Dagneau utilisait une procéded culinaire d'un genre jusque-là ignored »

Crâââckkk ! Crâââckkk ! Le sekkrreeett !!

« Reprenez une peu de ce vin, je vous prie... Pour tenter d'en savoir davantage, je demandais à votre protéged une interview pour la compte du *Belly Telegraph*. Ahûûûhh !! Mais il me fit répondre qu'il devait rentrer tout de suite à Marseilles pour raisons médicales... »

J'étouffe ! Est-ce le discours de Stuffton ou le vin de Chinon ? Mes tempes battent. Des flux de sang inondent mon visage, tissent un voile sur mes yeux...

Croââââckkk !!!! On s'kass !! on s'kass !!
(Toi, tu te tiens tranquille !)
Mallette, Mallette...

[Les paroles, dûment rapportées dans l'extrait suivant sont bien celles prononcées par les protagonistes, cependant, par souci de véracité, certains mots, ou groupes de mots, échappant au *travail de mémoire,* sont notés par des croix : X]

C'est encore Stuffton qui parle :

« Or vous savez qu'un Anglais ne s'avoue pas vaincued. Ahûûûhh !! Je me promis de retrouver Marcel et de le questionned. XXXX XXXX XXXX. Malheureusemente, chaque fois que l'occasion s'offrait, je devais me heurter à sa âme damned, cet majordome qui se fait appeler Donatien, mais qui est, en réalité, une agente de XXXX, charged de récupérer le XXXX pour le compte du XXXX ! Ahûûûhh ! XXXX ! Ahûûûhh ! XXXX ! Ahûûûhh ! XXXX ! Ahûûûhh ! XXXX ! Ahûûûhh ! XXXX ! Ahûûûhh ! XXXX !

« Monsieur ! Monsieur ! »
Croââââckkk !!!! Croââââckkk !!!!
« Monsieur, il ne faut pas que vous restiez ici... Votre ami est parti... »

La tête me tourne, j'ai des clous dans les yeux.

Mon ami ? Quel ami ? Hubert ? Encore Hubert ! Hubert de la Bonne Conscience ! Hubert l'Ami d'enfance d'Hélène Lessabaud ! Où suis-je ? Qui me parle ?

C'est la serveuse de la *Dive Bouteille* dardant son tire-bouchon tout droit sur ma poitrine :

« Allons, allons ! Pas de tapage, La porte et par ici... »

Ça y est ! Je reconnais les lieux : les tonneaux qui servent de tables, les bouquins de philosophie...

Qu'est-ce que j'ai bu ? Qu'est-ce qu'on m'a fait boire ?
La mallette !

Mallette, Mallette, où est la petite Mallette ?
Fooouuttuuuhh, Croââââckkk !!!!
(Toi, je te passe au four !)

« Pardon, Madame, n'auriez-vous pas vu la petite mallette que j'avais posée là ? »

Elle maugrée dans sa barbe :

« C'est votre ami qui s'en est occupé, vous auriez pu vous la faire voler... »

Ahûûûûûûûûûûûûûhhhhhh ! Je maudis Stuffton, les falaises de Southampton, la Tour de Londres, Piccadilly Circus, le porridge, le thé, le golf, le rugby, James Bond, les Beatles, et plus généralement ce qui est britannique, de génération en génération, jusqu'à Stonehenge, et au delà !

Blessé, humilié, je me rue vers la rue...

« Monsieur !
- Quoi encore ?
- L'addition ! »

Je bois la pinte jusqu'à la lie, même la note est gargantuesque !

Au dehors, le froid est indescriptible.

(Ce qui, au moins momentanément, met fin au travail d'écriture !)

*   *   *

Avez-vous jamais dit oui à une joie ? Ô mes amis, alors vous avez aussi dit oui à toutes les douleurs […]

F. W. Nietzsche *(Ainsi parlait Zarathoustra)*

Chapitre huitième

L'idée de rechercher Stuffton dans les rues d'Avignon relève de la pure utopie. L'odieux personnage doit en ce moment même fourrer son répugnant appendice nosal[1] dans les affaires de Marcel. Que sait-il au juste ? Et que déduire de ce qu'il m'a raconté tout à l'heure ? Ses déclarations conduisent à penser que le Grand Cuisinier utilisait un artifice pour préparer ses plats. Mais encore ? Rien de cohérent pour l'instant, le vide.

L'injustice dont je me sens victime me pousse à ne pas lâcher prise. Je n'ai plus la mallette, mais il reste le vase canope que l'on doit me remettre bientôt. Quelque chose me dit qu'il contient une part du secret…

En attendant, je poursuis mon chemin vers le *Tambour Battant* avec l'espoir de retrouver Hamid, l'ultime humain dont ma mémoire se souvienne, avant mon immersion dans la soûlographie. J'aimerais tant savoir comment Hubert est venu me chercher et qui l'accompagnait...

Heureusement, le froid m'empêche de penser.

Marcher, marcher, il faut marcher comme les soldats de l'Empire, de crainte d'être changé en statue de glace.

Tout en marchant je me demande aussi comment l'horrible Anglais a fait pour connaître des détails de ma vie, à commencer par mon exécrable expérience de critique gas-

---

[1] Nosal : Adjectif propre à l'anatomie britannique. En français : nasal(e).

tronomique au magazine *la Comtadine*, un *job d'été* dû aux soins protecteurs du père d'Hélène qu'irritaient mes prétentions d'auteur. Ce dernier avait longuement mastiqué son Saint-Péray, avant de m'adresser ces mots soigneusement pesés :

« *Au fait, Félix, pourquoi ne joindriez-vous pas l'utile à l'agréable ?* »

Un début n'augurant rien de bon.

Son idée, qu'il disait avoir *longuement médité*, voulait que je misse une partie de mes talents - qu'il savait remarquables - au service d'une tâche passablement plus lucrative mais non moins respectable que la littérature : L'œnologie, science à son goût utile et prestigieuse, mais assez inexacte pour admettre un peu d'amateurisme. D'autant qu'il me mettrait *le pied à l'étrier* en quelques leçons brèves, se targuant d'un savoir, acquis de façon empirique, lors de nombreuses réceptions officielles ; de même qu'il se félicitait de la *relative simplicité d'un lexique nourri de redondances* :

« *Quand vous aurez dit qu'un Médoc a du corps, qui vous contredira ?* »

Et, malgré l'intervention d'Hélène : « *Mais, Papa, il faut que Félix ait du temps pour écrire...* » Il avait soutenu que je pourrais continuer *à jouer les Balzac* tout mon saoul, car il s'agissait d'un travail *à mi-temps*

Il me faut préciser que trois semaines auparavant Auguste Rabaillac, titulaire de la rubrique vinicole, et seul journaliste de sexe masculin du magazine *la Comtadine* - dirigé par une amie de la maman d'Hélène - avait perdu sa dernière bataille contre la cirrhose du foie, grande ennemie de l'œnologue. Il abandonnait au journal une documentation conséquente, dont on s'était jusque là contenté pour pallier son absence.

Mais maintenant il fallait *du sang neuf* pour poursuivre la tâche.

« Bonjour Madame d'Aubanelle, je suis le sang neuf !

-Bonjour Félix, heureuse de vous voir ! Marie-Christine - la maman d'Hélène - me parle souvent de vous. Vous êtes un homme gâté ! Hélène ! Quelle merveilleuse jeune femme ! Vous êtes écrivain, n'est-ce pas ?

-Oh, un bien grand mot pour...

-Allons, allons, trêve de modestie... Je sais que l'on étudie vos romans au collège ! Ici, ce que l'on va vous demander n'est pas bien difficile. Cependant, j'apprécie la netteté, le style... Autant le dire tout de suite : au journal nous ne sommes pas ennemies d'un certain classicisme... »

Et de classicisme, la dame n'en manque pas. Du plat d'une main élégante elle fait mine de défroisser un pli totalement imaginaire de son tailleur gris perle, jambe tendue formant avec la cuisse un angle parfaitement orthogonal, puis me demande, avec une appréhension assez mal contenue :

« Vous... Vous avez tout de même quelques compétences en matière de vin... »

Ch'opine (Oh pardon : j'opine !) :

« Rassurez-vous, Madame ! J'ai usé mes culottes au milieu des vignes, à racler les fonds de terroirs ! »

Du petit doigt, elle essuie un micro-sourire aux commissures de ses lèvres

C'est gagné !

Je suis œnologue !

Square Agricol Perdiguier des gyrophares bleus perforent avec peine la couche de buée. Deux ombres grisâtres glissent une civière dans un grand fourgon rouge.

Voici le *Tambour battant*, illuminé comme un paquebot sur le flot des ténèbres naissantes. Il n'est que 16 heures pourtant.

A l'intérieur, la chaleur me saisit. J'exsude du jus de glace en cent rigoles chatouilleuses. Ma cervelle picote en se décongelant.

Je n'ai pas le temps de dire bonjour que le garçon s'adresse à moi en essuyant ses verres :

« Et pour ce Monsieur, ce sera... Tequila ? »

J'objecte :

« Un café ! »

Visiblement ça le déçoit. En matière de consommations, il hait le manichéisme.

« Je cherche Hamid, lui dis-je, celui qui... (De la paume, j'aplatis mon visage.)

- S'est pris le rétroviseur d'un camion dans la tête, le pauvre ! Les amis d'Hamid sont mes amis, ajoute-t-il, m'adressant un clin d'œil.

Puis il examine sa montre avec une grimace :

« Pas encore levé, vient plutôt vers cinq heures... »

J'expatrie mon café vers les tables du fond.

C'est un café épais, plein de marc, qui me fait revenir près d'un an en arrière, quand j'étais œnologue...

Le bureau de feu Antoine Rabaillac, que tout le monde appelle Ravaillac, comme l'illustre régicide, est une mansarde exiguë au dernier étage de l'immeuble qui abrite *la Comtadine*, le magazine *de la Vauclusienne Moderne*. Des classeurs, des livres, une vitrine dans laquelle sont exposés des emblèmes de confréries bachiques, ainsi qu'une pièce d'armure, et une étonnante hallebarde que l'on dit en *acier de Damas*, constituent un curieux mobilier. Dans un coin, un réduit déborde de bouteilles à moitié entamées. Sous l'œil-debœuf – je devrais dire *de veau*, tant il est minuscule – unique aération de cet étroit local, un petit meuble métallique contient des dossiers et des fiches :

« In Vino Veritas », chronique N° 56 d'Antoine Rabaillac.

Pour vous Mesdames,
Un conseil malin de Jean Lacasse, chef au Coq à Trois Pattes, à Barbentane : Le Vin du Gai Discours. Domaine des Vierges Folles, Sainte Cécile les Vignes. Pour vos déjeuners entre amies, ce petit vin au goût de framboise et de mûre, peu riche en alcool - mais à boire avec modération - accompagne agréablement tartines et salades. Chez Gynovin, rue Josep Vernet, Avignon ...

Voilà ce qui m'attend !

Le travail, en effet, n'est pas bien difficile, agréable parfois : prospection, dégustations, entretiens avec des *commerciaux* aux haleines chargées. Les articles, que je signe désormais d'un *Félicien Bastidou* pittoresque, se révèlent de la publicité à peine déguisée.

Je m'ennuie ! Comme le père de Béatrice prépare les championnats de Provence (de course à pied), la petite passe son temps avec Hélène. Je reste au *bureau* le plus longtemps possible à contempler la hallebarde et rêver devant ma machine à écrire.

Je tapote sur le clavier :

« *Château Baisefort, Vin rouge issu du cabernet, fortement charpenté et tannique. Senteur de figue, de musc, de sperme de garde champêtre. A consommer avant l'amour, légèrement chambré... »*

« Mais, Félix, vous êtes devenu fou ! Regardez ! »

Madame D'Aubanelle me jette *la Comtadine* ouverte à l'endroit fatidique :

« Et bien sûr, personne n'a pensé à revoir les épreuves ! »

On a publié mon brouillon !

Je suis viré !

Non ! Le courrier des lectrices me sauve ! Tout le monde réclame du Château Baisefort !

La directrice me Convoque :

« Après tout, Félix, nos lectrices aiment s'encanailler ! Désormais, je compte sur vous pour trouver des idées. »

Et des idées j'en ai !

En avant camarades !

Au journal je suis devenu une curiosité ! Ma verdeur affriole : on me toise, on me jauge, on me frôle ! Je déambule au sein du gynécée tel un Saint Sébastien criblé d'œillades libertines.

*

Comme je commande à nouveau un café, mes yeux tombent sur les nouvelles du *Petit Vauclusien* :

Nos pilotes ont confondu la buvette "Chez Martial Caïdat", à Lirac, avec le siège d'Al Qaïda en Irak....

La vague de froid qui s'est abattue sur la France a fait en trois jours une centaine de victimes. Qui cette année l'emportera, du Gel ou de la Canicule ? Notre grand match dans le cahier central...

Les agriculteurs de la vallée d'Aspe ne sont pas disposés à accueillir des ours polaires » déclare le porte parole du M.A.P.P. *(Mouvement Anti-Plantigrades Pyrénéen.)*

Elle balance son porc par la fenêtre : deux morts !

Un fumeur nonagénaire attaque la ligue contre le tabagisme : j'avais tout fait pour mourir jeune !

Je suis sur le point de fermer le *Petit Vauclusien* quand, en dernière page, ces quelques lignes captent mon attention :
«*Découverte macabre : la tombe du Grand Chef, Marcel Dagneau, dit Marcellus, profanée par des inconnus. Le corps du fameux cuisinier, arraché à sa sépulture a été retrouvé, mardi soir, mutilé et éviscéré. Aucune revendication n'a été formulée. Et l'on ignore, pour l'instant, les raisons d'un tel acte…*»

* * *

« *Près d'eux seront les houris aux beaux yeux noirs, pareilles aux perles dans leur nacre. Telle sera la récompense de leurs œuvres.* » *Coran. Verset 54/56. Sourate 55*
    (Traduction de Kasimirski, GF Flammarion, 1970)

Chapitre Neuf (entièrement)

Un instant la nouvelle me fige. J'ai de la peine à croire ce que je viens de lire :

On a profané la tombe de Marcel !

Je devrais pâlir, blêmir, trembler, chanceler de stupeur…

Mais je ris ! Je ris ! Je n'y peux rien, c'est nerveux.

On se retourne pour m'observer…

« *Réaction, dite métapsychopathologique, le mécanisme du fou rire correspond à une transgression liée au refus de la réalité. Elle accompagne des états de commotion, de stress ou de grande fatigue…* »

Il doit y avoir un client fatigué près de moi, car lui aussi se met à rire… Puis un autre… Et un autre encore… !

« *98% des gens interrogés déclarent qu'il sont sujet à des problèmes de nature existentielle ou métaphysique.* »

Allez savoir pourquoi, la bonne humeur se propage bientôt dans tout l'estaminet.

74% des personnes sondées avouent rire souvent sans aucune raison.

La chaleur monte, quelques larmes jaillissent !

« Mais keski s'passe ici ? keskizon à être MDR ? Sont tous ouf kondiré !»

Hamid ! Son interminable visage gris contraste étrangement avec l'humeur ambiante.

« Salumek ! C toi ki met l'souk par ici ? T'as PT le boulard ! J'y krois pas ! »

J'explique au nouvel arrivant que ce sont les nouvelles, dans le journal, qui me font rigoler.

Branlant du (demi) chef, il darde sur moi son œil unique fiché tel un rivet sur le haut d'un couteau :

« Tu rigolais moins l'autre jour, kil me semble ! »

Cette attaque perfide me ramène à la réalité :

« Justement, dis-je, je voulais te demander un truc… »

Il ne me laisse pas le temps de terminer ma phrase :

« J'le saV ! G r'niflé l'koup D ke j'T vu ! On fait le DliK, é pui lé kombines à Hamid, on y r'vient, C forC… »

Je me demande de quoi il parle.

Il détaille :

« L'kostard, on va l'réQPré ché 1 kopine, ki tient 1 resto, en O de Villeneuve. Et l'appareil, C 1 pote à mon frangin ki l'a… »

Le kostard ? J'y suis ! Le Père Noël fait son come back dans la conversation !

Il a de la suite dans les idées, le camarade Hamid ! Mais, cette fois, pas d'objection ; j'ai besoin qu'il me livre les infos que j'attends.

Et puis, quelques euros supplémentaires ne seront pas de trop !

Juchés, Hamid et moi, sur un scooter antique, nous parcourons, moitié roulant, moitié glissant, les quelques kilomètres qui mènent à Villeneuve. Je hurle à travers un casque que n'aurait pas renié Godefroi de Bouillon :

« Au fait, Hamid, tu te rappelles peut-être le type qui est venu me chercher l'autre soir… »

La machine vrombit, guidée de main de maître.

Il finit par répondre :

« Le playboy à C dames ! Toutes à le maT qu'elles z'étT dans l'Kfé !

Je crie pour couvrir les rugissements du moteur :

-UN POTE A MOI... S'APPELLE HUBERT ! PAS MAL, EN EFFET, D'UN CHARME UN PEU SURFAIT, PEUT-ETRE... TU NE SAIS PAS QUI LUI A DIT DE VENIR ME CHERCHER AU TAMBOUR ?

Le casque dodeline :

« Sa MEUF, pardi ! Celle à ki taV Téléphoné, juste avant k'tu sois komplètement bourré. Kand il a vu ds keL état TT, avec l'temps kifzé, Tim, le Patron, a d'manD à OUKOU ki t'aV appelé...

-OUKOU ?

-OUKOUNI, koi ! Le black ki lit dans les PenC... »

Son Excellence Oukouni
Voit tout et guérit tout
Consultation sur rendez-vous
Discrétion assurée

Peu à peu, des bribes enfumées du passé remontent à ma mémoire

« HAMID, TU VEUX DIRE QU'OUKOU... -

Exaktement, il a r'trouV le n° d'la p'tite... J'C pas komment k'il fait, mais C vrai k'il voit tout, Oukou, vraiment tout ! »

Hamid branle du chef sur la motocyclette d'un air embarrassé, et, du doigt, me montre son visage aplati à travers la visière :

« *Mais pour s'k'y est d'guérir... C'totchose...*

-Attends un peu, Hamid, tu viens de dire qu'Hubert, le playboy, est venu me chercher au Tambour, prévenu par Hél... je veux dire la fille que j'avais appelée...

-Ça yé ! T'as kapT ! C'est L ki l'a ram'né, son chéri, en bagnole... »

A nos risques et périls, il lâche le guidon pour tracer dans l'espace des courbes éloquentes :

« Plutôt kanon la meuf ! Avek de bonichons ! De super bonichons ! »

Beaux nichons ! Cette fois j'en ai la certitude ! C'est Hélène qui convoyait Hubert quand il m'a ramené chez madame Réglisse.

« Et de super guibolles ! En rajoute le funambule, en se tournant vers moi.

-Allez, Hamid ! Ça va les cours d'anatomie ! Braillé-je. Tu ferais mieux de regarder la route ! »

Malgré la brise d'altitude gardoise qui me scie le visage, mon sang bouillonne. J'enrage ! *Elle l'a ramené, son chéri, en bagnole !* Je suis sur le point de crier à Hamid qu'Hubert n'est pas le *chéri* d'Hélène. Mais à quoi bon ? Et d'ailleurs, puis-je affirmer qu'il ne l'est pas ? Que jamais il ne l'a été - Que jamais il ne le sera ?

Crôôââcckkk !!

Assez ! Assez !

Nous accostons le long d'un haut trottoir après une approche périlleuse mais totalement contrôlée.

Les trois graines

Restaurant végétalien, biodynamique, et anthroposophique.

Malgré tout, la salle est pleine.

Bonjour !

Aucune réponse ! Pas liants les clients !

Chacun médite devant son tas de graines. Dans un coin de la salle, un bouddha de bronze pansu regarde en souriant manger tous ces gens maigres !

Aucun bruit, à l'exception de menus raclements de fourchettes et d'une étrange mélopée issue de haut-parleurs.

Ouuuuiiiiinnnnngggggg...

« Salut, Hamid ! Bonjour Monsieur !

-Salut, Roxane ! »

Roxane, la patronne, est une grande et belle trentenaire aux allures de cartomancienne, savamment dreadlockée, tatouée, drapée d'étoffes orange. Elle est chaussée de mules recourbées, à la mode orientale et porte un anneau dans le nez.

Hamid pointe un index sur moi :

« Félix, 1 poto ; C lui ki...

-Va se déguiser en père Noël ! (Elle rit) Je vais lui donner le costume. »

Elle me regarde de haut en bas :

« Laisse-moi deviner : Sagittaire, ou peut être Verseau ?

-Capricorne !

-J'aurais dû m'en douter : le haut du visage, le front... la voix... Tu ne serais pas Alsacien ? (elle hésite) Ou Breton ? »

Pas très douée, Roxane !

« Drôme ! Saint-Restitut, pas loin d'Avignon, tu connais ?

-Pas encore, mais, tu m'inviteras ! (clin d'œil) Allez, suis-moi... Toi, Hamid, s'il te plaît, garde un œil sur la salle... »

L'un des consommateurs :

« Bonjour !»

Bizarre ces clients !

Nous nous engageons dans un escalier très étroit qui conduit au premier. Une porte sur le palier donne sur une pièce percée de deux fenêtres. Ô merveille ! La vue sur Avignon est époustouflante. Les clochers, émergeant de la brume, scintillent sous les ors du soleil déclinant. Le palais des Papes brille comme un lingot. L'immense ciel, zébré de lueurs fuyantes, les masses entassées de nuages confèrent à ce spectacle une atmosphère d'apothéose, tandis que, par contraste, la vieille cité acquiert une fragilité très inhabituelle.

La mélopée entendue tout à l'heure parvient jusqu'à nous, étouffée.

Ouuuuiiiinnnnggggggg...
Ouuuuiiiinnnnggggggg...

Roxane explique :

« Ce sont des ultra sons, émis par des dauphins, enregistrés et amplifiés. Les écouter donne de l'appétit et stimule la sexualité. »

La jeune femme me fait asseoir sur un long canapé recouvert de cotonnades indiennes et se hisse sur un tabouret pour atteindre un carton en haut d'une étagère.

L'odeur de patchouli me rappelle ma mère.

Elle m'explique en riant que le déguisement appartenait à l'un de ses petits amis, hébergé un soir de réveillon, et jamais revenu.

La vue du costume fait affluer en moi de lointains souvenirs, qui m'émeuvent bien plus que je ne l'aurais cru. A la Bastide, nous fêtions très simplement Noël, mais il régnait, dans la maison, un air de fête qui enchantait nos cœurs. Une fois, mon père, qui voulait nous surprendre s'était drapé de rouge, avait caché ses yeux sous des lunettes noires et contrefait sa voix. Mais à la vue de ses éternelles sandales, immédiatement, nous l'avions reconnu !

« Alors, Félix, qu'est-ce que tu attends pour te déshabiller ? Le pantalon est un peu juste, il faut que je t'aide à le mettre. »

Je fais celui qui n'a rien entendu et persiste opiniâtrement dans ma contemplation muette des nuages.

« Allons, pas tant d'histoires ! dit-elle d'un ton autoritaire, en caleçon, monsieur le photographe ! »

Vaincu, je me laisse guider dans la séance d'effeuillage, tandis que, machinalement, mes regards comptent les cheminées.

Les attouchements de Roxane, que je découvre tout à coup moins innocents que je ne le croyais, ajoutés à l'effet suscité par le chant des dauphins, m'ont placé dans une situation pour le moins délicate...

D'autant que l'audacieuse jolie femme fredonne à mes genoux :

« Gentil Papa Noël, gentil Papa Noël... N'oublie pas mon petit cadeau !

Je cherche dans les nuages un ultime secours...

Kroaaaack ! Kroaaaack !

Trop tard !

Un bon Père Noël doit être généreux !

De retour dans la salle, je retrouve Hamid et son sourire en coin. Outre l'habit, je porte une grande barbe duveteuse et une hotte sur le dos qui contient mes anciens vêtements, quelques jouets et de vieilles peluches.

Un client me sourit :

« Bonjour ! »

Et un autre, semblant sortir d'une profonde apnée :

« Au revoir ! »

Hamid paraît content de mon nouveau costume :

« Bravo l'artist ! T'as 1 vrai look d'enfer ! On n'a + ka rékuPrer l'appareil foto ché Momo, mon frangin... Allez, mon mek, on s'kass ! O r'voir Roksane ; O r'voir M'sieurs, Dames... »

Le chœur des attablés :

« Au revoir, bonjour, bonjour, au revoir, bonjour...

- Mais ils sont fous, Hamid, qu'est-ce qu'on leur a donné ?

Rien d'spécial, Mek ! Doiv' mâcher 30 fois chak bouchée... Alors z'ont du r'tard ds la konversation ! »

Momo, le grand frère d'Hamid, habite un peu plus bas, près du pont, à l'entrée de la ville. Mon compagnon m'explique, qu'il a monté une entreprise de vente à domicile, baptisée - officieusement : S.O.S. Barrettes.

Deux ou trois fois par an, ledit frangin, qui a fait H.E.C[1], se rend dans un pays d'Afrique, gros producteur de chanvre (dont nous tairons le nom), d'où il ramène quelques kilos de *Hasch* qu'il revend au détail à des clients choisis, parmi lesquels, plusieurs artistes, des fonctionnaires, des avocats, quelques policiers, et la femme d'un magistrat.

« Mon frangin, il a l'sens du bisness, Dommage kil fume la boutik ! »

Justement, au moment où nous rentrons dans la pièce, Momo et deux amis, qu'on me présente sous les noms de Pierrette et Frédo, pèsent des bouts de shit sur une petite balance au milieu d'une fumée à découper au cimeterre.

Pas le temps de serrer les mains que déjà l'on me tend un énorme *trois feuilles* (et peut-être quatre !) grésillant comme un feu de sarments.

Je tire deux petites bouffées.

On me regarde de travers :

« C'est qui, celui-là ? Demande en aparté Momo à son frère...

---

[1] Comprendre : Hautes Etudes Cannabiques !

Le Secret du Chef

-Un mek k'G ram'né du Tambour pour chercher l'polaro[1]... H'ment kool, mais C +tôt la Tkila, kilkif. » Lui répond le profilifère.

J'encaisse sans rien dire. A quoi bon répéter que durant toute ma jeunesse j'ai dormi sur des ballots remplis de chanvre indien... Que j'en garde encore de vieilles langueurs, un goût modéré du travail et un perroquet sur l'épaule...
*Pas besoin de joints, nous, pas vrai l'artiste ?
-Crôôââcckkkk !!! Crôôââcckkkkk !!!)*

Pendant ce temps, Hamid et ses amis devisent en fumant.

En matière de vente, Momo ne manque pas d'idées. Récemment, il s'est engagé sur la voie du commerce équitable. Ainsi, pour mieux concurrencer les gros marchands de hash, dénués de scrupules, et souvent financés par des fonds d'origines douteuses, tel le trafic de drogue, il sélectionne ses fournisseurs parmi les petits paysans, avec lesquels il élabore un strict cahier des charges...

Car, en tant que prestataire de services, le dealer est un acteur social.

Fièrement, il recrache un interminable nuage de fumée blanche puis avance qu'à terme l'instauration d'AOP sur la *marchandise*, dans le pays ci-dessus non cité, permettrait de fidéliser les clients et réguler les cours.

C'est qu'il en a ce Momo dans le crâne !

Pierrette[2] approuve en tirant sur son joint :
Lors d'un *stage de formation* dans un royaume situé au nord du continent indien[3], elle a pu mesurer les progrès ac-

---

[1] Apocope du mot *Polaroïd* : appareil photographique à éjaculation précoce.
[2] Dans la même collection, on lira Pierrette *et le Pot de Chanvre*.
[3] Non, ce Népal Népal !

complis par de petits producteurs de ganja, organisés en coopératives, et collaborant avec des spécialistes venus de rivages inondables d'Europe Occidentale. De là, sont issus, selon elle, les meilleures productions du marché. Récoltée à la main au début de l'automne puis affinée dans les hautes vallées, l'herbe possède ce goût corsé, si caractéristique des cueillettes tardives…

Frédo, qui enveloppe une barrette, n'est pas de cet avis. Pour lui, rien n'égale la confection traditionnelle. Les plaques de charras[1] transportées par les nomades d'Asie centrale sous la selle de leurs montures atteignent une onctuosité et un arôme incomparable. Il faut effriter un peu de cette divine mixture dans du lait de chamelle pour succomber aux sortilèges hallucinés des steppes…

Je crois bon d'ajouter un modeste tribut à la conversation :

« Mon père, commencé-je, m'a un jour rapporté que le Maharadja de C** entretenait dans son harem une colonie de houris[2] choisies pour leur beauté, et l'abondance de leur pilosité. Au moment des récoltes, lorsque les grandes hampes du cannabis se gorgent de pollen, elles étaient invitées à batifoler, toute nues, dans les champs[3], puis à rouler leurs corps dans des pièces de soie. On récoltait alors le dépôt obtenu sur l'étoffe pour en tirer l'inégalable *Haschisch du Sultan*, au goût de jeune fille. »

Un nuage charnu de fumée passe...

---

[1] Nom donné au Haschisch en Asie centrale et, en France, à certains ministres.
[2] Vierge éternelle promises au repos du guerrier, selon la culture islamique. Les Catholiques devant, quant à eux, se satisfaire de grenouilles de bénitiers.
[3] Cette pratique aurait donné naissance à la chanson : « Une houri verte, qui courait dans l'herbe… »

« Bon, on vas pa kamP ici, dit Hamid, en prenant l'appareil que lui donne Frédo. O taf ! »

Ledit *taf* s'apparente, selon mon compagnon, à *la chasse aux alouettes*. Mon plumage attire les marmots, tandis que lui, à l'affût, dissimulant dans l'ombre son unique profil, constitue, je le précise sans aucune connotation post-colonialiste, le *tirailleur* de l'équipe.

Clac Clac !

Reste à convaincre les parents d'acheter la photo.

« Fastoche ! prétend le tireur d'élite, on n'C plus rien refuser aux gamins ! De nos jours, C les lardons qui bouffent la galette, Komme a dit j'C plus ki dans son boukin: *le blé en herbe.* »

Le seul problème, c'est le manque de mioches.

Avec ce froid, il faudrait être infanticide pour sortir un marmot dans la rue !

Mon nez coule et ma barbe se givre. Détail intime : je ne porte rien sous mon déguisement ! Hamid sautille d'un pied sur l'autre en se frottant les mains. D'un commun accord, nous nous replions vers une épicerie.

« Boug' pas ! J'V chercher kèk chose à bekT. »

C'est encore la pensée d'Hélène qui vient me tourmenter... A-t-elle appelé Hubert pour venir me chercher ? Ou bien était-elle AVEC LUI quand j'ai téléphoné ? Et que penser des talents d'Oukouni ? Qu'est-ce qui m'arrive ? Pourquoi ces stupides questions ? Serais-je jaloux ? D'Hubert ? Risible ! Tout à fait risible ! C'est Hélène elle-même qui m'a confié un jour :

« Hubert est très intelligent, mais parfois trop *donneur de leçon*, un peu *raide* sur le plan politique. »

Un jour, il était arrivé chez Hélène, transpirant, et la mèche collée :

« Putâan, on a passé la matinée à monter des toilettes pour un groupe de sans papiers, je suis super crevé ! »

Moi, goguenard :

« Des toilettes pour sans papiers ! »

Lui, sur ses grands chevaux :

« C'est la misère qui te fais rigoler, Félix ? A Auschwitz tu te serais marré ! »

Raide Hubert ? C'est peu de le dire !

De toute manière, Hubert n'est qu'un personnage de second plan, ce que les linguistes appellent un adjuvant, je dirais même un petit adjuvant... Et comme le proclame Laenardt qui s'y connaît en linguistique : on ne doit jamais donner aux personnages secondaires plus de caractère que ce qui est strictement nécessaire à la mise en valeur du héros !

Et le héros ? C'est moi ! Ah ! Ah ! Ah ! Qu'on se le dise !

Je sens une petite main se glisser dans la mienne :

« Bonjour Papa Noël, pourquoi tu ris ?

C'est une petite fille d'environ quatre ans, aux grands yeux gris, qui aussitôt me fait penser à Béatrice, la fille d'Hélène, en beaucoup plus gentille.

« Je ris parce que Noël approche. Je vais pouvoir donner des cadeaux aux enfants ! Comment t'appelles-tu ?

-Je m'appelle Natacha ! Natacha Turinchov, Est-ce que tu peux me prendre dans tes bras ? »

Sans attendre, la petite se suspend à ma manche et se hisse le long de mes jambes avec l'agilité d'un singe.

« Allons, Natâchââ, veux-tû laisser ce Mônsieur tRRanquille ! »

La voix est grave, chaude, délicieusement caillouteuse. Elle émane d'une grande et belle femme vêtue d'un ample manteau de fourrure, d'une toque assortie, et de bottes. On dirait la mère Noël !

Quelle coïncidence !

La gamine est parvenue à se jucher sur mes épaules. Je sens ses petites jambes qui enserrent mon cou.

« PaRdonneZ à ma Fille, MonsieuR, elle aîme PrendRE de L'exeRcice, feu Mon Mari pRrâtiquait l'Escâlâde... »

Macha Turinchov est née à Vladivostok d'un père russe et d'une mère ossète, puis elle a étudié la littérature française à l'université de Novossibirsk avant d'épouser Isaac Kornievski, un juif ashkénaze originaire du Birobidjan[1], professeur de cryologie, spécialiste dans l'étude de la calotte glaciaire. En 2001, des pressions politiques liées à la découverte, par Isaac et son équipe, d'un gigantesque gisement de viande de mammouth congelée dans le pergélisol de Iakoutie[2] orientale, contraignent le couple à se réfugier à Paris où Macha enseigne le kazakchok avant d'être nommée assistante à la Faculté d'Avignon. La gentille petite Natacha vient au monde deux ans plus tard. En janvier 2006, pour des raisons demeurées inconnues, Isaac Kornievski meurt dans un accident d'avion au-dessus du Caucase...

« Mais Peut-êtRe je vous Ennuie avec Ces HistoiRRes.

-Mais non, pas du tout, au contraire !

-Belle JouRRnée, N'est-ce Pâs ? Cela me Rappelle les PRinTemps de mon Pays Nâtal !

« Vérité en deçà (de l'Oural), fausseté au-delà ! » Comme disait un philosophe abkhaze.

-Attention, ke person ne bouge ! »

Le tirailleur est de retour !

Ziiipppppp, chpoink... Clak, clak... claaâk !

(Bruit de polaroïd.)

« Et voilà la zolie photo...

---

[1] Infime portion de Sibérie dont Staline fit une République Juive en 1934. Le Birobidjan n'abrite désormais que quelques milliers de membres, plus ou moins circoncis.

[2] Cf. « Du Mammouth dans mon Burger » – Joseph Bovin – 2013)

-Maman ! Maman ! Il est pas bon le chocolat ! »

Chocolat ? Mais quel chocolat ?

Bon Dieu ! La petite a attaqué à pleines dents une grosse plaque de shit qui traînait dans la hotte ! Une épaisse bave verte lui coule de la bouche…

« Allez, Mek, me crie Hamid, pos' la gamine… Elle riske rien ! On s'arach', et vite ! »

Pas le temps de réfléchir, ni de saluer la charmante Macha. Nous dévalons à toute allure les hauts de Villeneuve jusqu'aux rues d'Avignon

Il fait nuit. Malgré la triste débandade qui clôt notre entreprise, je me sens plus léger, soulagé d'en avoir terminé avec le neuvième chapitre. D'un pas alerte, sans même me changer, je rentre à la maison.

Se souviens-t-on que je suis sur les traces d'un secret culinaire d'une rare importance ? J'ose croire que le lecteur ne l'a pas oublié, et que, magnanime, il aura pardonné ces quelques digressions…

Quand bien même : « *Les digressions sont au roman ce que les kilogrammes sont aux hanches des femmes.* » (Auguste Laenardt)

* * *

"Le matin tu te réveilles avec la bouche sèche et la sensation d'avoir un chapeau de David Crockett qui froufroute dans ta gorge. Tu craches dans le lavabo et, après avoir examiné un instant ton visage dans le miroir, énumères tes résolutions habituelles pour le jour où tu changeras de vie : arrêter de boire, arrêter de fumer, rentrer chez toi à des heures décentes, lire Proust…"

Enrico Remmert – Rossenotti

Chapitre dixième

Tu es un arbre ! Peut-être un chêne, ou bien un hêtre, ou encore un bouleau.

Les arbres ignorent à quelle espèce ils appartiennent.

Tes ramifications puissantes se dressent vers le ciel. Tu ne crains que la foudre, et encore !

Tu t'appelles Félix Ducalm, et tu es un arbre !

Une nichée de petites filles babillent sur tes branches robustes, visiteuses légères à ton écorce drue.

Sur la gauche, un bruissement de feuilles :

Noir et luisant, pointé vers toi, le canon d'un fusil dépasse d'un buisson !

C'est Hamid !

Oh non !

Il vise ! Il va tirer ! Il tire

Sauvez-vous, vite, petites filles !

Je me réveille, grelottant, et trempé de sueur.

Dans la chambre, une lumière crue tombe du vasistas. Ma défroque de père Noël gît sur le dos d'une chaise comme la chrysalide abandonnée d'un grand papillon rouge. Peu à peu, je reprends mes esprits : Je revois Natacha, montée sur mes épaules, et sa mère, la grande femme russe…

D'un bon je me redresse et me frotte les yeux.

Étonnamment, la pensée d'Hélène qui d'ordinaire accompagne de repentir chacun de mes réveils, occupe mon esprit avec la modestie des blessures anciennes.

Aujourd'hui, c'est plutôt le souvenir de Mélanie Réglisse qui hante ma mémoire : Flux et reflux, nausées, étouffements, vibrations...

Ô, (suprême) Clairon plein des strideurs (étranges)
Silences (traversés) des Mondes et des Anges :
Ô l'Oméga, rayon (violet) de Ses Yeux !

Rimbaud. Oh ! Oh ! Mes ciseaux !
Clac, clac...

On frappe :
« Je vous ai préparé un peu café, Dans l'état où vous êtes, ça vous fera du bien ! »
Adorable Madame Réglisse ! La Bonté faite Femme !
« Et votre ange gardien est revenu chercher ses notes sur Socrate ! »
Hubert !
Je grimace un tout petit peu, mais l'irritation que j'éprouve immanquablement quand on parle d'Hubert, cède la place à de l'indifférence ; comme si la nuit avait endormi ma rancœur...
Je dis :
« Ah bon, très bien ! »
Ni plus, ni moins !
Moi aussi, je deviens philosophe !
Il est bientôt dix heures et je dois retourner à l'hôtel Champrenard pour récupérer le vase canope que Marcel m'a légué.

Dans la hotte du père Noël, ramenée la veille, mes habits chiffonnés voisinent avec des barrettes de shit d'apparence suspecte. Tiens, tiens ! Me dis-je : Hamid et son frangin donneraient-ils dans le multiservice et accessoirement, dans la micro arnaque !

En prenant mon manteau, je vois rouler sur le bureau le petit macaron trouvé au fond de la mallette, et glissé dans ma poche juste avant l'arrivée de Stuffton. A cause de l'Anglais et de ses interminables discours, je l'avais oublié ! Aussitôt, une odeur extrêmement suave parvient à mes narines, et m'ouvre l'appétit...

Presque instinctivement, et parce que je n'ai rien mangé depuis un certain temps, je mords dans le petit gâteau : Ô Stupeur ! Ô Miracle ! En bouche, c'est un feu d'artifice ! Ce goût... Ce parfum... Bien sûr ! Ils me rappellent... Ils me rappellent... l'Ile Sonnante !

Et pendant que je croque...

Croc ! Croc !

Les propos de Stuffton me viennent à l'esprit :

« *Ma fidèle gosier ne pouvait percevoir le goût d'une ingrédiente...* »

Et ceux de Marcellus répondent en écho :

« *Je n'ai pas de talengt, cher ami, seulemengt un secret, un viieux et lourd secret...* »

Alors ? Le macaron que je viens d'avaler, contiendrait-il une part du secret de Marcel ? Du prodigieux SECRET ? Du SECRET DU CHEF ?

Croaââacckk !!!

(Perroquet, en pâté, tu connais ?)

Je suis abasourdi par ces pensées étranges ! Trop d'émotions me tournent dans la tête ! Ah, si j'avais encore la petite mallette !

Le Secret du Chef

Dehors, la douceur de l'air est une vraie surprise. Fondante sous le pas, la neige a pris un aspect de crème fouettée. De grosses gouttes chargées de glace tombent des branches alourdies et explosent sans bruit dès qu'elles touchent le sol. Je déambule au sein d'une population devenue nombreuse, et comme crachée du ventre des maisons. La fonte des neiges transforme en ruisseau le moindre caniveau. Les murs se sont couverts d'une sueur luisante. L'Hôtel de Ville fume comme une cafetière. Une odeur tiède d'humidité monte du sol et se répand comme un gaz sur la ville.

Ainsi donc, subodoré-je chemin faisant, Marcellus aurait usé d'un *truc* pour conférer au plats un surcroît de saveur ? Et, ce (mal) faisant, senti coupable d'une supercherie ?

« J'ai mengti tellemengt que, bien sûr, j'ai fini par croire à mes mengsonges. »

Etrangement, comme j'approche de l'hôtel Champrenard, la pensée que Marcel a failli à ses devoirs de Chef semble augmenter ma sympathie pour lui.

Pour la première fois, depuis qu'il est parti, une affliction sincère s'est emparée de moi, car je pressens comment, aveuglé par les succès faciles, il s'est accoutumé à la célébration de ses talents indus. Je peux mieux deviner ses tourments, parce que ses inévitables mensonges me le rendent humain, parce que, l'adversité générant le pardon, je me refuse à juger sa conduite.

Progressivement, comme inspiré par un dessein que rien ne peut plus détourner, prend forme en moi le récit de sa vie : l'enfance et son cortège de bonheurs innocents, la brutale disparition du père, le choix risqué de la gastronomie, et pour finir, la découverte du mystérieux *secret* …

[*Tu vois Hélène, c'est ici, en m'approchant de l'hôtel Champrenard que la structure du bouquin s'est imposée à moi…*]

Et tout à coup, l'idée te vient que le destin du personnage présente avec le tien de singulières ressemblances : l'absence lancinante du père, le penchant continu à la mélancolie et, plus amer encore, ce sentiment de culpabilité instillé dans nos êtres ainsi qu'un lent venin... Insidieusement, la pensée germe dans ton esprit que, vraisemblablement, les **adjectifs**, les imparfaits du subjonctif, les adverbes, ce style compliqué que Laenardt te reproche, ne sont qu'une mixture personnelle destinée à dissimuler la sécheresse de ton inspiration, ton manque d'imagination, la médiocrité de tes qualités littéraires...

Que toi aussi, tu truques !
Tu truuuuuques !
(T'es mort, sac à plumes !)
Tu triches et tu truques !

Et cependant, au fond de toi, et en dépit des évidences, ton esprit se refuse à croire Marcellus capable de tant de fausseté. S'il avait agi, poussé malgré lui, par des forces obscures ? Ou fait l'objet d'un mystérieux complot ? Tu dois connaître la vérité ! Retrouver le fil de l'histoire ! Si tu n'as plus la précieuse mallette, tu as dans la tête le souvenir des pages lues... Et bientôt on te remettra le vase canope !

Je me dirige d'un bon pas vers l'hôtel Champrenard, quand soudain, je me sens habité de nouveau par la pensée d'Hélène, dans une rechute cruelle de sentiments coupables...

C'est pendant l'une de mes tournées pour le compte du magazine *la Comtadine* que j'ai rencontré Jay Tuffey, l'involontaire responsable de mes peines d'amour : un Américain du Connecticut, bel et solide sexagénaire d'allure hemingayenne.

Ce Jay Tuffey, polyglotte accompli, cruciverbiste de talent, membre d'honneur d'une société dadaïste, ex baroudeur de la sémantique, qui s'était installé en Provence après avoir mené une vie trépidante[1], avait vraiment tout fait :
Dévoreur de kilomètres
Chasseur d'idées noires
Dresseur d'obstacle
Commissaire priseur à la régie des tabacs
Footballeur à mi-temps
Jeteur de hareng saur
Compagnon de route départementale
Cireur de pompe à incendie
Gardien de la paix des ménages
Capitaine au long cou
Marchand de tissus de mensonges
Planteur de piquet de grève
Eleveur d'objections
Montreur d'oursins
Décrocheur de lune
Chevalier ne servant à rien
Chanteur de louanges
Voleur dans les plumes
Mangeur à tous les râteliers. (Chez un prothésiste dentaire)
Lanceur de nains (à Denain)
Lanceur d'Alertes (à Malibu)
Campeur sur ses positions
Souteneur de comparaisons
Balayeur d'objections
Cavalier seul

[1] Very pidante, en anglais du Connecticut.

Gardien de phrases (pour un écrivain amnésique)
Capitaine des garde-manger
Poseur de lapins
Cloueur de becs
Faiseur de gaffes (dans un chantier naval)
Fakir royal
Avaleur de couleuvres et autres serpents
Eunuque bien dégagé
Vendeur d'ouvre boîte crânienne, chez les coupeurs de têtes
Et même :
Entrepreneur d'otages ! (ce qui lui avait valu quelques désagréments)

Mais, ce que cet impeccable globe-trotter surfant sur la vague des significations, recherchait désormais, c'était un *petit job* de personnage romanesque, dans un récit d'une teneur littéraire acceptable, qui le fasse accéder, modestement, à la postérité.

« Je trouve injuste, plaidait-il non sans raison, que la création littéraire ne fasse jamais appel à de vrais *spécialistes* : des personnages professionnels connaissant leur métier et pouvant enrichir le récit de leur propre expérience, quand la peinture, le cinéma ou la photographie ont un besoin constant d'acteurs ou de modèles. »

Un jour, à l'occasion d'une vente de vins, cet aspirant protagoniste me présenta à sa compagne qui tenait un Institut Gastronomique à Châteauneuf du Pape, et à l'une de ses stagiaires : Déborah Bigmouse, qui venait étudier la Cuisine en France.

Cette jeune personne d'un peu plus de vingt ans promenait nonchalamment une longue crinière rousse, des jambes immenses, la cambrure accusée de ses reins et d'autres détails de son anatomie qui eussent pu donner pour vrai cet aphorisme nietzschéen selon lequel *la femme est un sexe monté sur pattes.*

Pourquoi eus-je immédiatement le don de l'amuser ? Cela reste un mystère. Le plus banal de mes discours la faisait se pencher dans ma direction en éclatant de rire :

« *Tou eys si thrrrôle, Yves !* »

De même, elle ne pouvait me regarder sans que les cils de ses yeux verts se noient d'humidité :

« *Oh, Tou me fays vraimente trwop rwigoley !* »

Très vite, elle exerça sur moi une attraction qu'aucun effort de ma raison ne pouvait maîtriser.

De plus en plus souvent, tandis que nous discutions de tout et de rien, la pensée de son corps excitait mon désir. J'en oubliai l'objet de nos conversations, l'esprit perdu dans de lascives projections cérébrales.

Ah ! Que n'aie-je possédé, tel le fils d'Anticlée[1], des compagnons fidèles pour me garder du danger de ses charmes !

Candide objet de la fatalité, je succombai sans lutte. Les dés furent jetés, et les mains, et la bouche, et le reste... surtout le reste !

Erreur funeste !

Crôôaââcckkkk !

De retour en Avignon, je me mis à vivre dans la duplicité, torturé de remords. La seule vue d'Hélène me déchirait le cœur. Cent fois - je le jure ici même, sur ta tête, ô lecteur - je fus sur le point de tout lui avouer, de me jeter à ses genoux, d'implorer son pardon. Je ne pus !

Je souffrais !

Je souffrais d'une façon atroce !

---

[1] La mère de celui par qui Troie fut prise en moins de deux.

Mais persistais à voir Déborah en cachette, usant du moindre des prétextes pour filer ventre à terre à Chateauneuf-du-Pape.

Là, feignant de parcourir les vignes et d'étudier les différents cépages, nous échangions, à même les précieux galets d'époque quaternaire, des caresses fougueuses.

La fin de l'aventure advint brutalement, alors qu'un soir, pour enrichir ses connaissances sur la viticulture, j'avais amené Déborah au Journal, dans la petite pièce me servant de bureau.

Les cloisons étaient fines, nos échanges torrides : La hallebarde damasquinée du père Rabaillac se détacha du mur !

« *Plaie ouverte, hémorragique, de la partie interne du mollet, affectant, sur plusieurs centimètres, le muscle sural au niveau des jumeaux...* »

Ce que les spécialistes es hallebarde nomment le *dard*, cette partie pointue qui se développe juste à l'opposé la *hache*, avait cruellement cloué Déborah au plancher !

D'urgence, On la rapatria vers le Connecticut... Je ne la revis plus !

Quelqu'un – je ne sus jamais qui – prévint la Directrice, Madame d'Aubanelle, qui, à son tour, informa les parents d'Hélène.

Je me retrouvai, d'un seul coup, congédié et célibataire !

*

[« *Non, Félix, tu sais, j'ai trop souffert avec mon ex mari...*
-*Hélène ! Hélène ! Je te jure... je...*
-*S'il te plaît, ne dis rien ! J'ai horreur des serments...*
-*Je voulais seulement...*

-Oui, oui, je sais… Avec… Avec une hallebarde ! Ah ! Parfois je te plains, mon pauvre Yves !
-Attends, Hélène, il faut que je t'explique…
-Ne te donne pas cette peine… Et puis, tu vois, j'ai bien compris que tu n'aimes pas Béatrice… »]

*

Me voici arrivé, sans même y prendre garde, à l'hôtel Champrenard. Un gros camion bâché, autour duquel s'activent des ouvriers en blouses est garé dans la cour. Quelques touristes japonais, chargés de sacs Louis Vuitton, hantent encore les lieux, sourire aux lèvres et caméra au poing. Telle une épave dans les intempéries, le catafalque de Marcel se dresse au pied de la haute façade !

« Ah, vous voilà, Monsieur Ducalm ! »

La vue de Donatien, le Majordome, me frappe de stupeur ! Je ne m'attendais pas à le trouver ici, et le portrait que m'en a fait Stuffton m'incite à rester vigilant :

« *Cet majordome qui se fait appeler Donatien, mais qui est, en reality, une agente de XXX…* »

Métamorphose étrange, le serviteur a troqué sa redingote grise pour un costume de bonne coupe, qui le fait paraître plus jeune et lui donne un aspect vigoureux. Ses cheveux, ramenés sur le front en une longue mèche, ont l'air beaucoup moins gris.

« Ne perdons pas de temps ; entrez, je vous en prie ! »

Soupçonneux, je résiste :

« Avant d'obtempérer, j'apprécierais que vous me fournissiez quelques explications… »

Pour seule réponse, Donatien me désigne la porte, avec, aux lèvres, un sourire affecté.

Je me braque :

« Ah non ! »

L'ex majordome se campe devant moi, bras croisés, animé d'un soudain raidissement du torse qui laisse deviner, sous la chemise blanche, des pectoraux d'acier :

« Comme il vous plaira, cher Monsieur ! Je ne suis pas mécontent de vous savoir un peu de caractère. Mais la situation exige que vous m'obéissiez. Mon véritable nom est Donaïko Zabalbeaskoa, Agent des services du M.A.C : le tout puissant Ministère aux Affaires Culinaires. ».

La pression ferme et continue de l'avant bras dudit Donaïko Zabalbeaskoa (Que désormais nous nommerons D.Z.) sur le haut de mes reins, me fait, malgré moi, pénétrer dans l'hôtel.

Une volée de marches, situées sous le grand escalier, nous conduit à une enfilade de pièces, à demi enterrées, qui donnent sur la cour par d'étroits soupiraux. Successivement, nous traversons une ancienne cuisine pourvue d'immenses cheminées ; puis un vaste cellier garni de claies couvertes de toiles d'araignées d'où se dégage encore une odeur de fruit sec. Une autre pièce, enfin, moins vaste mais plus fraîche, attire immédiatement l'attention : billot de boucher recouvert de cuir noir, poutrelles équipées de crochets, et sur le mur du fond, toute une panoplie de fouet, cravaches, colliers de chiens, mors, masques de caoutchouc, tenailles, ainsi qu'une impressionnante collection de phallus factices aux tailles impressionnantes !

Je n'en crois pas mes yeux ! Mon imagination a du mal à faire correspondre le souvenir du sage Marcellus et le spectacle qui s'offre aujourd'hui à ma vue.

« Faiblesse de la chair ! Souffle D.Z entre ses dents, Monsi... le défunt éprouvait un tel sentiment de culpabilité !»

Au fond de cette pièce, se trouve une nouvelle porte que garde un homme de grande taille, coiffé d'un casque, et vêtu d'une tenue matelassée Tchernolactyl, de couleur gris acier.

Ce personnage apparaît d'autant plus redoutable qu'il porte dans ses mains un fusil mitrailleur Razetout 75 presque aussi haut que lui, et arbore une mâchoire supposément cromagnonnesque qui n'incite pas à la conversation.

Brrr !

Aussitôt cette porte franchie, un large couloir voûté, bordé de casiers métalliques remplis de fioles poussiéreuses, s'enfonce dans les profondeurs de la terre.

« Je vous l'avais bien dit ! Les Bordeaux avec les Bordeaux ! Les Bourgognes avec les Bourgognes ! »

La voix nasillarde qui prononce ces étranges paroles ne m'est pas inconnue... Au bout du long couloir, dans un halo de lumière jaunâtre, et poussant un chariot plein de caisses, Maître Garel, suivi de son fidèle clerc font leur apparition.

Le notaire s'essuie le front :

« Mon Commandant ! Je n'aurais jamais soupçonné que les ca-caves de cet hôtel contiennent autant de bouteilles de vin ! »

Et puis remarquant ma présence :

« Ah, monsieur Ducacalm, très heureux de vous voir ! Regardez ! (Il montre les casiers) Des milliers de bouteilles... »

Puis, le bégayant représentant de la chose publique se met à me considérer avec un regain d'attention, et m'adresse ces mots :

« Ah, oui !...Le vase caca... Le vase caca... Le vase... »

Je suis tenté de le soulager par un « vous voulez sans doute parler du vase canope », mais le Commandant D.Z me foudroie du regard tandis que sa main exerce une vigoureuse poussée au-dessous de mon coude :

« Bon après-midi, Maître ! Je vous laisse terminer l'inventaire ! »

Le long boyau que nous suivons conduit à une salle de vaste proportion en partie taillée dans le roc, affectant la forme d'un ample vaisseau voûté d'arrêtes, reposant, dans l'axe médian, sur trois colonnes monolithes et, de part et d'autre, au contact de la roche, sur de grossiers, mais néanmoins bien élevés, pilastres.

Compte tenu de la distance que nous venons de parcourir, je suppose que nous nous trouvons quelque part sous le Rocher des Doms. Les parois de la salle, sur deux côtés, sont couvertes d'une collection de bouteilles dans le culot desquelles se reflètent des lampes en forme de flambeaux. On voit aussi, sur divers rayonnages, des boîtes en fer blanc, des bocaux et des caisses. Sur la droite et sur la gauche s'ouvrent d'autres passages, surveillés, eux aussi, par des hommes en tenue. Placardée au dessus de l'un d'eux, l'inscription à demi effacée : *Achtung Operazionsblock !* rappelle que l'illustre rocher a abrité un hôpital de la Wermarth, en 1944. Mes dernières velléités de fuite s'évaporent telle la part des anges[1] d'un tonnelet de schnaps.

Au milieu de la salle se trouve une table autour de laquelle sont assis différents personnages.

« Je vous présente Monsieur Ducalm, le biographe ! » déclare le commandant DZ, dont l'implacable main pèse sur mon épaule.

Quelques grognements, raclements de gorge, froissements de papier et autres bruits de chaises débordant de convivialité, saluent mon arrivée.

---

[1] Portion d'un liquide alcoolique soumise à évaporation. Elle s'est considérablement réduite depuis que les anges n'ont plus le droit de voler en état d'ivresse.

« Et voici les membres de notre équipe de travail. » Dit mon ange gardien, me désignant les autres personnages.

Equipe *de TRAVAIL* ! Oh, non ! C'est pire encore que je ne le pensais !

Je suis assis sur un fauteuil pourvu d'immenses accoudoirs, qui doit dater de l'époque papale. Près de moi, un vieux poêle qu'agitent épisodiquement des quintes asthmatiques, répand dans l'atmosphère des bouffées de tiédeur, âcres et irritantes. Me faisant face, une jeune femme très mince, très brune, très jolie, l'œil brillant et la lèvre boudeuse, prend la parole avec autorité :

« Chers amis ! Merci d'être venus. Je me nomme Faëza Salami, Ministre Déléguée aux questions Culinaires, chargée de la Promouvoir la Cuisine Française. J'aimerais faire un tour de table, suite au décès de Monsieur Marcellus. »

A côté du Ministre, un petit homme, sommé d'un épiderme occipital au relief glanduleux, tapote un Mac Chinchoz sans relever la tête. C'est Charles-André Picefroy de la Huchette, Maître du Cordon Bleu, Gardien des Labels Rouges, Conservateur des AOP, qui fait office de *Secrétaire de Séance.*»

Corpulent et vêtu de noir, mollement installé sur un siège crapaud, se tient l'Abbé Ponza, ancien conservateur du Département de Gastronomie Vaticane, Docteur ès égyptologie, auteur du Dictionnaire Raisonné de La Cuisine Nilotique et de nombreux autres ouvrages sur les arts culinaires de la Haute et de la Basse Egypte.

A ses côtés, haut et d'aspect sévère, campé sur une chaise en fer, siège le Général Anatole Pedzek, Intendant aux Armées, Chef du Train, Grand Pourvoyeur de Comestibles et autres Denrées Digestibles ; Coordonnateur des Brigades

Canines, Delphiniennes, Hippophagiques et Colombophiles du Premier Corps de Cuisiniers Français.

Sont encore installés autour de la table d'éminents spécialistes de la Gastronomie : Albert Darmonovitch[1] le Grand Nutritionniste, Patrice Mangebien[2], Expert en Diététique et l'éminente Botaniste Marie-Jeanne Audéoudre[3].

Debout, de part et d'autre de la table, deux colosses blonds, qui se ressemblent étrangement et répondent aux sobriquets de Castor et Pollux, complètent le tableau.

En quelques mots nous apprenons que ce qu'il est convenu d'appeler *l'Affaire Marcellus* est *piloté* par la Cellule Elyséenne officieusement dénommée *Tempête du Dessert* dont Madame Faëza Salami est représentante sur terre... et sous terre. (Rires)

Picefroy de la Huchette, le Secrétaire de séance, en profite pour rappeler que, comme le disait si bien Talleyrand, on ne fait pas de bonne diplomatie sans de bons déjeuner, et que la politique étrangère française dépend très largement de la Gastronomie.

« Un exemple ? Prenez le Kapistan : les centrales atomiques, on les leur a vendues juste avant le fromage, et les ogives nucléaires après la meringue glacée...! »

---

[1] Héritier d'une longue lignée de pâtissiers constantinois, Albert Darmonovitch est l'auteur d'une remarquable étude sur le cannibalisme intitulée *le goût des autres*. (Ed du Missionnaire), et d'un fascicule plus leste : *Eloge du Biscuit*. (Egalement au Missionnaire)

[2] On doit à Patrice Mangebien l'originale *Histoire des Régimes sous l'Ancien Régime,* ainsi qu'un essai remarqué : Genèse du Petit Déjeuner, la culture des céréales dans le Croissant Fertile.

[3] Directrice de l'Institut Cinématographique Horticole de Dijon, Marie-Jeanne Audéoudre a réalisé le film : « Radis Jacob et le faux Concombre Maltais ». (Le Potager - 2008)

« Mesdames, Messieurs, prendrez-vous du café ? » Demande une femme de forte corpulence, aux gros mollets, portant un calot sur la tête.

Je ne veux rien. Je reste sur mes gardes !

Le (la ?) Ministre a repris la parole :

« Mes chers compatriotes, ne nous le cachons pas, l'heure est grave ! Je me trouvais ce matin même dans le bureau du Président qui disait justement : « l'heure est grave ! » La mort de Marcellus ouvre une crise sans précédent dans notre longue - très longue - histoire culinaire. Elle affaiblit nos positions sur l'échiquier mondial de la Gastronomie. La concurrence, longtemps nourrie de notre imitation, désormais nous talonne ! Des chefs, issus de civilisations dont tout l'art consistait à fumer le hareng ou griller la saucisse, viennent de remporter les derniers Poêlons d'Or ! Et cela même alors qu'il s'agissait d'accommoder le Pigeon de la Sarthe, le Veau de l'Aveyron, l'Artichaut de Bretagne ! Au moment même où je vous parle, une agence de notation Américaine envisage de nous priver, du précieux triple G^1 ! Plus grave encore, mes chers concitoyens, il y a lieu de penser que des forces occultes, financées par des fonds étrangers, s'efforcent de jeter le discrédit sur nous ! De récents évènements en constituent la preuve ! Il n'est qu'à rappeler scandaleux larcin dont fut victime il y a peu Monsieur Ducalm de la part d'un agent britannique, connu de nos services, et que, depuis, nous avons arrêté…

-Vous avez arrêté Sir Stuffton ! M'écrié-je, en proie à une excitation difficilement contenue. Vous avez la mallette ? »

La^2 Ministre tourne vers moi ses grands yeux sombres, très sombres, qui évoquent dans ma mémoire le centre d'un

---

[1] Greatest Gastronomic Grade.
[2] Sauf nécessité euphonique majeure, le féminin vient d'être adopté par le comité de lecture d'une courte poitrine !

tourne disque ancien, comme celui qu'écoutaient mes parents lorsque j'étais enfant :
"*Remember a day before today*
A day when you were young."
Pink Floyd, 1968.

« Nous avons la mallette, confirme la belle Faëza. Malheureusement, son contenu est bien loin de combler nos attentes. Quant à Monsieur Stuffton, nos agents l'interrogent... Un certain nombre d'éléments nous échappent encore... Griiing ! Veuillez m'excuser je vous prie :

« *Je vous reçois, Monsieur le Président. Oui, oui, évidemment... Devant moi ! En pleine forme, apparemment... Non, pas de résistance, très calme... Comme son nom l'indique ! Ah ! Ah ! Parfait ! Comptez sur moi, Monsieur le Président... Non, pas encore... Je vous tiens au courant. Au revoir et merci.* »

Tu hallucines ! Le Président qui s'intéresse à toi, vermisseau sociétal ! Une sueur mauvaise s'écoule sur tes tempes... Tu te fais tout petit dans le fauteuil immense.

Cependant, la ministre te prodigue à nouveau une attention marquée :

« Quant à vous, cher Monsieur, vous voudrez bien pardonner la manière quelque peu cavalière (c'est le moins qu'on puisse dire !) dont nous en avons usé avec vous, mais le temps presse et vous avez, nous le pensons, bien des choses à nous dire... »

Puis revenant à l'assistance :

« Voilà pourquoi, mes chers amis il est plus que jamais nécessaire que nous mettions en commun *tout ce que nous savons.* »

Touuouout ce que vous voudrezzz, Madame le Miniiiistre

(Prépare-toi à mourir, sac à plumes !)

« Mais d'abord, Monsieur L'Abbé, commençons par le commencement. »

* * *

Il y a le roman et il y a l'Histoire. D'avisés critiques ont considéré le roman comme de l'Histoire qui aurait pu être, l'Histoire comme un roman qui avait eu lieu. Il faut bien reconnaître, en effet, que l'art du romancier emporte la créance, comme l'événement parfois la défie.

André Gide. Les caves du Vatican.

Chapitre onzième (Cistercien)

L'abbé Ponza croise ses mains épaisses aux phalanges couvertes de poils noirs :
« Madame la Ministre, mon Général, chers collaborateurs. Pour mieux répondre aux interrogations qui sont les nôtres après le décès de Marcel, je vous invite à remonter 5000 en arrière, en Egypte, durant l'Ancien Empire, et plus précisément pendant le règne du roi Djoser, fils de Senackt, primitivement appelé Sesorthos. Voilà !

Un règne magnifique ! Peut-être sans égal. Nul n'ignore que ce grand souverain fit bâtir, par l'entremise d'Imhotep, son génial architecte, la pyramide, dite à degrés, de Saqqarah et son immense complexe funéraire. Cette œuvre apparut si grandiose à ses contemporains et aux générations suivantes que l'on déifia Imhotep, l'architecte. Voilà !

L'on sait moins que Djoser, l'avisé pharaon, comptait, dans son palais d'Héliopolis, un autre génie tout aussi remarquable : Islapeth, le Cuisinier royal, Grand Queux à la double Écuelle, dont la réputation s'étendait au-delà des frontières, jusqu'au lointain Indus. C'était peut-être un frère d'Imhotep si l'on en croit le Consul Drovetti.

En ce temps-là, sous la direction d'Islapeth, toute une armée de serviteurs, messagers, fonctionnaires, parcourait les provinces d'Egypte pour garnir la table royale des mets les plus exquis : Crocodile farci du Fayoum – Filets de perches du Nil – Gazelle rôtie de Nubie – Asperges pourpres du Delta - Pavé d'hippopotame aux graines d'hibiscus ... »

L'abbé Ponza s'essuie le front avec un grand mouchoir tant l'atmosphère est lourde. Les parois de la salle suintent d'humidité.

Pourtant tu te sens bien. Tu as cessé d'éprouver toute angoisse. Une étrange chaleur pénètre dans tes membres. Ton corps flotte dans un état d'apesanteur languide. Serait-ce l'effet petit macaron trouvé dans la mallette ?

L'Abbé Ponza poursuit :
« 2600 avant notre ère : Islapeth, le grand Chef égyptien, meurt dans des conditions obscures. Hétephernebty, surnommée Héteph, épouse de Djoser, lui fait dresser un mastaba, à Saqqarah, non loin de son propre tombeau, sur la route de Memphis, sur la route de Memphis...

Une inhumation digne d'un pharaon ! Et puis l'oubli ! On n'entend plus parler du génial cuisinier... Voilà !

L'ecclésiastique essore le mouchoir libérant quelques gouttes de sueur bénite :

« Moins 1500. Nouvel Empire. Des pilleurs de tombes ouvrent la sépulture. Les bijoux et le mobilier sont volés. Le sarcophage disparaît. Il ne reste dans le tombeau que les vases canope, où l'on a déposé les viscères du mort. En premier lieu le foie, protégé par Amset, car là, réside le principe du goût si cher aux Egyptiens.

-1229. (Peut-être -1230), pour des raisons demeurées méconnues, le grand monarque, Ramsès II, souhaite faire inhumer les restes d'Islapeth, le génial cuisinier, près du Ramesseum, son temple funéraire.

Une barque, dite de Néchémet[1] *sous* la conduite du naute Tëpah Khâp, remonte le fleuve jusqu'à Memphis et Saqqarah.
Les vases canopes qui ont échappé au pillage sont chargés sur l'embarcation pour être convoyés vers la cité des morts.
Malencontreusement ! Cette année-là, les crues du Nil, très en avance sur les dates prévues, poussent l'embarcation dans le delta du fleuve, presque jusqu'à la mer.
Tëpah Khâp et son équipage s'échouent sur un *dos de tortue*[2] couvert de sable et inhospitalier. Pour toute nourriture : des canards efflanqués, des poissons pleins d'arêtes ; pas la moindre brindille pour allumer du feu. Les hommes sont atteints de scorbut et de dysenterie. L'équipage est tout près de rejoindre Islapeth, au royaume des morts, quand, en dernier recours, taraudé par la faim, un matelot qui se nomme Akhelphrït, utilise en guise de condiment le contenu sacré d'un des vases canope, celui d'Amset qui renferme le foie. Aussitôt, le produit fait merveille. Les canards sont changés en oies grasses, les hotus en brochets. Et chacun aussitôt recouvre la santé ! C'est un véritable miracle !
Pour rendre grâce aux Dieux, le capitaine Tëpah Khâp donne au génial produit le nom de Ker-Ashör-Â, le nectar d'Amon Râ... Voilà !»
Quatre-vingt-treize !
Quatre-vingt-quinze !
Chpoumm ! (bruit de bouchon) Tiens, goûtes-en une autre ! »

---

[1] Barque funéraire, ou périt boat.
[2] On appelait ainsi les îlots dans le delta du Nil. (Alors que l'on s'imagine souvent les rives du delta planes.)

On s'agite dans les couloirs.

Le notaire et son clerc, Christian Bonifastoche, ont fait irruption dans la pièce, des bouteilles à la main et les visages passablement rougis.

Quatre-vingt-treize !
Quatre-vingt-quinze !

-Calmez-vous, Nom de Dieu ! Voyez pas qu'on travaille ! Tonne le Général Pedzek, avant d'adresser un sourire gêné au révérend Ponza.

-Mais enfin, que se passe-t-il ? » Demande, d'un air désappointé, Faëza Salami.

Il ressort d'un discours embrouillé que les dernières inondations, noyant les caves, ont décollé les étiquettes des bouteilles de vin. Les crues, en quelque sorte, ont effacé les crus. Et les deux acolytes, le Notaire et son Clerc, se chamaillent au sujet des millésimes inscrits sur les registres du défunt Marcellus :

Quatre-vingt-treize !
Quatre-vingt-quinze !

« Eh bien soit, mes amis, goûtons ! Tranche l'Abbé Ponza, trouvant l'occasion belle, cela calmera les esprits ! Mireille ! (la femme aux gros mollets) Apportez-nous des verres ! »

L'ecclésiastique a le coude rapide et la dégustation prompte, que lui confère la pratique de l'œnologie quotidienne et eucharistique. Le résultat est sans appel :

« Chateauneuf-du-Pape, 1985. Qu'en pensez-vous, mon Général ?

Comme disait Lamarck, la fonction crée l'organe. L'approche militaire se double d'une composante tactique assez élaborée : attaques olfactives, puis labiales, diversion jugulaire, assaut final :

Le Secret du Chef

« Permettez-moi, mon Père, de ne pas partager votre avis ; je vous concède, assurément, le Châteauneuf du Pape, mais je penche plutôt pour un 87.

- J'en conviendrais volontiers avec vous, Général, si la couleur du disque[1]... »

La Ministre, montrant des signes d'impatience, intervient avec autorité :

« Messieurs, Messieurs, ne nous égarons pas. Vous réglerez cette question plus tard... Révérend, poursuivez l'exposé, je vous prie. »

L'abbé Ponza pose à regret son verre et reprend prestement son récit :

« Je vous ai dit que l'équipage de la barque royale fut sauvé par le Ker-Ashör-Â, le nectar d'Amon Râ. Le voilà maintenant voguant vers la cité de Thèbes, où Ramsès II l'attend.

Cependant, profitant d'une escale à Tanis, Akhelphrït - le matelot qui avait découvert les vertus du mystérieux produit - soustrait le précieux vase et fausse compagnie aux autres voyageurs.

Le Pharaon, Furieux, fait empaler les membres d'équipage dès leur retour à Thèbes, et chercher le coupable. On passe au peigne fin les provinces d'Egypte ; on utilise pour la première fois des chacals policiers ; des empreintes de mains sont prises dans l'argile ; on vérifie les papyrus de tous les citoyens[2] ! Rien n'y fait !

Nul ne peut dire où est le fugitif !

L'abbé se hâte de conclure :

---

[1] Surface du vin contenu dans un verre. Plus le vin est puissant, et plus le disque est dur.
[2] Cette tâche incombait aux gardiens de l'Apis.

Le Secret du Chef

Non sans audace, l'historienne Patricia Sinoncéoui[1] ose un rapprochement avec l'Histoire Sainte : Akhelphrït (l'Ephraïm hébreux ?) aurait rejoint le peuple de Moïse au moment de *la Sortie d'Egypte*, emportant le précieux condiment jusqu'en Terre Promise, (Ker-Ashör-Â devenant Karsher-Â, puis simplement : Kasher). Mais cela reste une simple hypothèse… Jamais personne ne retrouva la trace du rusé matelot, ni celle de l'Epice ! Voilà !

Ayant dit, et bien dit, l'abbé Ponza s'octroie sans transition une franche gorgée du litigieux breuvage contenu dans son verre :

« 1985 ! Cela me revient maintenant. J'étais à Lourdes ! Il y eut cette année-là un été très précoce et très chaud. Les gens fuyaient vers la Côte d'Azur. Le vin de messe possédait un nez caoutchouté… Oui, oui, un petit goût de route nationale et de goudron brûlé….

-Ne vous déplaise, Monsieur l'Abbé, interrompt, verre en main, le Général Pedzek, je persiste dans ma première idée : 87 ! Le début de l'été fut, j'en conviens, très chaud, mais les pluies d'août gâtèrent la saison. Le vin en perdit ses tanins et acquit une austérité quasiment janséniste, avec un nez de bénitier et des saveurs d'encens… et si j'ose me le permettre… un parfum de soutane un peu rance !

« Seigneur ! Comme vous y allez ! Répond l'Abbé en terminant son verre ; par ma foi, Général, votre millésime semble tout désigné pour *bouffer du curé* ! »

A nouveau, la Ministre intervient :

« Messieurs ! Messieurs ! Je vous en prie ! Poursuivons sans tarder ! Comme le dit souvent Monsieur le Président : « poursuivons sans tarder ! » Votre exposé est-il terminé Révérend ?

---

[1]Patricia Sinoncéoui est la fondatrice du Cercle Vedènais de Recherche Historique, dont les membres sont parfois appelés les Sinoncériens.

-Pas tout à fait, Madame, si l'Histoire perd la trace du divin Elixir après le règne du Ramsès, sa légende demeure ! Peu de questions ont, dans le cercle assez étroit des égyptologues nutritionnistes, fait l'objet d'autant de conjectures. D'autant que le pouvoir que l'on prête au fabuleux nectar de se REGENERER a fasciné jusqu'aux esprits les moins enclins à la superstition... »

A ces mots l'auditoire semble pris d'un surcroît d'attention...

Tout cela te concerne-t-il ? Les mots que tu perçois se dissipent dans l'air confiné de la salle. Après les instants d'euphorie, des fourmillements te parcourent l'échine, des flux et reflux de chaleur t'engourdissent le corps...

L'Abbé chausse des lunettes aux épaisses montures et se saisit d'un petit carnet noir dont le rabat est maintenu par un mince élastique :

« Le grammate Nicomaque de Thrace, historiographe d'Alexandre le Grand, rapporte qu'*en l'an 331, quand le Monarque fut nommé Pharaon, on présenta, pour le festin, un gros poisson enduit d'une poudre merveilleuse que le Maître d'Hôtel déclara provenir d'une tombe thébaine. Quand il en eut goûté, l'Empereur fit venir, sur le champ, ledit Maître d'Hôtel et lui fit compter un bon deben[1] d'or dur.*

Trois siècles après, Théa Philopator, la très célèbre Cléopâtre, s'enduit le corps d'un onguent fait d'une purée de naphte, de graisse de bouc et de « karosha » (Ker-Ashor-Â ?) censé lui donner la beauté éternelle.[2] Or ce mystérieux « karosha » aurait été trouvé dans un tombeau thébain.

---

[1] Le deben : unité de poids égyptienne. « Par Osiris, j'ai pris deux debens ce mois-ci ! Paroles attribuée à Nefertiti. Vers 1320 av JC.»
[2] Pour Cécile Bellion, le *karosha* proviendrait d'une plante épineuse originaire de la région d'Alexandrie ; d'où l'expression : il ne faut pas pousser Ptolémémée dans les karoshas. « Les sept plaids d'Egypte ». Avignon. Ed. du Chicongue. 1966

En Gaule, César, l'amant de Cléopâtre, aurait usé de ce même produit au siège d'Alésia pour accroître la vigueur de la troupe, et contrer les ardeurs que donnait aux Gaulois une étrange *potion*.[1]

Mais il faut attendre les conquêtes arabes pour que, sous le nom de Malika al Bombek – la Reine des Douceurs - l'Epice Ultime, le nectar d'Amon Râ – soit, à nouveau cité par le chroniqueur Hicham Chelly Ibn Hussein qui indique : le *Maître des Mets* de la cour du Calife, à Bagdad, l'illustre Isnif el Kiffi, faisait usage, pour complaire au monarque, d'une *poudre de momie qui donne aux aliments la saveur la plus excellente, et procure à son consommateur des talents amoureux…*

Une autre source[2] place l'Epice entre les mains du sulfureux Sayyidna Hassan Bin Sabbah, le *Vieux de la Montagne*. L'un de ses fédayins, capturé tandis qu'il quittait la forteresse d'Alamut[3], et questionné par les agents du Sultan Malik Shah, aurait avoué que son maître usait d'*un onguent d'extraction létale rapporté d'Egypte, qui, mélangé au hachisch, plongeait les combattants dans une indicible béatitude.* »

Les grosses mains du Révérend ouvrent les pages du carnet avec une précision étonnante :

« Voilà ! Plus étrange encore, selon Xanthos de Mycée, lors du siège de Brenst (Macédoine) par les Turcs en 1439, *les habitants, prêts de se rendre devant les troupes du Bey Hussein Muhammad Ali, exhumèrent de l'église Saint Apollinario, le sarcophage de Théopoulos de Mégare, mort en Egypte, en 404 ; puis, ayant découpé ses restes en menus*

---
[1] Cf. ce commentaire de Jules César in *De Bello Gallico*, livre septième : « *Par Jupiter ! Ce Nectar m'a donné la Gaule !* »
[2] Source que je ne peux, dans l'instant, citer, car intermittente.
[3] Forteresse d'Iran tenu par Hicham et ses hachichins de 1090 à 1124. Familièrement appelée : la Kasba de la Défonce.

morceaux, ils en usèrent pour communier, et aussitôt s'armèrent et coururent sus aux assaillants pour les mettre en déroute.

Je pourrais, Madame, Messieurs, vous conter bien d'autres anecdotes à propos du précieux élixir et de ses avatars. Les interprétations de type ésotériques touchant à sa légende ont été innombrables. Ainsi, par exemple, les Frères hiérophantes de la loge du Sphinx, ici en Avignon, sous la conduite du fameux Pernety[1], établirent un parallèle entre l'antique Ker Ashör et le Divin Graal. Ou bien encore le Grand Vatcl, cuisinier de...

-Permettez-moi de vous interrompre, Monsieur l'Abbé, intervient la Ministre ; sans doute aucun, la pertinence de vos propos aura contribué à éclairer notre aimable assemblée, mais nous devons encore entendre différents témoignages... »

Faëza Salami te jette un regard tellement appuyé que tu manques tomber de ta chaise. Toujours cette prunelle phonographique, couleur de jais, aux effets hypnotiques :

In your eyes the light the heat
In your eyes I am complete
In your eyes the resolution
        (Peter Gabriel, 1986)

« A vous, mon Général !» Commande la Ministre, sans te quitter des yeux...

L'interpellé se lève pour prendre la parole, quand une voix se fait entendre, venant de la porte d'entrée :

---

[1] Antoine-Joseph Pernety (Pernetti), 1716-1796, moine bénédictin défroqué, Swedenborgien, amateur de théosophie, auteur du *dictionnaire mytho-hermétique* et des *fables égyptiennes et grecques. Il est connu comme le fondateur de la secte des illuminés d'Avignon, encore nommée Loge du Grand FADA. Les ateliers se tenaient rue du Gal, dans l'hôtel d'Aigrefeuille.*

« Sauf le respect, Madadame la Ministre... Mon Général... Cocommandant... Qu'est-ce qu'on fait avec les bouteilles de vin ? »

C'est encore Maître Garel qui rappelle à l'aimable assemblée que :

La loi successorale du 5 janvier 1961, article 7, sur l'inventaire des biens meubles soumis à mutation et placés sous scellés, cocommande au notaire d'agir dans les meilleurs délais...

Bien que parfaitement intempestif, ce rappel à la loi nécessite d'être suivi d'effets.

« Mais j'y pense ! S'exclame l'Abbé Ponza. Pourquoi ne pas faire appel à Stuffton ! Avec ses exceptionnels talents d'œnologue, cette affaire de millésimes devrait être rondement expédiée ! »

Visiblement gêné, Donaïko dodeline du chef :

« C'est que... Heu... Je crains que notre illustre gastronome n'ait eu du mal à digérer le traitement un peu particulier que Castor et Pollux lui ont administré... Et...Hum, Hum !... je ne vois guère, Monsieur l'Abbé, qu'une intercession en haut lieu (regard au ciel) pour lui faire recouvrer la parole ! »

Le Général objecte :

-Vous semblez oublier, Commandant, que, par sa mère, Stuffton a du sang islandais dans les veines. Gardes ! Allez vérifier dans quel état se trouve... notre aimable invité !»

Tu saisis mal ce que l'on vient de dire. Qu'ont-ils fait de Stuffton ? Où est la petite mallette ? Tels des nuages capricieux, de curieuses pensées te tourbillonnent dans la tête.

Seul ! Tu te sens seul comme un grain de conscience semé à la surface de la réalité par une imprévisible puissance tutélaire. Que fais-tu là, Félix Ducalm, dans cette étrange comédie, dans ce théâtre d'ombres, dont, tantôt, orgueilleu-

sement, tu t'étais cru protagoniste, et dans laquelle tu te sens désormais sans emploi ?

Dans l'attente de l'hypothétique venue du gastronome anglais, le Général saisit ses notes et s'éclaircit la voix. C'est un homme dans la force de l'âge, élancé quoique large d'épaules. La tête, portée par un long cou, saille du tronc, mobile, comme celle d'un animal de proie. Le crâne, étroit, évidé par le long exercice des pensées militaires, paraît avoir perdu de sa substance au profit des mâchoires, puissantes, conquérantes, donnant à ce visage une allure de botte.

* * *

La cuisine de l'Angleterre est à son image : entourée d'eau !
(*Pierre Daninos. Les carnets du Major Thomson*)

Chapitre douzième (Herculéen)

Le Général :

« Je vais aborder devant vous un chapitre inédit de l'Histoire de France, et de celle, consanguine, de la Grande Bretagne.

Mon récit commence très précisément le quatre octobre 1789, à 7 heures 30 du matin, au Palais de Buckingham, à Londres. Ce jour-là, Michaël of Gravezat, officier de bouche au service du Lord Chambellan, crut voir s'envoler, à son immense stupéfaction, la timbale d'argent contenant le porridge du roi Georges III d'Angleterre.

Puis ses bons œufs du Devonshire,

Les toasts au blé doux du Sussex,

Et enfin, par la même inconcevable voie aérienne, le bacon royal issu de la fidèle et noble cité d'York !

Après quoi, le palais médusé ouït ce cri épouvantable qui sortait de la chambre du roi :

« God mercy! Montjoie, Saint Denis[1] ! May I have something decent for breakfast? »

« Sa Majesté est à nouveau souffrante ! » Titrèrent les gazettes, le lendemain matin.

De manière officielle, la *grosse colère* royale fut considérée comme une crise supplémentaire dans la longue suite de troubles psychiques et de lubies diverses qui depuis 1765 affectaient Georges III d'Angleterre, et seraient, quelque vingt ans plus tard, à l'origine de sa déposition.

---

[1] Un cousinage capétien des rois d'Angleterre les autorise à pousser ce cri de guerre en quelques occasions, notamment à l'heure des repas.

Mais au palais l'affaire acquit un tour hautement politique. Le Lord Chambellan, James Cecil de Salisbury, prit très au sérieux le caprice royal. Le souverain, quoique fragile et d'un esprit fantasque, gardait suffisamment de sens commun pour apprécier la qualité d'un mets, et bien assez de goût pour établir une juste comparaison entre les petits plats du bon Tocnay de la Poularde, son cuisinier français – licencié pour républicanisme - et les fades préparations qu'on lui faisait ingurgiter depuis un certain temps.

On ne pouvait nier les évidences : au Palais Royal d'Angleterre on avalait une pitance infâme !

Le Chambellan se gratta la perruque et se frotta les gants.

Le roi voulait du changement ! Il l'aurait ! Foi de Salisbury !

Ne vivait-on pas au siècle des lumières ?

Pourtant, plus il réfléchissait, moins il y voyait clair : alors même que le Royaume Uni affichait l'arrogante supériorité de ses armes et de son industrie sur tous les continents, il semblait qu'un douloureux déterminisme conduisît ses tentatives culinaires à une incurable fadeur.

Le philosophe David Hume formula, dans un traité publié en 1775, une explication fondée sur la *théorie des climats* et la pluviométrie :

« *Le manque de lumière, faisant pâlir les fleurs, blanchir les chairs et blondir les cheveux, affadit d'idoine façon les aliments avec lesquels les sujets de Sa Gracieuse Majesté accommodent les plats.* »

A cette même époque, un voyageur Chinois, qui visitait l'Europe, écrit à un ami :

« *Troisième Lune de l'Année du Serpent,*
Yi Fu à Ji sï lian,
Parmi les peuples aux longs nez, il en est un dont la manière d'accommoder les aliments est, de loin, la plus

épouvantable, tant ce peuple, que l'on nomme anglois, ou britonnique, est capable d'extirper jusqu'à la plus infime saveur aux denrées qu'il cuisine.

Il y a trois jours de cela, près d'une ville que l'on nomme Bassin de Foie[1], mon camarade Chan et moi sortions de l'une de ces auberges où l'on sert, en toute saison, du poisson accompagné de pommes de terre bouillies[2], quand je vis mon malheureux ami s'agenouiller sur la chaussée en se tenant le ventre, puis devenir coquille d'œuf[3] et près de défaillir, se croyant ensorcelé parce que c'était la trente-troisième fois[4] consécutivement qu'on lui servait ledit plat de poisson et de tubercules bouillis. Aussitôt, je lui fis entendre raison par quelque discours sur la relativité des usages, et sortis de ma poche une truffe de pékinois fumée que Vénérable Mère m'avait donnée avant notre départ, et lui fit respirer. Lors, Chan, mon camarade, recouvra ses esprits.

Nous serons, le jour après demain, à la ville de Bouche des Ports[5] d'où nous gagnerons le Continent, au pays dit de France. On m'a affirmé que la chère, en cette petite contrée, y est certes moins succulente qu'en notre Céleste Empire, mais fort grandement meilleure que la brittonique.

Mon camarade Chou pense qu'il serait bien avisé et d'un commerce fructueux de construire des maisons de thé et auberges à la mode chinoise au pays d'Angle Terre.

Je vous frotte tendrement le nez,
Votre respectueux et dévoué :
Yi Fu.

---

[1] Liverpool.
[2] Avec l'invention de la frite, ces auberges allaient servir des *Fish and chips*.
[3] Pâlir.
[4] Le chiffre 33 est réputé maléfique dans le sud du Hunan d'où sont originaires les personnages.
[5] Portsmouth

Ces commentaires peu flatteurs ne décourageaient pas James Cecil de Salisbury. Il réunit, dans son hôtel de Londres, plusieurs gentilshommes fidèles à la couronne et quelques gros marchands. Sous le sceau du secret, la décision fut prise d'envoyer, par voie terrestre et maritime, des émissaires autour du monde, *quérir toutes choses comestibles bonnes et utiles à la santé du roi comme au bien-être de ses loyaux sujets.*

Pendant ce temps, l'état psychique de sa Gracieuse Majesté connaissait des fortunes diverses. On le voyait parfois, errant et solitaire, parcourir les bosquets de Buckingham Palace au pas chancelant d'un erratique danseur de menuet, saluant ici ou là, quelque passant imaginaire, ou bien un if taillé, devant lequel il s'inclinait avec cérémonie comme s'il se fût agi d'un visiteur illustre[1]. Alors, dans ces moments, lui montait à la bouche une litanie étonnante de mots, tous français, tels que : *île flottante, soufflé, mousseline, velouté, soupir, galantine, fondant...*

Mais celui de ces mots qu'il aimait entre tous, et s'allait répétant avec le nez au ciel, arrondissant gracieusement les bras et levant chaque fois son chapeau, c'était : « vol au vent » !

Vol au vent ! Vol au vent ! Vol au vent !

Peut-être, alors, par ces vocables moins insensés qu'on ne pourrait le croire – ce qu'on nomme folie n'étant au fond que le refus de l'usage commun - le souverain tentait-il, métaphoriquement, de conduire son peuple jusqu'aux lointains sommets de l'art gastronomique ?

Il resta incompris !

---

[1] Inversement, le souverain aurait, un jour, confondu le roi de Prusse en uniforme d'apparat avec un sapin de Noël !

Creuk-creuk-creuk !

Long raclement d'un objet que l'on traîne.

« Voici le prisonnier ! » Soufflent à l'unisson Castor et Pollux, traînant un corps tout grelottant, enveloppé d'un linge humide.

-Doux Fésus, c'est un Jantôme ! S'exclame Gros Mollet, toute retournée.

-Dieu soit loué ! Ce n'est que Monsieur Stuffton ! S'écrit l'Abbé Ponza joignant ses grosses mains.

-Il respire ! Se félicite Picefroy, le secrétaire de séance. On doit pouvoir tirer quelque chose de lui ! »

Le Général triomphe :

« Voilà ! Qu'est-ce que je vous disais, le bonhomme est costaud ! »

En vérité, Stuffton est pitoyable, et tu ne peux, quoiqu'il t'eût récemment roulé dans la farine, qu'éprouver de la pitié pour lui. A l'évidence on l'a quelque peu cuisiné, comme en témoignent éloquemment :

Ses yeux au beurre noir
Son dos en marmelade,
Ses reins en compote,
Son nez en purée,
Sa bouille en ratatouille,
Ses os en bouillie,
Son museau en salade
Et ses chairs en pâté !

Plus horrible encore, de son illustre gorge s'échappent en grappes palpitantes de gluants appendices.

Le malheureux évoque un tableau de Bacon (Francis), dans sa période *viande rouge*.

« Eh bien ! Vous n'auriez pas un peu forcé la dose? Demande Faëza Salami, agitant son index et fronçant les sourcils.

-On l'a juste un peu mitonné à la sauce aux marrons pour qu'il se mette à table, dit Pollux, d'un air de brute repentante.

-Mais ces types ont du jus de navet dans les veines, ajoute Castor en faisant craquer ses phalanges. Ils tombent dans les pommes dès qu'on leur met deux tartes !

-Des tartes aux paumes ! Ah ! Ah ! S'esclaffe avec un irréprochable à-propos, Albert Darmonovitch, le Nutritionniste.

-Tenez, mon vieux, goûtez-moi ça ! Dit le Général, posant un verre de vin sous le nez de l'Anglais.»

L'interpellé ne semble pas comprendre.

« Je doute que nous obtenions quelque chose de lui ! Il est plus mort que vif !» Déplore la Ministre, en regardant nerveusement sa montre.

Erreur !

A-t-on vu un œnologue rester sans voix devant un gobelet ? La main meurtrie du Britannique s'anime et s'approche très lentement du verre, puis, mue par une forme de mécanique pavlovienne, le saisit avec délicatesse et le porte à ses lèvres :

« Brrr ! Brrr ! Châ... Châteauneuf... de la Pape... Ahûûûhh ! Brrr ! Vignoble trentenaire... exposition southeast... sol argilo calcaire, graveleuse... d'origine alluviale, Ahûûûhh ! Brrr ! Grenache, Cinsault, Mourvèdre... Vin puissante, longue en bouche. Nez de fruits rouges, Brrr ! De groseille, de fraise, de griotte, de Cranberry... Brrr ! Ahûûûhh ! Robe sombre, vendanges manuelles, main d'œuvre d'origine marocaine mal rétribued. Brrr ! Brrr ! Jeune fille qui s'appelle Aïcha, Il est enceinte Ahûûûhh ! ... Je vois... Je vois...

-Bon, Stuffton, ça suffit ! Donnez-nous l'année et ce sera largement suffisant ! Intime le Général Pedzek au malheureux Anglais. »

Mais ce dernier a pris un regard fixe, halluciné, et demeure muet.

Le Militaire insiste :

« Allez, mon vieux, juste un petit effort, le millésime, et on vous fout la paix ! »

Stuffton rechigne mais finit par céder : « 1996 ! Brrr, Brrr ! Hoquète-t-il, l'année de…de le comète[1] Brrr !

-Quatre-vingt-seize ! Quatre-vingt-seize ! Mais bien sûr ! Répète avec gourmandise le Révérend Ponza comme s'il se mettait les chiffres bien en bouche. »

Pendant ce temps, Le Général triomphe :

« Et voilà ! C'est réglé ! Gardes ! Reconduisez le prisonnier dans le congel… Je veux dire : *dans ses appartements* ! »

A nouveau tu croises le regard de juke-box du Ministre d'Etat à la Gastronomie. Dans ses yeux qui te fixent, la petite pastille noire tourne très lentement dans un sens puis dans l'autre. Est-ce une invitation ? Tu n'oses y croire ! Jusqu'à ce jour ta fréquentation du beau linge se borne à de furtives incursions sous la robe d'une avocate, un été, à Montélimar.

Aiguisant mes sens qui languissent,
Aérien comme un papillon
Oh, J'aimerais tant que tu glisses,
Ton dur saphir dans mon microsillon…

Frank Richter[2]. A l'attaque - 1986 !

---

[1] Il s'agit de la comète de Haley ; ça va de soi !
[2] Compositeur d'origine rhénane à qui l'on doit le très libertin *mon casque à pointe* et autres chansons patriotico-érotiques.

Le Secret du Chef

L'affaire des millésimes, enfin tirée au clair, le Général Pedzek continue son récit (Mais oui, rappelez-vous !) :

« Il fallut attendre presque cinq ans, pour qu'une information digne d'un certain intérêt parviennent aux oreilles de Lord Salisbury, le chambellan anglais, dans sa quête des goûts. Un mystérieux correspondant, demeurant au Caire, demandait 70.000 livres en échange d'une *espèce d'épice* aux vertus merveilleuses, découverte dans une tombe, non loin de Saqqarah, et qui, selon ses dires, surpassait, pour l'assaisonnement, tous les produits connus.

Le chambellan accepta aussitôt le marché, bien que la somme pût, selon ses dires, être jugée *pharaonique*,

Le 17 janvier 1793, lestée du précieux chargement, dissimulé dans un lot de curiosités orientales, une corvette de la Royal Navy, le Sea Flood, sous le commandement du commandant Segard, quitta discrètement le port d'Alexandrie pour se rendre à Plymouth.

Mais nos espions, très nombreux en Egypte, eurent vent de l'affaire. La Convention, sous la conduite de Brissot, dépêcha deux navires de ligne : le Brie et le Meaux, au large de Tunis, afin d'intercepter le vaisseau britannique. En vieux briscard des mers, le commandant Segard choisit de traverser le détroit de Messine, comptant sur sa vitesse, pour contourner, au nord, la flottille française, et se glisser, ensuite, *à l'Anglaise*, entre la Sardaigne et la Corse. Mauvais calcul, car nos bateaux remontant vers le nord lui coupèrent la route. L'engagement eut lieu le matin du 21 janvier. Le Sea Flood, se tint d'abord, en louvoyant, hors de portée des batteries françaises. Mais à 11 heures, un vent violent poussa toutes les embarcations vers les côtes, entre la Ciotat et Cassis. Le Brie coula en heurtant des récifs, mais le Meaux expédia le Sea Flood par le fond, avec sa cargaison. »

Le Général marque une pause, avant de déclarer :

« Ce jour-là, le 21 janvier 1793, Louis Capet perdit la tête, et l'Angleterre la bataille du goût ! Voilà ! »

Le militaire s'octroie un verre de Chateauneuf-du-Pape (1996) et poursuit le fil de son explication :

« Or, justement, mes chers amis c'est dans ces mêmes eaux, tout près des côtes de Cassis, qu'il y a plus de quarante ans, Marius Dagneau, le père de Marcel, repêcha divers objets antiques comme en atteste les journaux de l'époque. »

Malgré ton état léthargique, un reste de conscience te ramène aux photos qui se trouvaient dans la mallette grise ! Mais tu te gardes bien de prononcer un mot.

« Et parmi ces objets, Reprend le Général, figurait un vase canope à l'effigie d'Amset que les spécialistes d'alors ont cru ptolémaïque, mais qui remonte à une date largement antérieure ; un vase qui, selon toute vraisemblance, bien qu'aucune inscription ne l'atteste, n'est autre que celui d'Islapeth, le cuisinier royal du pharaon Djoser, celui-là même dont Monsieur l'Abbé nous parlait tout à l'heure. (A nouveau il s'éponge le front.) Mireille, veuillez, je vous prie, nous apporter l'objet. »

Presqu'aussitôt, Mireille aux forts mollets pousse vers nous une table roulante chargé d'un vase antique, couvert de hiéroglyphes, épais, pansu, fortement patiné.

Ton vase ! C'est Ton vase ! Celui qu'imprudemment tu es venu chercher à l'hôtel Champrenard. Légitimement, cet objet t'appartient, mais une instinctive prudence t'interdit la moindre intervention.

Précautionneusement, l'Abbé Ponza s'empare du précieux récipient de sa main potelée et experte :

« Il y a, là, sur la face antérieure, des inscriptions très particulières qui décrivent un rite, de type eucharistique, sur lequel Monsieur Mangebien, notre Diététicien, reviendra tout à l'heure. De ce côté, on reconnaît Apis, et là, Horus, qui, ensemble, président une cérémonie. Mais au milieu de ce cartouche, voyez-vous, le corps sur lequel se penche Anubis, ce personnage féminin vêtu d'habits étranges, cette Mélanie[1], servante de Selkis, qui se déclare fille de Taouret, femme du serpent Apophis qui reste, à ma connaissance, une figure mystérieuse de l'égyptologie. Autre mystère : il y a, de ce côté, le chiffre 49, auquel nous ne savons, pour le moment, attribuer de signification. Autant de détails, mes amis, qui entravent notre compréhension. Remarquez par ailleurs, poursuit l'ecclésiastique soulevant le couvercle avec soin, que l'intérieur porte encore les traces d'une substance rousse... »

Bien que vide, le vase répand autour de lui une odeur si puissante que les narines se dilatent, les bouches s'emplissent de salive, et les gorges se nouent. Les estomacs soumis aux spasmes de la faim laissent entendre d'indiscrets chuintements :

Aucun doute ! C'est l'odeur du petit macaron !

« Castor, essayez de trouver quelque chose à manger ! Et vous, Mireille, veuillez, je vous prie, reboucher cette amphore...

Tu as chaud ! Comme sujet à une combustion interne, le corps assailli de bouffées de chaleurs. Tu comprends qu'au sein de tes entrailles un processus de digestion d'une étrange nature vient de se mettre en œuvre...

---

[1] © Greywolf's 'Glyphs. Version 1.0 - 13 Mar 2003
An Egyptian-themed "dingbat" font by T. Jordan "Greywolf" Peacock.

A la dérobée, tu consultes ta montre : 11 heures. De loin en loin, uniques signes d'une vie extérieure, quelques bruits étouffés pénètrent jusqu'à toi.

Un flot de questions envahit ton esprit : qu'est devenu Stuffton ? Où se trouve le carnet de Marcel ? Sait-on que tu as découvert une part du Secret ? Que tu as ingéré le petit macaron qui se consume en toi tel le feu sous la cendre ?

Pourquoi Faëza Salami te jette-t-elle ces longs regards de feu ? As-tu répondu à ta mère ? Où est Hélène ?

[Félix, j'ai envie de dire que je t'aime, mais ce sont des mots qui engagent trop, tu comprends ? Qui contiennent en eux tant d'espérance et de souffrance... Des mots, dans mon cœur, que ma raison condamne, cette vieille histoire, tu sais...]

Castor dépose bruyamment sur la table des boîtes de fer blanc :

« Mon Général, voici les provisions ! »

LINGOTS[1] de CUCURRON
Aux petits lardons
Un trésor de saveur
Cuisiné sur son lieu de récolte
Selon une recette
De Marcellus le Grand

« A la bonne heure ! Des fayots ! Voilà qui nous tiendra au corps ! S'écrie le Général, soudain plus guilleret.
—Et à l'âme ! Ajoute l'abbé, tout émoustillé, en se frottant les mains. Mireille va nous préparer ça !

---

[1] Variété de haricots cultivée sur des sols riches (et de préférence aurifères !).

-Si je comprends bien, dit la Ministre, reprenant le cours de la conversation, cette fringale que nous ressentons tous, serait due à la seule présence de ce vase canope. Est-ce bien cela, Professeur ?

-Absolument, Madame, répond le Professeur Darmonovitch, une sommité dans le domaine Diététique, c'est effectivement la présence du vase qui a provoqué notre faim, ou plus exactement, des particules résiduelles de ce qu'il a autrefois contenu : une molécule stimulatrice de la sapidité ; vraisemblablement une hormone d'origine hépatique, agissant au niveau de l'hippopotamus. Je veux dire, Ah ! Ah ! de l'hypothalamus !

Mireille aux gros mollets lève les yeux au ciel en posant devant nous des assiettes de haricots fumants.

« Et je voudrais encore souligner, reprend l'éminent Professeur, les lunettes soudain embuées de vapeur, cette faculté proprement stupéfiante de l'hormone à ouvrir l'appétit, même à des doses infinitésimales ! *Merci Mireille, un peu de sauce je vous prie.* Quelques molécules en suspension dans l'air donnent faim à une tablée de convives ! Un milligramme affame un régiment ! Et l'on peut supposer qu'une seule pincée de cette étonnante substance épuiserait les stocks de nourriture de deux départements ! Mais trêve de discours, mes haricots vont refroidir. *Hum ! Hum ! Ces lardons sont une perfection !* Comme disait mon oncle le rabbin : *Il n'est que bonne cochonnaille qui m'aille ! Ah ! Ah !*

-Imaginez-vous quel intérêt considérable la possession d'un tel Produit pourrait revêtir sur le plan stratégique ! souligne de sa petite voix flûtée, Marie-Jeanne Audéoudre, la Botaniste Dijonnaise, supposons qu'une organisation...

-Le temps nous fait défaut pour les suppositions, Madame ! Corrige abruptement le Général Pedzek, qui vient, en trois coups de cuiller, d'achever ses fayots. Concentrons-nous plutôt sur la mission qui est la nôtre : récupérer l'Epice !

-Et comment comptez-vous vous y prendre ? S'enquiert Faëza Salami ; le vase est vide, et son contenu – de ses mains fines, elle fait mine de jeter vers le ciel une manne invisible – disparu ! Vous devez bien avoir quelques explications !

-Nous y venons, Madame, reprend le Général. *Une cuillérée, une seule, par pure gourmandise !* Nos diverses observations amènent à conclure que, sous certaines conditions, la substance peut se régénérer selon un processus qui pour l'instant échappe à notre entendement.

La ministre soupire :

« Se régénérer ? J'ai du mal à vous suivre… »

Patrice Mangebien, le Grand Diététicien Gardois, relève sa belle tête chevelue du dessus de l'assiette qu'il sauce avec application, et, les lèvres luisantes, confirme le propos du commandant DZ :

« Et pourtant, Madame, même si ces allégations paraissent relever de l'affabulation, nos spécialistes ont tout lieu de penser que les précieuses molécules contenues dans le vase délivrent leurs effets durant trois décennies, puis se tarissent, avant de recouvrer, sans que l'on sache encore déterminer comment, leurs vertus initiales, en d'autres lieux, quelques années plus tard. Certains génédiététiciens ont défendu la thèse d'un possible *continuum transgénérationnel* - ou *hérédité contingente* - pour expliquer ce curieux phénomène ; cependant, si nous acceptons l'hypothèse que les illustres personnages évoqués par l'Abbé tout à l'heure, aient pu, à des époques différentes, et en des lieux extrêmement divers, entrer en possession du produit hépatique, nous devons convenir que la thèse d'une transmission génétique apparaît peu crédible. Et rien, dès lors, ne permet d'affirmer qu'un quelconque déterminisme… »

« Assez ! Trêve de longs discours, Monsieur le Diététicien! Interrompt la Ministre en posant sèchement un dossier sur la table. Vous me verriez grandement satisfaite si vous pouviez enfin affirmer quelque chose ! Vous m'entendez ? Ne serait-ce qu'un petit quelque chose !

L'Abbé toussote :

« Me sera-t-il permis, Madame, de mettre au nombre de ces *petites choses* la conviction qui est la nôtre que le décès des différents Grands Chefs, dont vient de nous parler Patrice Mangebien, serait intervenue *dès lors qu'*ils auraient épuisé leurs ressources en Epice...

Faëza Salami se fait plus attentive :

« Est-ce à dire, Monsieur l'Abbé, que ce décès serait intervenu *parce que* leur provision d'Epice se serait épuisée ?

-C'est ce que nous pensons, Madame ! Aussi extravagant que tout cela paraisse ! Comme si le Produit eut agi sur leur vie, nous pourrions dire sur leur foie, à la manière - je pèse là mes mots - d'une *peau de chagrin* ! »

N'en déplaise à l'illustre Honoré, cette déclaration a plongé l'assistance dans la perplexité.

« Attention, mes amis, si l'on n'y prend pas garde, ce récit va sombrer dans le Harry-Pottisme ! Avertit Marie-Jeanne Audéoudre de sa petite voix : le Fantastique est le cimetière de l'Imagination ! »

-L'aphorisme est assez pertinent, Madame, j'en conviens ; déclare d'une voix irritée la Ministre. Mais nous avons - cela ne vous échappe pas – bien mieux à faire que disserter sur la littérature ! Monsieur l'Abbé, si je reprends ce que vous avez dit : le décès de Marcel devrait être imputé au défaut de Substance...»

L'Abbé Ponza marque une hésitation :

« Certes, Madame, l'arrêt de ses fonctions vitales semble bien découler de ce manque... mais il s'avère qu'en l'état actuel des éléments restent énigmatiques...

-Enigmatique ! Enigmatique ! S'irrite la Ministre. Vous n'avez que ce mot à la bouche : énigmatique ! Décidément ! Dans cette histoire, tout est énigmatique !

-Inutile de s'alarmer, Madame, intervient Patrice Mangebien désireux de calmer les esprits : si les choses sont un peu plus complexes que nous ne le pensions, nous avons, je puis vous l'assurer, la situation en main ! Donaïko, voulez-vous, s'il vous plaît, poursuivre l'exposé de vos observations. »

* * *

« Madame de Srahlenheim avait une sœur nommée Whelmine, fiancée à un jeune homme de Westphalie, Julius de Katzenellenbogen, volontaire dans la division du général Kleist. Je suis bien fâché d'avoir à répéter tant de noms barbares, mais les histoires merveilleuses n'arrivent jamais qu'à des personnes dont les noms sont difficiles à prononcer. »

Prosper Mérimée.
Il vicolo di Madama Lucrezia.

Chapitre treizième (porte-bonheur)

Le Commandant DZ tire d'une serviette un dossier très épais qu'il pose devant lui :
« Chers amis, je crains que le récit de la vie de Marcel ne nous occupe pendant un certain temps, quand bien même je m'en tiendrais à l'expression exacte et succincte des faits. Les informations que je souhaite soumettre à votre attention bienveillante sont le fruit d'une observation qui s'est poursuivie pendant plus de quinze ans. »

Croâaack !
Le commandant aurait-il oublié que le biographe, c'est toi ?

« Je suis entré au service de l'illustre restaurateur, Monsieur Marcel Dagneau, en 199*, à la demande de l'Organisation, sous le nom de Donatien Chaval.

Le Chef, déjà célébrissime, venait d'ouvrir son nouveau restaurant : le Grand Bleu, à Marseille. Le succès était considérable. De toute part les clients affluaient : personnel politique, grands financiers, artistes de renoms, sportifs, têtes couronnées, et même religieux de très haute volée que l'on servait à l'abri des regards, dans de petites loges. Toutes les tables étaient retenues plusieurs mois à l'avance, parfois plus d'une année ! Le restaurant, encensé par les meilleurs critiques, constituait une vitrine incomparable du savoir faire hexagonal dans le domaine de la gastronomie. Aussi, à l'origine, la mission que l'on me confia consista-t-elle à empêcher le *piratage* des recettes du Chef par les agents des services étrangers : Britanniques du BRED (Bureau for Recovering of Elementary Dishes), Japonais du SAKE (Service of Active Kitchen Espionage), Espagnols du PULPO[1], sans oublier la PASTA italienne[2], le BRETZEL[3] allemand, les Israéliens du KASHER[4], Le NEM[5] vietnamien et, bien sûr, les représentants Tunisiens du COUS-COUS (Cuisiniers Orientaux d'Ultime Secours !) fortement implantés à Marseille.

Initialement, je fus employé comme garçon de salle. Puis, M. Marcellus qui semblait apprécier mes services, me nomma Majordome. J'acquis très vite les manières onctueuses et serviles propres à la profession, et, peu à peu, je devins son homme de confiance. J'organisais l'essentiel du service et finis même par surveiller la caisse. C'est dans ces conditions que je pus observer le surprenant manège par lequel le Grand Chef contrôlait tous les plats, utilisant, au sortir des cuisines, une sorte de sas, dont il était le seul à posséder la clé.

« Et cela, bien évidemment, éveilla vos soupçons ! » Conjecture Faëza Salami.

« Pas à ce moment-là, Madame la Ministre. Je fus certes intrigué par ce comportement, mais je l'attribuais à de légitimes impératifs culinaires. D'autant qu'à cette époque,

---

[1] Pelotones Unidos para la Libertad de los Platos Originales
[2] Police Alimentaire de Sapidité Trans Alpine.
[3] Brigades Républicaines de l'Etat Teuton pour la Zone d'Exercices Labiaux.
[4] Kibboutzin Alimentary Service of Hebraic Energetic Regime
[5] Nûocmen Eastern Milice.

les succès succédaient au succès. Monsieur Marcel apparaissait à la télévision, ou bien faisait la une de certains grands journaux.

Donaïko marque une pause, les mains posées à plat sur bord de la table, observant l'auditoire :

« Cependant, toutes ces belles dispositions, cette réussite insolente, faisaient quelquefois place à la mélancolie. Un jour d'été, alors que le restaurant était comble, je vis Monsieur Dagneau adossé au buffet de la salle à manger, prostré, et la mine défaite. Et comme je m'étonnais de le trouver ainsi, il me parla d'un homme tout en noir dont la vue le plongeait dans une indicible épouvante :

-J'ignoreu son nom, me dit-il de sa voix chantante où perçait l'inquiétude, mais je suis sûr de l'avoir vu pour la première fois au grand concours de Barcelone, en 19** - Celui pendant lequel le grand chef Agatô[1], avait trouvé la mort. »

Puis il ajouta que l'homme était l'un des membres du jury de cuisine aquatique, un journaliste Britannique, qui, après sa victoire avait souhaité lui poser des questions auxquelles, en proie à une appréhension inexplicable, il avait tout net refusé de répondre, avant de quitter, en toute hâte, Barcelone !

Contre toute attente, les recherches prouvèrent que le quidam fâcheux était un dénommé *Stuffton* ; *Regis Stuffton*, sensément gastronome, officier de la Cooking Taste Force[2], Chevalier du Poireau[3], et mieux connu de nos services sous le sobriquet de *Willy the Eel*, Willy l'Anguille ; surnom qu'il

---

[1] Rappelons aux moins attentifs que le Maître nippon s'était donné la mort à la suite d'une tragique erreur dans la préparation du tétraodon, dit *fugu*.
[2] La branche opérationnelle du BRED.
[3] « The Leek of Wales » : *Ordre du Poireau gallois*, fondé, selon une légende, par le divin Hercule.

devait à ses talents tout à fait remarquables d'adopter tous les déguisements, et de n'user d'aucun de ces gadgets grotesques : parapluie-mitrailleur, chapeau melon parabolique, talons lanceurs d'aiguilles, par lesquels les agents britanniques se font de coutume aisément repérer.

Il apparaîtra donc tout à fait naturel que la peur dans laquelle l'apparition de l'*Anguille* avait plongé Monsieur Dagneau ait accrût l'influence que j'exerçais sur lui. Je devins son garde du corps et renforçai ma surveillance.

Ainsi, appris-je un jour que Marcellus accommodait ses plats à l'aide de certaines épices, selon des *traditions héritées de son père*.

Intrigué, je voulus en savoir davantage, mais le Grand Chef sur ce chapitre restait généralement évasif, préférant détourner la conversation et disserter sur la Cuisine, qu'il comparait de temps à autre à un grand cri d'amour ou, d'autres fois, dans ses moments chagrins, à un long chant funèbre.

Oh, je le sais, Madame la Ministre, plusieurs détails eussent dû éveiller mes soupçons, mais j'étais loin, à cette époque, de soupçonner l'existence de substances suspectes. On ne trouve, dit-on, que ce que l'on recherche ! Cependant, à toutes fins utiles, je transmis aux Services du Mac le résultat de mes observations. »

Donaïko marque une hésitation :

« Je dois à la vérité d'ajouter qu'à cette époque, des préoccupations bien éloignée de la gastronomie constituaient le sujet principal de nos conversations. En effet, le Grand Chef souffrait de n'avoir pu, à son âge – il dépassait la quarantaine – fonder une famille. Il fallait voir comme ses yeux brillaient lorsqu'il pouvait approcher un enfant et le gâter de gourmandises ; ou comme, happant de ses mains gigantesques, tous les bambins passant à sa portée, il déposait sur leur minuscule figure un gros baiser sonore. « *Les engfangt !*

Ah, les enfangts, ce songt le sel de l'existengce ! », Déclarait-il, le visage soudain plus grave, reposant sur le sol, avec d'infinies précautions le petit prisonnier, ébloui de sa brève incursion au pays des Géants.

Mais force était de constater que, pour Monsieur Dagneau, absorbé par ses obligations, les occasions de rencontrer l'objet aimé avaient été fort rares. Accoutumé au célibat, il demeurait dans un état mélancolique, porteur de frustration. La seule femme avec laquelle il aurait pu entretenir une tendre liaison, une jolie Flamande prénommée Marika, avait horreur de l'ail et de l'huile d'olive !

En 19**, fatigué de Marseille et des mondanités, Marcellus décida de s'installer en *Avignon*, où il ouvrit son nouveau restaurant : l'*Ile Sonnante*, dans un vieux mas, au bord du Rhône, face au Palais des Papes, et s'établit lui-même, à l'intérieur des murs, à l'Hôtel Champrenard, rue Pontmartin, dans les caves duquel nous sommes aujourd'hui.

-Voulez-vous du Cachat[1] ? Je viens d'en trouver dans le garde-manger. »

C'est Mademoiselle Mireille Farigoule, alias Gros Mollets, la femme au calot sur la tête, qui vient de proposer à l'aimable assemblée ce surprenant fromage provençal, au caractère entier : le Cachat du Ventoux, Prince de Puanteur, Roi de Fétidité, Empereur de Haute Chlinguerie, auprès duquel Munsters, Maroilles et autre Roquefort ne sont que roturiers de l'olfactivité.

---

[1] Le cachat, que l'on nomme plus ou moins justement *tomme du Ventoux*, est élaboré dans les régions du Haut Vaucluse et de la Drôme Méridionale. C'est un agglomérat assez détonnant de différents fromages, vigoureusement malaxé, mouillé de marc et mis à fermenter sous une cloche, avec des gousses d'ail ! Aï ! Aï ! Aï !

« La vache ! Ça cogne sévère ! » Constate, en se servant, le Général Pedzek !

« C'est peu de le dire, mon Général, On se croirait devant les bouches de l'Enfer ! » Renchérit l'Abbé emplissant généreusement son assiette.

« Un repas sans fromage est une belle à qui il manque un œil[1]. » Déclame d'un air gourmand Donaïko Zabalbeascoa Nafarrasagasti Uberetagoyena. (Eh oui !)

« Je n'aime que le Camembert Président [2]! » Tranche Madame la Ministre.

« Non merci ! » Articules-tu avec difficulté, entraîné dans un étrange processus d'insensibilité et comme anesthésié.

Donaïko Zabalbeascoa Nafarrasagasti Uberetagoyena Caldumbidequoa *(Ah les Basques !)*, le poil dressé et le souffle brûlant, reprend le cours de son récit :

« En Avignon, lorsqu'il s'y installahhhh (effet du cachat, et non d'une soudaine conversion), Marcellus adopta un mode de vie entièrement nouveau. Il s'en allait, à bicyclette, cueillir des herbes sur les monts de Vaucluse, le Luberon, les Alpilles, la montagne de Lure, le Mont Ventoux, les Baronnies, la Montagnette, les dentelles de Montmirail, et autres éminences sèches et parfumées. Il dévorait les kilomètres avec un appétit faisant plaisir à voir, puis, se campant en face des fourneaux, il concoctait de nouvelles recettes.

A cette même époque, le fameux cuisinier, sans pour autant renier ses acquis marseillais, tentait d'élargir sa palette, puisant dans le répertoire local, notamment dans les

---

[1] Célèbre sentence de Brillat-Savarin que l'on sert à toutes les sauces.
[2] Nous remercions par avance l'aimable Société **Président** pour l'aide qu'elle ne manquera d'apporter à la publication du présent ouvrage, et à sa diffusion.

Le Secret du Chef

registres du Grand Tinel,[1] une autre inspiration. Il voulait recouvrer les fastes culinaires de l'époque papale et projetait d'organiser un banquet surpassant en splendeur celui donné par Clément VI[2] pour son couronnement[3].

Tel serait, pensait-il, son grand œuvre pour la postérité.

L'honnêteté, chers Collaborateurs, m'oblige à préciser que Marcellus s'imaginait encore, à cette époque de sa vie, ne devoir l'essentiel de ses succès qu'à ses propres talents. (Ou du moins feignait-il de le croire)

C'est pourquoi, pour parfaire son savoir culinaire, il s'était mis, en paladin de la Haute Cuisine, en aventurier de la Gastronomie, à courir les concours :

Il fit :
(Sur un air de Jacques Dutronc)
De l'eau de vie à Cracovie
Des pommes d'or à Baltimore
Des acras à Camberra
Du curry à konakry
Des Ignames à Birmingham
Des merlus à Berlin
Des carambars à Zanzibar
Des brocolis à Tripoli

---

[1] Le Tinel, du lat. *tinellium*, tonneau : salle à manger du Palais des Papeses où furent donnés des banquets somptueux. *Les Grands et Menus Registres de Bouche des Très Saints Pères, ou les confidences du Tinel,* constituent les premiers recueils gastronomiques du Sud de la France. On y constate à quel point on soignait le palais des Papes.
[2] Pierre Roger, 1291-1352 (à ne pas confondre avec Roger Pierre 1923-2010), fut élu pape en 1342 sous le nom de Clément VI.
[3] A défaut de menu, on connaît la liste des denrées achetées pour cet événement : 118 bœufs, 1 023 moutons, 101 veaux, 914 chevreaux, 60 porcs, 69 quintaux de lard, 1 500 chapons, 3 043 poules, 7 428 poulets, 1 195 oies, 50 000 tartes, 6 quintaux d'amandes, 2 quintaux de sucre ; 39 980 œufs, 95 000 pains... (Les Papes en Avignon, Dominique Paladilhe.) Idéal avant de coincer la bulle !

Des calmars à Colmar
Des harengs à Téhéran
Du persil à Port Gentil
Du cacao à Macao
Du surimi à Miami
Des chamallows à Saint Malo
Du lapin à Phalampin
De la choucroute à Knoklezout
Du jarret à Camaret
Du confit à Dieulefit
De la langouste à Famagouste
Du saindoux à Katmandou
Du Hadock à Pétaouchnock (ou à proximité)
Des betteraves à Sucre
Des éclairs à Tonnerre
Des allumettes à Bougie
Des briques à Murs
Des anchois à Saumur…

Long et glorieux chemin jalonné d'innombrables succès !

« Vous reprendrez peut-être du cachat ?
-Non merci, Mireille, ça ira… »

Du revers de la main Donaïko Zabalbeascoa fait signe à gros Mollet d'enlever son assiette, et poursuit en ces termes l'histoire de Marcel :

« Mes chers amis, je ne peux passer sous silence un autre épisode de la vie du Grand Chef qui eut pour cadre Budapest, lors d'un concours de steaks tartares. C'est, en effet, dans cette ville que notre illustre ami rencontra la belle Árvácska Bocsa, une croqueuse d'homme, qui se produisait en qualité d'avaleuse de sabres dans un cabaret sur les bords du Danube. Tout de suite, il sentit qu'il existait, entre elle et lui, des atomes crochus. Complètement mordu, il en pinça énormément pour elle. Il l'aborda à la hussarde, et fut heureux de constater qu'elle avait un sens aiguisé des choses de l'amour. De plus, sa conversation possédait un piquant à couper le souffle, et sa bonne humeur ne s'émoussait jamais. De son côté, le cuisinier lui concoctait toutes sortes de petits plat qu'elle ingurgitait avec un appétit féroce.

De fil en aiguille, et en l'absence des précautions les plus élémentaires, Árvácska tomba enceinte d'un garçon que l'on projeta de nommer : *Marcellino*.

Cruauté du destin ! Un mois avant la délivrance, la Magyare, mal affûtée, avala de travers son outil de travail ! La lame dérapant le long de l'œsophage perça de part en part la poche placentaire.

De justesse on sauva le bébé qui eut une oreille tranchée et, à la joue, une longue balafre.

Vivant dès lors à couteaux tirés, multipliant accrocs et déchirures, les amants coupèrent les ponts et se séparèrent. Árvácska obtint la garde de l'enfant, et Marcel, le cœur fendu, fit son retour en France.

Dès lors, reprend le Commandant, le Grand Chef devint plus taciturne, s'enfermant des heures entières dans son laboratoire, plongé dans la pénombre.

Sitôt qu'il le pouvait, il se livrait à des pratiques érotiques très particulières, notamment dans la petite salle où nous sommes passés en venant jusqu'ici[1].

« Que Dieu nous préserve de ces ignominies ! » Laisse tomber le Révérend Ponza.

-Rien à craindre, en ce qui me concerne ! Persifle le Général Pedzek dénouant sa serviette.

-Epargnez-nous ces détails, Commandant ! » Supplie Marie-Jeanne Audéoudre, s'agrippant, avec une crainte savamment calculée, au bras du Grand Nutritionniste.

---

[1] Voir p° 142

Pendant cette période, poursuit Donaïko, je ne pouvais m'empêcher de plaindre le pauvre homme. Il m'arrivait de le voir revenir dans ses appartements, transi de fièvre, les yeux habités d'une étrange lueur, et proférant quelque noire sentence :

« La cruauté rend libre parce qu'elle est un divin privilège. »

Ou bien encore :

« Souffrir c'est vivre un éternel présent qui guérit des remords et des doutes. »

Et encore, plus hermétiquement, ce chiasme :

« Le bonheur de se faire du mal n'a d'égal que le mal qu'on se donne à se faire du bien. »

Court silence.

Donaïko reprend :

Ce fut aussi durant cette période que le Grand Cuisinier avait concocté un menu baptisé :

« Du côté de chez Sade »
(Pains à volonté, sévices compris)

Pointes d'asperges à l'étouffée
Collier d'Agneau, rôti à la Diable farci de chair de poule et piqué de clous de girofle
Crème fouettée, puis renversée, et bien battue.
Grosse Bûche de Chèvre
Et fromages de vache (très vaches !)

Et pour méchamment se remplir le gosier ?
Les dix vins du Divin Marquis :

Château de Noire Epine - Caveau les Outrages - Domaine des Gourdins - Clos du Gibet - Prieuré du Grand Martinet - Maison les Etrivières - Moulin la Fessée - Manoir du clystère - Abbaye de la Crucifixion - Castel des sept douleurs

*   *   *

« Ces souffrances mêmes, en donnant naissance à l'espoir de jours meilleurs, contribuent toujours à attacher les âmes à la vie : en effet, les malheureux ont la certitude qu'ils atteindraient le comble du bonheur s'ils se débarrassaient simplement de leurs maux ; et, comme le veut la nature humaine, ils ne manquent jamais d'espérer qu'une telle issue n'advienne quelque jour. »

Giacomo Leopardi. Petites œuvres morales.

Chapitre quatorzième
(Papal et je l'espère pas mal !)

Donaïko, intarissable, continue son récit :

Durant cette même période, la Centrale me fit savoir qu'une de nos équipes menait des investigations touchant à la disparation d'un vase antique, autrefois découvert dans la baie de Cassis : une espèce d'amphore assez particulière ayant contenu des substances très rares et d'un grand intérêt sur le plan culinaire ; l'une des pistes, précisait-on, semblait conduire jusqu'à l'Ile Sonnante ! Voilà pourquoi l'on me chargeait de recueillir, le plus diligemment possible, tout renseignement utile à la conduite de l'enquête.

Aussitôt je pensais qu'il pouvait exister une corrélation entre le contenu du vase mystérieux et les épices qu'utilisait le Chef, celles prétendument procurées par son père.

Je conduisis des investigations dans l'enceinte de l'Ile Sonnante ainsi qu'au domicile de Monsieur Marcellus. Mais je ne découvris, à ma grande surprise, d'autres trésors que quelques *herbes de Provence* : thym, romarin, marjolaine, origan, pèbre d'aï[1] contenues dans de simples bocaux. Rien qui vaille la peine que l'on se décarcasse !

Faute de résultats, on prit, en haut lieu, la décision d'arrêter, du moins momentanément, les recherches. Pourtant, je demeurais en qualité de majordome dans l'entourage du Grand Chef, veillant à sa sécurité, et me livrant, lorsque j'avais quelque loisir, à mon passe temps favori : l'étude des langues Egyptiennes, en particulier le hiératique pré dynastique et le démotique Saïte... »

-Monsieur Donaïko Zabalbeascoa Nafarrasagasti Uberetagoyena Caldumbidequoa Echabebarrena, Veuillez poursuivre votre récit sans trop vous disperser ! » Lui demande assez sèchement Faëza Salami.

L'interpellé, aussitôt, obtempère :

« Etonnamment, Madame la Ministre, les succès de Monsieur Marcellus ne se démentaient pas malgré la vie dissolue qu'il menait. En l'an 2000, Lorsqu'il obtint, à titre exceptionnel, une quatrième Cocotte[2], il se jugea fin prêt pour donner le banquet prodigieux dont il avait rêvé.

Le buste droit, les yeux levés, Donaïko semble regarder par-delà les murs de la sinistre cave :

Ce grand jour-là, mes chers collègues, le soleil brilla avec la généreuse discrétion qui sied au plus haut personnage. Le ciel offrit sans lésiner ce bleu soutenu de Provence qui fait ressortir chaque chose comme dans un écrin. La foule en liesse s'abreuva aux fontaines de vin installées à chaque carrefour, puis occupa les longues tables dressées face au Palais des Papes. Malgré une énorme affluence, tout se déroula dans un ordre parfait. Le régiment de gardes Suisses, loué au Vati-

---

[1] Sarriette, ou poivre d'âne, que l'on dit aphrodisiaque, mais l'on dit tant de choses...
[2] Distinction tout à fait exceptionnelle puisque le Guide Lèchemin accorde ordinairement un maximum de trois cocottes. (Contrairement au Coran qui en permet quatre.)

can, remplit son office avec un zèle débonnaire et sut se faire aimer de la population. Sur le parvis des Doms, Marcellus, dans son costume immaculé, coiffé de son immense toque (ornée des quadruples cocottes) dirigeait une batterie de fourneaux, de chaudrons et de broches servie par trente cuisiniers, et crachant dans l'air bleu des nuées odorantes. On prépara mille bonnes choses telles que pieds et paquets, tians et fougasses, daubes et aïolis, bourrides et beignets, poutargue et tapenade ; mais ce qui marqua fortement l'assistance ce fut une formidable brouillade telle que le Comtat n'en avait jamais vu, car on avait battu, en un immense saladier, trois cents douzaines d'œufs, ambrés et frais pondus, que parfumaient deux quintaux de rabasses[1], dont six dépassaient le kilo, et une les cinq livres.

Marcellus ! Marcellus !

On applaudit, les larmes aux yeux, mais l'on n'avait rien vu :

Au cinquième service, le fond de l'air frémit d'une brise marine, frisquette et capricieuse, accompagnée d'une puissante odeur d'embruns et de grève mouillée. On crut entendre alors le bruit des vagues qui battaient les rochers et les murs de la ville, et percevoir, haut dans le ciel, le cri de mouettes bavardes traçant de larges cercles au dessus des fourneaux.

Croak ! Croak !

Pour la première fois, depuis des temps immémoriaux[2], la cité d'Avignon redevenait une île !

Alors, la bouche pleine d'une indicible explosion gustative, chacun découvrit, médusé, la source de ces incroyables illusions sensorielles : la succulence parfumée d'une bouillabaisse qui semblait, à elle seule, contenir la Méditerranée !

---

[1] Rabasses : certains les appellent truffes !
[2] Temps que nous situerons à la louche (de bouillabaisse) vers le milieu de l'ère secondaire avant Jésus Christ.

Marcellus ! Marcellus !

Je n'ébaucherai qu'à peine les quarante desserts dont le plus remarquable fut une gigantesque fougasse en forme de...

Donaïko t'assomme ! Tu n'en peux plus ! Le discours interminable du Commandant te donne la nausée !

Penché vers toi, l'Abbé Ponza te glisse dans l'oreille :

« Voyez-vous, Félix, ce qu'il y a d'un peu ennuyeux avec les histoires qui se passent en Provence c'est le *syndrome daudetien*[1] : ces irritantes petites fioritures qui viennent sans cesse encombrer le discours, cette peinture bonhomme et boursouflée de l'âme régionale, ce pittoresque, benêt et gâtifiant, dont Tartarin de Tarascon ou Maître Cornille sont d'illustres exemples, et qui, depuis Marcel Pagnol, n'a cessé de se perpétuer jusqu'au récent P. Myale[2]...

Il a raison, bien sûr ; mais, comme Hubert l'avait un jour sournoisement murmuré à Hélène : tu as la fâcheuse habitude de réprouver toute critique littéraire quand elle n'est pas de toi :

Tu répliques à voix haute :

« Ah, vous trouvez ? Monsieur l'abbé ? Convenez que parfois un soupçon de couleur locale rehausse le récit : *Du sujet, le style*, comme dit Cicéron ! »

Lui aussi, il t'énerve le Révérendissime !

-Allez-vous cesser de vous chamailler, tous les deux ? Proteste à nouveau le/la Ministre, avec un grand soupir.

---

[1] Alphonse Daudet, dit le Grand Dadet, ou le Petit Chose (1840 – 1897) passe, à juste titre, pour l'un des chantres de la verve méridionale.

[2] Auteur anglais contemporain. Il a écrit de nombreux ouvrages anthropologiques pleins de vérité sur la vie en Provence : *Sieste sous les micocouliers - Tu tires ou tu pointes ?- My little cabanon - Le retour de l'Arlésienne - Dans le ventre de la Sardine - Un peu des glaçons ?- La pêche aux gobies. Etc.*

> *"Don't fight, my love, don't fight..."*
> *Basta Bambino - 2005*

Les lectrices et les lecteurs ne sauront jamais à quoi ressemblait la monumentale fougasse de Marcel. Donaïko, l'usurpateur, a poursuivi, imperturbable, sa longue narration :

« Les mois qui suivirent le fabuleux banquet virent affluer à l'Ile Sonnante le gotha national et international. Marcellus fut tellement photographié, avec les uns, avec les autres, qu'il s'offrit, pour le remplacer, les services d'un robuste gaillard, un peu niais, mais qui lui ressemblait d'une façon frappante.

Lui-même, pendant cette période, semblait avoir acquis plus de sérénité. Il sortait moins et passait ses soirées en l'hôtel Champrenard, récemment restauré, lisant beaucoup, buvant de l'Armagnac et fumant le cigare.

Il parut, par la même occasion, prêter un intérêt nouveau à mon humble personne, m'invitant à passer des veillées avec lui, autour de vieux flacons et de quelques havanes.

« *Donatiieng, goûtez un peu de cette folle blanche*[1]... »

Il m'entretenait, en ces occasions, des ouvrages qu'il avait lus et des écrivains japonais, qu'il appréciait particulièrement : Tanizaki, Kawabata, Akutagawa, et, bien sûr, Mishima dont le roman, *confession d'un masque,* l'avait bouleversé.

« Car voyez-vous, j'ai souvengt l'impressiiong que moi aussi je porte ung masque... »

Ma curiosité fut piquée par cette confidence mais, de crainte de me montrer curieux, je n'osai, dans l'instant, lui poser des questions. Je me bornai à constater, à ma grande surprise, que le Chef évoquait de plus en plus librement avec moi ses souvenirs d'enfance.

---

[1] Cépage avec lequel on produit des eaux de vie très fines. La folle blanche en a conduit plus d'un à la misère noire.

Ainsi appris-je combien il avait pu souffrir, à cause de sa taille et de sa boulimie (il mesurait presque deux mètres à l'âge de treize ans, et pesait son quintal !) qui le faisaient regarder par ses camarades d'école comme un monstre de foire, et lui avaient valu le nom de « Grosse Caisse », et une batterie de sobriquets divers.

Oh, bien sûr, m'avoua-t-il un soir, il n'aurait fallu, de sa part, et dès le début de l'affaire, qu'un fort froncement de sourcils, voire quelques menues *torgnoles* justement délivrées, pour faire cesser aussitôt les sarcasmes, mais il avait constamment différé, par ce manque de volonté qui plus tard serait la source d'autres désordres, une juste révolte, et subi bien des humiliations ; d'autant que son enveloppe charnelle, ingrate et encombrante, s'accordait mal à son être moral, empreint de sensibilité et de délicatesse.

C'est pourquoi, dès qu'il le pouvait, le jeune homme fuyait l'école et se rendait, à mobylette, chez sa grand-mère qui habitait la Cadière d'Azur.

Là, dans l'ombre sucrée des pinèdes, il oubliait peu à peu ses soucis, l'esprit tout occupé à contempler le paysage, et pénétré de bruissements et de senteurs champêtres. Il découvrait au détour d'un chemin la ligne bleue de l'horizon, tracée d'un bord à l'autre d'un vallon avec une rectitude implacable ; ou, plus près, une flaque de mousse sèche, quelques pierres posées avec un savant naturel, le crissement vert d'un lézard sous la roche, un lapin...

-Oh non ! Pas le lapin ! Supplie l'Abbé Ponza.

-Eh bien, soit, laissons donc le lapin, et revenons à nos moutons, ou plutôt nos Dagneau, consent Donaïko ! En ces instants de rêverie que je viens d'évoquer, il semblait à Marcel que la beauté, que l'on nomme aussi poésie, se manifestât là, dans le décor champêtre, d'une manière spontanée, générée de façon native, comme l'or d'un filon. Et ce trésor, il eût voulu le transposer, au travers de quelque poème qu'en son esprit il essayait d'écrire. Cependant, ce lyrisme, pourtant palpable, lui échappait toujours par un caprice inexplicable du langage. Alors il sentait son cœur se gonfler de tristesse et comprenait que la sourde douleur qu'il éprouvait en ces rares instants, participait, elle aussi, de la perception poétique du monde.

Se vouant désormais à Calliope, il produisit, quelques médiocres élégies qui furent loin de générer les émois qu'il avait escomptés dans les rangs clairsemés des jeunes Cadériennes.

Dès lors, lassé du mètre et de la rime, et décidé à se reprendre en main, il s'adonna, avec plus de succès, à la masturbation, et considéra l'avenir avec ce délicieux mélange d'anxiété et d'excitation propre à l'adolescence.

Cependant, ces molles réflexions furent de courte durée, car des évènements de première importance vinrent bouleverser le cours de son destin.

* * *

Jacques : mon Maître, on passe les trois quarts de sa vie à vouloir, sans faire.
Le Maître : il est vrai.
Jacques : Et à faire sans vouloir [...]
Diderot – Jacques le Fataliste

Chapitre quinzième

« Le premier des bouleversements qui ébranla le cours de la vie de Marcel fut la découverte d'un trésor antique par Marius, son père, au large de Cassis. Cette trouvaille, que le Général a brièvement mais brillamment évoqué tout à l'heure, avait, en son temps, fait couler beaucoup d'encre dans les colonnes d'une presse locale emportée par la fièvre de l'Archéologie ; il avait été, à l'époque, question de transférer les pièces du trésor au Musée de la ville - qui restait à construire - puis à Marseille, et même au Louvre ! Des experts avaient été diligentés pour dresser l'inventaire des objets repêchés ; on avait projeté de nouvelles campagnes sur les lieux du naufrage...

Hélas ! L'argent manquait ; les experts moururent[1] ; on oublia l'affaire.

Le trésor antique, accoutumé à la patience, échoua dans une petite remise jouxtant la maison des Dagneau, parmi des filets déchirés, d'aveugles lamparos, des poulies arthritiques et tout un tas de vieilles choses dont l'identité n'a aucun intérêt pour la suite de la présente histoire.

---

[1] Sur cet épisode tragique, dit des *trois morts de Cassis*, se reporter à l'excellent ouvrage de Muriel Ladanoise : *La vengeance de Poséidon – Ed Ceccanoë, Avignon. 1991*

Fut-ce dans ce capharnaüm que le jeune homme goûta pour la première fois à la Subtile Epice ? C'est une hypothèse à ne pas rejeter, si j'en crois ces paroles qu'il me confia un jour :

« *A cette époqueu, Donatiieng, je me réfugiiai souvengt dans le dépôt où mong père rangeait ses viieux agrès et des produits de song petit jarding. Il y avait aussi de viieilles amphoreus dégageangt des odeurs magnifiqueus que je trangsformais dangs ma tête en recettes de toutes sorteus ; et j'eng sortais toujours affamé et heureux.* »

Quoi qu'il en soit, quelques semaines après la découverte de la corvette anglaise, la disparition mystérieuse du père de Marcel, quelque part au large des Calanques[1], fut un nouvel événement qui devait modifier le destin du garçon, et entraîner dans son esprit de profonds traumatismes.

A Cassis, ce tragique épisode était apparu d'autant plus surprenant que le marin pêcheur, parti de bon matin taquiner la girelle avec sa palangrotte, n'avait, au dire de sa femme, nullement l'intention, de s'attarder en mer.

Puis les jours s'étaient écoulés dans une attente interminable qui avait mis à vif les nerfs de Madame Dagneau et du jeune Marcel.

L'étrange absence de preuves du naufrage aussi bien dans la baie que le long des Calanques : bris de coque de l'*Escogriffe* (le bateau de Marius), taches d'huile, restes de gréements, bancs suspects de poissons... demeurait une énigme. Le brave pêcheur avait-il succombé à l'appel de certaine sirène dans le port de Toulon ? C'est ce qu'insinuaient quelques vieilles commères qui, au fond, jacassaient davantage pour conjurer le sort que par vraie médisance. »

---

[1] Les calanques, qui s'étendent de Cassis à Marseille, sont des sortes de rias creusées dans de hautes falaises calcaires. Les Norvégiens les nomment fjord, par esprit de contradiction.

Donaïko s'essuie le front et promène sur l'assistance un regard satisfait.

Décidément, le Commandant t'ennuie ! Tu as du mal à reconnaître dans cet homme élégant à la langue de bois, le personnage terne et fielleux de Donatien, engoncé dans son costume noir, le triste majordome aux allures de croquemort qui, naguère, se mouvait avec servilité dans l'ombre du défunt. Tu perçois clairement, malgré ta léthargie, qu'il est en train de s'approprier TON roman, celui que le Grand Chef T'avait chargé d'écrire ! Qu'il y ajoute sa touche personnelle, cette narration corsetée de raideur syntaxique, camisolée de lieux communs, sans rythme et sans entrain. Un brouet littéraire trop clair, une insipide pâtée de mots, un salmigondis d'indigestes formules ! Tu pressens que, bientôt, tu n'auras plus qu'un os romanesque à ronger, vidé de sa substantifique moelle ! Au secours ! A bas l'usurpateur ! Au voleur ! Au voleur ! On t'a dérobé ton roman ! Pilleur de prose ! Suborneur de récit ! Détourneur d'anecdote ! Attends un peu ! Par les mânes de Jean-Baptiste, nous règlerons cette affaire plus tard !

Mais qui, désormais, se soucie de littérature, dans ce ramassis pitoyable de cancres ?

« Mes chers amis, poursuit sans le moindre scrupule le vil profanateur, aurais-je évoqué ces divers épisodes s'ils n'avaient eu, pour le jeune Marcel, une influence considérable sur le cours de sa vie et revêtu pour nos recherches, une extrême importance ?

Je l'ai dit tout à l'heure, les traumatismes de la jeunesse, déterminent souvent les actes à venir, ainsi que nous l'enseigne la théorie freudienne…

N'importe quoi !

Ainsi la mort d'un être cher nous foudroie de douleur, puis elle s'impose peu à peu à l'esprit comme un malheur inéluctable avec lequel nous devons composer. Les souffrances, contenues, familières, persistent longuement dans un coin de nos âmes, cruelles et patientes. Pourtant, avec le temps, la pérennité de la perte autorise à surseoir, par des pensées moins sombres, aux assauts les plus forts de la mélancolie. Le poids du deuil est comparable à celui d'un fardeau trop pesant que l'on supporte mieux en le faisant passer d'une épaule sur l'autre...

Mais la disparition ?

Elle obsède, elle taraude, elle hante chacun de nos instants. L'incertitude, tel un vent qui attise la braise, fait renaître l'espoir à la moindre occasion.

Ainsi Marcel en arrivait à voir le spectre paternel à chaque coin de rue, dans chaque silhouette, perché sur chaque bicyclette qui allait vers le port : images anciennes et familières, encore fixées sur sa rétine, que la force de son désir superposait à la réalité. Mais, fait plus grave encore, ces apparitions se muaient bien souvent en hallucinations.

Un jour, alors qu'avec l'un de ses oncles, il naviguait tout près d'une calanque où naguère Marius aimait à poser ses filets, il crut apercevoir, à travers l'onde claire, la face de son père, collée au fond marin. Des taches sombres y figuraient les yeux, tandis qu'un récif, en cet endroit saillant, prenait l'apparence d'un nez ; Plus bas, un sillon creusée dans le sable du fond, semblait s'ouvrir ou se fermer selon l'ombre mouvante que projetait, au-dessus d'elle, le pointu[1] balancé par les flots ; et cette bouche paternelle, vivante, pythique, laissait échapper par grappes capricieuses des bulles argentées qui traversaient l'épaisseur azurée, et s'en venaient

---

[1] Pointu : petit bateau de pêche qui doit davantage son nom à la forme effilée de sa coque qu'aux performances de sa technologie.

éclore à la surface, près du gabian[1], en libérant ces mots : « Marcel ! », « Marcel ! », « Mon fils ! », « Oh mon cher fils ! », « Regarde je suis là[2] ! »

Et Marcel, se penchant vers les flots, ajoutait le sel de ses larmes à celui de la mer.

Bientôt, le malheureux garçon se retrouva dans une confusion d'esprit si profonde qu'on l'envoya d'urgence dans un hôpital psychiatrique, à Marseille, où il reçut les soins du Docteur Faddoli, un spécialiste de l'hygiène mentale qui, méthodiquement, lui lava le cerveau, récura les lobes cérébraux, astiqua le bulbe rachidien, bichonna l'hippocampe, brossa le pédoncule, et lui secoua avec énergie les méninges.

Pourtant, des âcretés d'humeur persistant au fond de l'encéphale, on poursuivit la cure par la lecture d'extraits choisis de Lanza del Vasto et de Khalil Gibran.

Les effets d'une pareille purge ne furent pas longs à se faire sentir : sitôt libéré des miasmes mortifères, l'heureux jeune homme, aspiré par un besoin incontinent de spiritualité, fila en Inde par le premier charter et s'adonna à l'étude tantrique dans un ashram que dirigeait un gourou sodomite qui lui fit perdre et sa candeur, et ses économies.

Un an passa.
Et un autre.
Ce qui fit deux ans.

* * *

---

[1] Pointe du pointu (étrave) évoquant, par sa forme et sa décoration, un attribut viril de bonne taille... (Autant que je puisse en juger !)
[2] On peut voir cette étonnante concrétion sous-marine au lieu dit « la Bouille à Marius », à Sormiou.

Nous en savons moins sur les routes et les buts d'une vie d'homme que sur ses migrations l'oiseau. »
Cröâak ! Cröâak !
(*Marguerite Yourcenar. L'œuvre au noir.*)

Chapitre seizième (et pas le plus chic pour autant !)

K'glôp ! A intervalle régulier on entend une goutte qui tombe.

Malgré l'humidité, et le manque croissant d'attention, le Commandant poursuit imperturbablement :

« Comment le jeune Marcellus parvint-il à rentrer à Cassis ? L'intéressé, lui-même, n'en eut jamais un souvenir précis. On le vit arriver par l'Allée Joachim du Bellay, longer le clos de sa pauvre maison au toit de tuiles fines, pousser la porte du petit cabanon tout plein encore des senteurs alléchantes du trésor paternel, puis pénétrer dans le séjour (bâti par ses aïeux), et se gratter longuement la toison, qu'il avait longue et mal soignée, en savourant la douceur provençale.

Henriette Dument, veuve Dagneau, ne reconnut pas tout de suite son fils dans ce géant hirsute, dont les yeux retranchés tout au fond des orbites, jetaient de farouches lueurs. L'ascèse brahmanique, les excès de la chair et les fourbures de la route avaient creusé les traits et fait saillir les os. Pourtant, l'instinct de mère accomplit son office.

Sans un mot, elle déposa devant le fils prodigue une assiette de soupe qu'il avala d'un trait.

Vinrent ensuite des petits pois, engloutis promptement.

Il restait des fruits et du pain, qu'il mangea,

Du fromage, qu'il mangea,

Des biscuits, qu'il mangea.

A la hâte, la bonne mère alla quérir au supermarché du riz, des pommes de terre, du chocolat et de la confiture…

Il mangea goulûment tout ce qu'on lui donna !

Pendant un jour et une nuit, continuellement, tête baisée sur son assiette, comme si toute sa volonté fût concentrée dans la mastication, Marcel mangea.

Pendant un jour et une nuit, il mangea !

Un jour et une nuit d'un repas sans repos, et sans être repu!

Mais, au deuxième jour, après le chant du coq, il posa calmement sa fourchette, leva la tête, et éructa.

D'abord, ce ne fut qu'un léger feulement, montant de la poitrine, suivi d'un gargouillis issu de l'estomac ; et puis, annonciateur d'un puissant cataclysme : crac, crac, un son de déchirure !

Alors, se déchaîna le tonnerre gastrique, assourdissant, tellurique, chtonien !

Et, à condition que l'on eût l'ouïe fine, on pouvait discerner, dans la fulgurante polyphonie de ce rot héroïque :

Le chant mignon du champignon
Le vent follet du flageolet
Le clairon rond du potiron
Le sanglot violent du violet

Le tambour du topinambour
Le galoubet du cassoulet
Le soupir des pommes d'amour
Le boléro lent du bolet

L'aria jolie du ravioli
L'hallali sanglant du civet
L'ahan bouilli de l'aïoli

Le blues gentillet du navet

Le tendre do du tournedo
Le la si las du cervelas
Le flamenco du haricot
Le tango de la Paëlla.

Et puis le silence tomba.

Marcel, revenant brusquement à la réalité, et contemplant autour de lui les mines abasourdis et les assiettes vides, adressa enfin un sourire à sa mère et l'embrassa avec tendresse.

Puis il se demanda ce que, dorénavant, il ferait de sa vie.

La réflexion fut de courte durée. Ses prouesses œsophagiques le prédisposant incontestablement aux métiers dits *de bouche*.

Il choisit d'embrasser la carrière de chef, et s'inscrivit à l'école hôtelière.

Il venait d'avoir dix-huit ans
Il était beau comme un enfant
Fort comme un homme[1] *!*

* * *

---

[1] Extrait d'une œuvre majeure (mais à peine !) du répertoire de Dalida.

« L'avenir est, en vérité, incertain. Qui sait ce qui va se passer ? Mais le passé est incertain. Qui sait ce qui s'est passé ? »

Antonio Machado – Juan de Mairena

Chapitre dix-septième (ou Grand Chapitre)

K'glôp !
Allez Castor, c'est toi qui distribues...

Avec un sans gène effrayant le Commandant persiste à monopoliser la parole :

« Un soir, dit-il, le service s'étant prolongé un peu tard, nous vivions, Monsieur Marcel et moi, l'une de ces interminables fins de journée qui se dissolvent lentement dans la nuit, alanguissent le cœur et poussent aux confidences.
La lune se levait. Nous fumions un cigare.
Le Chef me dit : « Donatien, je viens de lire un livre qui m'a beaucoup touché ! »
Tu sursautes !
« Il avait lu votre roman, Monsieur Ducalm (regard distant) : *Bastide au Crépuscule*, dont il appréciait, disait-il, la grande *justesse d'écriture*, en particulier dans les pages où vous parlez de votre père, de sa disparition...
Un beau roman, prétendait-il. Un jugement qu'à titre personnel, je jugeais excessif.
Je vais te désintégrer, fanfaron !
Et puis, Monsieur Marcel avait lâché deux ronds de fumée blanche, fermes et potelés, et cette autre remarque :

« Donatien, parfois je pense que, pour moi, tout serait allé mieux, si j'avais pu, comme monsieur Ducalm raconter mon enfance. Mais, pour l'écriture, je n'avais pas le don. Et ce doit être pour cela que j'ai gardé au fond de moi un lourd secret qui me pourrit le cœur ! »

Un secret ! Mon cœur battit plus vite ! Je repris d'une voix que je me forçais à rendre naturelle, mais qui tremblait un peu :

« Monsieur me parlait d'un secret...

-Oui, mon ami, un secret misérable, qui me fait honte, terriblement ! Si vous saviez ! Et que je garde en moi depuis bien trop longtemps ! Car, voyez-vous, les souffrances vécues et les humiliations nous font dissimuler ce que nous ressentons. Elles vous endurcissent et vous gâtent l'esprit. Elles vous blessent doublement, parce qu'elles portent en elles un écho douloureux, et, comme lors des tremblements de terre, des répliques nombreuses et cruelles qui conduisent inexorablement au mépris de soi-même et à la destruction de son intimité. »

« Marcellus avait craché un autre cumulus en forme de beignet qui sembla un instant dessiner un halo à la lune, puis s'assit avec peine sur un banc faisant face à la ville. Devant nous, le Rhône étalait son ruban couleur d'encre, piqueté de lumières. Les formes inversées du palais des Papes, s'y reflétaient, vagues et vacillantes. En observant le Chef, je fus frappé de le trouver vieilli. Les tempes avaient blanchi ; un entrelacs de petites rides serrées sillonnaient le visage.

Je poussai l'avantage :

« Les secrets partagés sont moins lourds à porter... »

Un timide sourire éclaira le visage :

« Mes confessions ! Une douzaine d'éditeurs seraient prêts à les rendre publiques, sans que j'aie seulement à prononcer un mot ! Mais ils peuvent toujours attendre ! J'ai pris sur le sujet quelques dispositions dont bientôt je vous entretiendrai. »

Il jeta son cigare, et dit avec malice :

« En attendant, je ne tiens pas à déballer mes veilles casseroles dans n'importe quel torchon ! »

Il était tard. Nous décidâmes de rentrer en traversant le pont. Des nappes de vapeur blanchâtres montaient du Rhône et se collaient à nous. Marcellus respirait bruyamment et frissonnait au moindre courant d'air. Alors, en un geste dont il n'était pas coutumier, il m'avait pris le bras :

« Car à vrai dire, Je n'en ai plus pour bien longtemps, savez-vous, Donatien ? »

Je m'abstins d'un déni hypocrite et gardai le silence.

Il précisa :

« Mon secret, j'ai décidé de le confier à ce Monsieur Ducalm à qui je veux léguer tous les éléments nécessaires à ma biographie.

J'étais sur le point d'émettre une objection lorsque d'un geste sec il remonta son col :

« Et pour cela il faut que vous m'aidiez, vous aussi, Donatien... »

Donaïko observe un moment le silence, comme pour raviver des souvenirs lointains :

« Nous reprîmes cette conversation, deux jours plus tard, jusque tard dans la nuit. Nous savourions un verre d'armagnac dans le petit salon de l'Hôtel Champrenard, lorsque le Chef alla sortir d'une commode des liasses de papiers, ainsi qu'une mallette grise.

« Ce sont les documents dont je vous ai parlé et que je lèguerai, au moment opportun, par l'intermédiaire de Maître Garel, mon notaire, au futur rédacteur de ma biographie : Monsieur Félix Ducalm.

D'un trait, il avala son verre et fixa dans les miens ses yeux clairs, aux reflets incertains :

« En attendant, l'heure est venue de vous faire certaines confidences ; et, quand bien même mon ego souffrira de ces révélations, elles rendront ma conscience plus nette ! »

La voix du Commandant se fait plus solennelle :

« Le Chef me révéla dans quelles circonstances il avait découvert, bien des années plus tôt[1], un produit merveilleux contenu dans une urne oubliée par son père, et me confia comment, subjugué par l'effet prodigieux de cette étonnante substance - qu'en son for intérieur il avait baptisé *Dopinette* - il avait décidé, au retour de son voyage en Inde, d'embrasser la carrière de chef.

Mais par honnêteté, ou par orgueil peut-être, il avait résolu de n'exploiter, pendant le temps de son apprentissage, que ses propres talents, s'interdisant le recours trop commode au fallacieux produit.

Le Chef but un autre verre d'alcool et me raconta ses débuts au lycée hôtelier :

« J'étais le pire des élèves, ni très bon, ni tout à fait mauvais ! De ceux dont on dit : *peut mieux faire*, et qui possèdent ce petit rien juste au-dessus de la moyenne qui détruit à tout jamais le moindre espoir d'originalité. »

Consciencieux et habile selon ses professeurs, il avait obtenu, lors du premier semestre, des notes honorables, bonnes même dans le domaine des denrées maritimes : poissons et crustacés. Mais, quoiqu'il mît à son labeur le meilleur de lui-même, il restait en retrait des premiers de la classe : Castellano, Hourtanet, et surtout Rigotteau, garçon mûr et talentueux, qu'on appelait avec respect l'*Incollable*, ou de façon plus familière *Uncle Ben's*.

« Même un œuf cuit à l'eau, tous ceux-là le faisaient bien meilleur que le mien ! Admettait l'apprenti cuisinier. Une seconde de cuisson en moins ; un grain de sel en trop, il

---

[1] Cf. Chapitre 15

y avait toujours un petit quelque chose ! Ah, Donatien, comme quoi, ça porte bien son nom, un œuf dur !

[K'glôp !]

Au second semestre, résistant toujours à la facilité, le jeune apprenti s'était contraint à fournir plus d'efforts. Mais, quoique, selon le jargon culinaire *il se sortît les tripes et se bougeât la couenne,* il demeurait bien loin des premiers de la classe.

Il se sentait insatisfait et devenait anxieux pendant les examens.

« Progressivement, je perdais mes moyens. Un jour, j'ai même rendu casserole vide ! »

Au mois de juin, les belles résolutions s'effondrèrent comme un soufflé trop cuit !

[K'glôp !]

A la rentrée de sa deuxième année, ce fut un autre Marcellus qui se présenta à l'école hôtelière.

Dès la première épreuve, intitulée avec assez d'esprit « *Midi, Sète ici que l'on mange* », il afficha ses ambitions nouvelles dans une *rouille en casserole* de très haute volée qui surprit tout le monde, et à laquelle Rigotteau, toujours prompt à relever le gant (de cuisine), répliqua d'une *bourride septimane* tout à fait magistrale. Castellano et Hourtanet qui respectivement avaient accommodé *tielles*[1] et *macaronade,* « *à la Bouziguaude* », se virent distancer impitoyablement.

Alors, les couloirs de l'école hôtelière se mirent à bruisser des plus folles rumeurs :

On disait Rigotteau émoussé par les assiduités d'une petite charcutière, vraie grenouille de bénitier, mais de cuisse

---

[1]Tourte aux poulpes. Autrement nommée *Tatin du Tentacule.*

légère, et Marcellus régénéré par la fréquentation du vieux Frédéric Mouligasse, le *sorcier de Collioure*, magicien de l'Anchois, roi de la *Cargolade[1]*, chez qui, durant l'été, il avait fait un stage.

Ulcéré de devoir, pour la première fois, partager un succès, le bouillant Rigotteau, envoya ses témoins pour défier Marcellus en repas singulier.
On s'entendit, sans plus tarder, sur la date et le lieu du duel culinaire : un restaurant de La Ciotat, *l'Espadon du Ciel* (spécialisé dans les poissons volants), que tenait le père d'un élève.
La joute eut lieu, dans le plus grand secret, un jeudi de novembre.
Ce fut un combat sans merci.

Rigotteau, l'*Incollable*, dont la cuisine s'inspirait du *bien manger* français, proposa ce menu :

Asperges Pompadour.
Cuissot de cerf, sauce Grand Veneur, aux fleurs de lys farcies.
Turbot braisé, dessus-dessous, dit à la Pucelle
Poires Cuisses Madame confites en leur jus
Galerie des glaces
Palet royal !

De son coté, Marcel Dagneau, dont chacun connaissait les penchants plébéiens et les choix allogènes aligna cette carte :

Salade républicaine, laïque et obligatoire

Escargots cuits au grill et accommodés de diverses façons, selon les cinquante nuances de petit-gris !

Soupe populaire
Pavé de bœuf à la soixante-huitarde
Cervelle de canut au petit vin blanc
Pièce montée en Guillotine
Ci-devant Calandos, mûri en sa croûte, dit à la Bérurier

Marcellus fut déclaré vainqueur par la vox populi !

Blessé jusques au fond de l'estomac d'une atteinte cruelle, Rigotteau, quitta la Ciotat, à moto, par la route des crêtes.

Le lendemain, on retrouva son corps au pied de la falaise, affreusement collé à la motocyclette.

Le décès fit grand bruit à l'école hôtelière. Toutefois, pour des raisons touchant à l'honneur culinaire, il fut admis que le défunt n'avait dû son tragique destin qu'aux infidélités de la petite charcutière, à la cuisse légère.

De son côté, Marcellus, accablé de remords, se voyait essuyant reproches et réprimandes. Il n'en fut rien ! Bien au contraire ! Les uns après les autres, Castellano, Hourtane, les acolytes du défunt, ses ultimes témoins, ses plus proches collègues, jusqu'à la charcutière à la cuisse légère, tentèrent d'être admis dans son intimité !

Et le jeune homme fit entrer dans sa philosophie cette sentence d'une grande justesse :

« Qui mange bien pardonne bien ! »

Pourtant, confusément, la mort de Rigotteau, la première d'une longue série, lui fit comprendre combien, à l'avenir, le prix du succès serait lourd, et perfide la Dopinette.

« Mais voilà, Donatien. J'ai quand même continué dans le mauvais chemin ; ô mon ami si vous saviez combien j'en ai usé et abusé de cette dopinette !

Je jugeai le moment opportun pour soutirer à Marcellus l'ultime confidence et lançai d'un ton faussement détaché :

« Mais, où diable, Monsieur, la cachez-vous, cette satanée Dopinette ? »

Il parut un instant indécis, huma d'une façon que je trouvai interminable le breuvage contenu dans son verre ; puis, posant délicatement sa main potelée sur la mienne, il me dit avec un malicieux sourire :

« Oh, Donatien, ce n'est pourtant pas difficile !... »

Pris de vertige, je restai suspendu à ses lèvres.

Il termina son verre à petite gorgée :

« Dans ma toque, pardi ! »

Le chef peinait à réprimer son rire et son visage, peu à peu, s'empourprait.

Dans sa toque ! Je restai sous le choc de ces mots implacables, résonnant dans ma tête !

Toque ! Toque ! Toque !

Toc ! Toc ! Toc !

La toque ? Maudite toque ! Comment avais-je fait pour ne pas y penser !

Je fus pris d'une honte indicible : la coiffe avait un *double fond* ! C'était simple ! TROP simple ! Niveau Elémentaire au concours d'Espionnage !

« Tenez, dit-il, regardez là-dedans ! »

Je fus déçu par ce que je voyais. Il n'y avait, caché dans les profondeurs de la coiffe, qu'une galette minuscule et roussâtre qui évoquait un petit macaron. Etait-ce là la Subtile Substance, le Prodigieux Produit, l'Illustre Condiment, l'Elixir de Sapidité, le Foie sacré des Ramessides ?

« Ah, il n'en reste guère ! Déclara le Grand Chef. J'en ai beaucoup usé !

Affectueusement, il me prit par l'épaule et ajouta d'un air espiègle :

Allons, Donatien, il ne faut pas que vous soyez déçu ; il ne vous reste pas beaucoup à attendre avant d'avertir vos services... »

Je tressaillis.

« Car voyez-vous, mon cher ami, dit-il en montrant mon genou, il y a longtemps que j'ai deviné qui vous êtes ; on reconnaît l'espion au pli du pantalon[1] ! Mais aujourd'hui qu'importe ! Vous avez su me tenir compagnie, et défendu avec honneur la cuisine française. Vous méritez que je vous dise comment j'ai su quel serait mon destin... »

Il hésite un instant avant de déclarer :

« Et le prix que j'aurais à payer pour garder mon secret. »

Tel un magicien, Donaïko sort de sa poche un petit boitier noir :

« Et maintenant, mes chers amis, je vous propose d'écouter, grâce à ce petit appareil électroacoustique, l'enregistrement de ces précieuses confidences... »

* * *

---

[1] Le pantalon des espions est froissé au genou, à force de regarder par les trous de serrures.

Le Secret du Chef

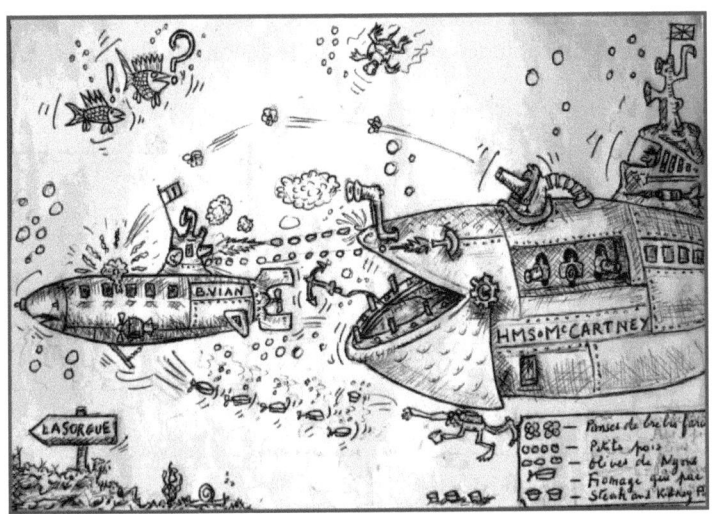

"Il se leva et, attrapant les deux loufiats qui s'en retournaient satisfaits vers leurs occupations ménagères, il leur fait sonner le cassis l'un contre l'autre de telle force et belle façon que les deux farauds s'effondrent fondus"

Raymond Queneau – Zazie D.

Chapitre dix-huitième
(Entièrement d'époque)

Chploiiing !
Ça a fait : *Chploiiing !*
D'abord tu as cru que ça avait fait : [K'glôp !]. Ce n'était pas beaucoup plus fort qu'un [K'glôp !], mais c'était bien un *Chploiiing !*
Chploiiing ! Que ça avait fait.
Et puis le type de la porte, celui qui tient la grosse artillerie, s'affaisse tout doucement, comme si une force intérieure rappelait irrémédiablement à elle les composants périphériques de sa grosse carcasse : les yeux, qui se révulsent, les pieds qui basculent, les poils, qui se hérissent, et puis retombent.

Chploiiing ! Ca refait Chploiiing !
Nom de Dieu ! Les Anglais ! S'écrit Donaïko, ils ont réussi à passer sous le rocher des Doms !
En un instant, c'est l'arrosage automatique !
Ça éclate contre les murs, ça bousille les bouteilles d'où s'écoulent des cascatelles de sang noir.

Le Secret du Chef

Gros Mollet essuie le feu du gras de sa cuisse celluliteuse qui se couvre de sauce bolognaise.

Mais nos troupes ripostent ! Picefroy, les Rosbifs, il les veut bien saignants. Il descend de Jeanne d'Arc par l'ovaire gauche ! Dans la famille ça fait quatre siècles qu'ils en bouffent, du Grand Breton, tous les matins en gélules homéopathiques en leur château (périgourdin) de Boute-la-Reine. Cet arrière, arrière, petit fils du connétable du Guesclin s'avance seul sous la purée de pois, sans peur et sans reproche.

Car ils utilisent le petit pois comme projectile, les British. Et leur petit pois, chacun sait qu'il vous transperce n'importe quel blindage.

Chploiiing ! Chploiiing !

« Good mornifle, Messieurs les Anglais ! Dit, Picefroy de la Huchette en son langage bérurien, cachat en main et Mac Chinchoz servant de bouclier, je m'en vais vous garnir la narine de ce noble parfum...

-Par Saint Georges, d'où provient cette puanteur ? » Demande un agent de sa Gracieuse Majesté.

Sous les miasmes, l'assaillant recule.

Et les troupes Hexagonales se ressaisissent rapidement, pour opposer au petit pois, la variété des armes du terroir :

Le bon vieux pain,

Le classique marron,

La fière châtaigne,

La beigne et la bugne,

La praline bien de chez nous,

La pêche bien fraîche,

Le caramel mou,

La tarte, la tartelette et la coquine tartiflette,

Le pruneau d'Agen ou d'ailleurs,

L'humble patate,

L'indispensable ratatouille,

La fricassée de phalanges maison,

Sans oublier, pour le dessert, le petit coup d'arquebuse et la bombe glacée

La qualité indiscutable de nos produits (Contrôlés d'Origine) nous fait un instant enlever la partie. Mais c'est compter sans la perfidie légendaire des peuples d'outre Manche : en traversant les caves, le commando du BRED a libéré Stuffton !

Vision cauchemardesque ! Le critique gastronomique, soumis aux bons soins de Castor et Pollux, agite, tels des tentacules, les mucosités palpitantes sortant de son gosier (anciennement en or) qui lui donnent un aspect de monstre extraterrestre !

Le blond Castor, qui, courageusement, tente de ralentir ce Léviathan Saxon, se voit happé et absorbé inexorablement sous les yeux médusés de son frère Pollux !

Chploiiing !

Emoi ! Emoi ! La Fortune se tourne vers le Septentrion ! Le coq recule ! Faëza Salami a reçu un petit pois dans la tête !

« Il faut sauver Madame la Ministre. » S'écrie le Général en donnant de la pogne[1] aux belliqueux Brittons.

« Et le foie de Monsieur Ducalm ! » Lance le Commandant.

(*Oh toi ! Ta fin sera terrible !*)

Poursuivis par l'irascible monstre et ses rugueux cornacs, nous progressons tant bien que mal vers la sortie par le tunnel déjà cité de l'*Operazionsblock,* qui mène, en zigzaguant, jusqu'aux rives du Rhône.

Là, accosté à un pan du Rocher, un submersible, en forme de cigare, baigne dans un liquide, glauque et nauséabond, que par facilité, nous appellerons *eau*.

Chploiiing ! Chploiiiiing !

Au secours, Il grêle !

---

[1] Vu le contexte, il s'agit bien sûr de pogne de roman !

Poussés, tirés, bringuebalés à grand renfort de vociférations, nous voilà digérés par l'oblong véhicule qui, sans tarder, démarre dans le vrombissement de toutes ses machines.

Diinng doonng !
« Le Capitaine Raymond Croqueneau et son équipage sont heureux de vous accueillir à bord du Boris Vian, annonce une voix féminine. Je m'appelle Eliane Heurtonez, hôtesse de l'eau. Nous naviguons à la vitesse de douze nœuds ; la température extérieure est de onze degrés, et la mienne de trente sept et demi compte tenu d'un début de bronchite. Nous rappelons qu'il est interdit de fumer à bord du submersible et d'ouvrir les portières avant l'arrêt complet.
Diinng doonng !

A la barre, le Capitaine Croqueneau (plus simplement *Cap'tain Croqu'neau*) qui porte une casquette blanche et des lunettes noires s'adresse aux passagers :
« Nous allons suivre le cours du Rhône en direction du sud, puis remonter la Sorgue vers Vedène… »
Mais il n'a pas le temps de terminer sa phrase :
« Mon Capitaine, regardez ! crie tout à coup l'homme de quart, on dirait qu'on nous suit. »
-G'zakt[1] ! Fait le Capitaine.
-En néfè, Un parasite blanc, un peu plus nerveux que les autres, s'agite sur un écran neigeux, émettant un Bip Bip à l'accent étranger :
Beep Beep !

Est-ce encore l'Anglais ?

---

[1] Locution empruntée à la langue Zazipolitaine.

Ça l'est ! En regardant plus attentivement dans le rétroviseur, on repère un autre sous-marin, de couleur jaune, lancé à vive allure.

« En avant toute ! » Crie le Capitaine, sans grande conviction, car notre antique Boris Vian ne fait pas le poids devant le McCartney.

BOONG ! BOONG !

Ca cogne fort sur la carrosserie !

« Par les roustons de mes aïeux ! Qu'est-ce donc ? » Demande le fringant Picefroy avec sa verdeur coutumière.

Ce sont, crachés bien drus par notre poursuivant, de gros *haggis* d'Ecosse, dont la farce hautement corrosive attaque inexorablement la coque des vaisseaux.

BOONG ! BOONG !

La position est intenable.

« Plongée ! »

Le Boris Vian descend, descend... Ce qui, fort désagréablement, comprime l'abdomen et vrille les tympans.

Puis, accompagné d'un raclement suspect, le bateau s'immobilise dans une purée brune.

« Où nous sommes, ils ne nous verront pas ! » Dit le *Cap'tain Queneau.*

Automatiquement, les lumières se sont mises en veilleuse. On sue à grosses gouttes.

« Restons calmes ! Il faut attendre le départ de l'Anglais. » Conseille le Second.

On s'ennuie ferme à bord d'un submersible, la seule distraction, c'est d'écouter le sous-marin craquer. Et, croyez-moi, il craque !

Tu es assis dans un recoin humide qui évoque un étal de robinetterie. De temps à autre, une goutte d'eau froide te tombe sur la tête :

Près de toi, sous un bat-flanc, tel un vulgaire récipient, on a déposé le vase canope.

Au poste de secours, le médecin du bord s'active à soigner Faëza Salami :
« Le projectile s'est logé entre les hémisphères. Rien de méchant, hum ! hum ! Mais les choses pourraient devenir ennuyeuses si le grain se mettait à germer...
-Un ministre avec un petit pois dans la tête ! Je ne vois pas ce qu'il y a d'étonnant ! » Persifle l'incorrigible Darmonovitch sans quitter des yeux Marie-Jeanne Audéoudre !
Pendant ce temps, l'Anglais a perdu notre trace. Sur l'écran du sonar, sa marque disparaît.
« Capitaine, quand pourrons-nous regagner la surface ? » Demande Gros Mollets.
Le Capitaine ne semble pas comprendre.
La *surface* ! C'est le mot qu'il ne faut jamais dire à un sous-marinier.
« Rien ne presse ! Précise l'unique maître à bord. D'abord, nous naviguerons à trente pieds de profondeur, protégés par la vase, avant de nous engager dans la Sorgue, où l'Anglais est trop gros pour passer...
-Turbines, parées pour la manœuvre !
-Turbines parées, Chef !
-Ouvrez les gaz !
-Manette ouverte, Chef !
-En avant toute !
Pshiiittt !
-Qu'est-ce que c'est, Matelot ?
-Nous perdons de l'oxygène, mon Capitaine !
-Colmatez !
-Cooolmatez !
-Impossible !

-Impossible ? Mille millions de mille sémaphores! Colmatez-moi ça, nom d'un périscope à roulette!

-Une de leur saloperie de panse farcie a attaqué le réservoir, dit un Mécanicien !

-Alors ouvrez le second réservoir ! Matelots de bacs à lessive ! Navigateurs de pédiluves !

-Le deux, on l'a prêté au Gainsbourg, Capitaine !

-Au Gainsbourg ? Ce vieux tas de ferrailles, qu'on pourrait ramasser à la pelle ! Ils sont débiles ou quoi ?

Affirmatif, mon Capitaine !

Allez, ça va, vous, n'en rajoutez pas !

Il appert bien vite que nous sommes coincés. La radio n'émet plus, à cause de la vase, et, de toute façon, la 4S : *Section Spécialisée de Secours aux Submersibles,* fleuron de la Marine Nationale, se trouve au Kapistan.

L'ombre fatidique du Koursk flotte sinistrement dans nos esprits fangeux.

Le tragique de notre position plonge chacun de nous dans des raisonnements mornes et métaphysiques. Seul l'Abbé pourrait trouver un certain avantage à la situation ; mais quelque chose le turlupine : plus l'on approche de la vie éternelle, moins elle semble éternelle ! Il prie : Mon Dieu ! Aidez-moi ! C'est au pire moment que je doute ! Et puis il finit par se dire : Mais après tout, qu'est-ce qu'Il s'en fiche, le Seigneur, de la gastronomie, de la gastronomie française ! Il mangeait quoi, quand il était sur terre, le Divin ? Du pain, avec un peu de vin... Et Casher en plus ! Il n'allait pas se mouiller le suaire pour défendre le cassoulet ou la dinde aux marrons ! « Prenez et mangez... » Cette formule plutôt bizarre que, lui, Ponza, répétait inlassablement le dimanche à ses ouailles en leur tendant l'hostie... « Prenez et mangez... » Est-ce que cela avait un sens ? Qui se rappelle ?

Peut-être avait-il dit : *passez-moi le sel*, l'Eternel, ou encore : *Il reste du gigot ? J'en reprendrais bien une tranche.* Qui sait ? Toujours ce problème des sources, du témoignage humain...

Beaucoup moins philosophe, le Commandant quitte son siège et retrousse ses manches avec l'optimisme têtu propre aux hommes d'action :

« Permettez-moi, mes chers amis, de tirer profit de cette interruption pour vous suggérer d'écouter l'enregistrement dont je vous parlais tout à l'heure...

Sans laisser à personne l'occasion de répondre, Donaïko appuie sur le bouton du petit dictaphone.

Aussitôt la voix de Marcellus remplit l'espace avec une acuité à donner le frisson :

* * *

"(...) Les peintres savent adapter la composition à la dimension de la toile, tandis que les écrivains, malheureusement ont une provision illimitée de papier."

Arthur Koestler

Chapitre dix-neuvième (haussmannien)

Lorsque je commençai à cuisiner en utilisant la précieuse Substance contenue dans le vase canope découvert par mon père, j'ignorais presque tout des effets du produit, et ne prenais aucune précaution lorsque je m'en servais, saupoudrant tout de doses colossales. Au bout de quelque temps, mon corps se couvrit de menues vésicules qui dégageaient en explosant une odeur parfumée. Puis, je fus repris des spasmes boulimiques semblables à ceux que j'avais éprouvés à mon retour de l'Inde.

Autour de moi, petit à petit, ces symptômes se répandirent et affectèrent plusieurs élèves de l'école hôtelière.

On releva aussi, à l'extérieur de l'établissement, des crises inexpliquées d'appétit collectif : à Sanary sur Mer, des enfants d'une école primaire mangèrent tellement de bonbons que leurs dents se gâtèrent et tombèrent sur le champ en poussière.

Des maladies se répandirent :

La nauséole aiguë
La dégueulistose éruptive
La vomisselade infectieuse
La gerbouzouille congestive

Le Secret du Chef

    Le rendrillon rhumatisant
    La chiassolie chronique
    La diarrhétine allergique
    La conchinette sclérosante
    Le merdoculisme arthritique
    La cagadine méningée

Heureusement pour moi, d'éminents scientifiques attribuèrent tous ces dérèglements aux nuages radioactifs qui se baladent fréquemment dans le ciel de Provence.

Pendant ce temps, en proie à de sombres pensées, je m'interrogeais sur l'étrange produit. En premier lieu sur le sens à donner aux hiéroglyphes figurant sur le vase canope, qui pouvaient me fournir quelques explications. On me conseilla d'aller voir, à Genève, un fameux philologue irakien qui répondait au nom de Youssouf ben Youssouf al Lascar, un spécialiste des langues rares, réputé pour son érudition tout autant que pour sa discrétion.

L'homme était un vieillard à l'air sage, qui me reçu, assis derrière un immense bureau surchargé de pâtisseries. Il portait une barbe blanche, qui laissait entrevoir une bouche charnue. Mais, ce qui, dans le visage, frappait le plus, c'était les yeux, couleur de lait, immobiles et à jamais éteints, et qui pourtant semblaient vous regarder, ou plutôt vous sonder jusqu'aux tréfonds de l'âme.

Youssouf ben Youssouf al Lascar était né en Irak, dans la province de Babel, à l'endroit même, où, pensait-on, s'élevait la haute tour mythique ; ce à quoi l'on attribuait le don prodigieux qu'il manifestait pour l'étude des langues.

Il parlait couramment :

Le Grec Très Ancien

Le Secret du Chef

        Le Latin de Cuisine et d'Arrière Cuisine
        Le Sèdlébreux
        Le Mezzopotamien
        L'Assurbanépalais Moyen
        L'Oedipien Complexe
        Le Thébain de Mer
        L'Assyrien Assyrais
        Le Chépas-Koidir
        Le Haut et le Bas Boche (Parfois appelé Bas Varois)
        Le Tadbozieux Tussais
        Le Youplaboum Prospère
        Le Boukandenfer
        Le Toutakou-Tutêtu
        Le Bulgari-Cantonnais
        Le Kwa et le Yapadkwa
        Le Verlan (de la région d'Anvers)
        Le Néanderitalien
        Le Sava-Sava
        Le Tutépanche
        Le Serbo Suave
        L'Arabe du Caire et l'Arabe du Coin
        L'Autrichien Policé
        Le Bisque Basque
        Le Chabadi Badois-Wurtenbergien Rhénan
        Le Tuteghour
        L'Equivolque
        Le Roumain de Fer
        L'Afghan de Velours
        Le Sanscriégar
        Le Surlebû-Delalang (Très difficile à prononcer)

Et tant d'autres vocables encore !

« Je vous attendais, jeune homme, dit le vieillard dès que je lui fut présenté. Je pensais bien qu'un jour ou l'autre vous viendriez me rendre visite. Seulement, comme le temps passe très vite, je commençais à en douter. Prenez donc un de ces excellents loukoums, je les fais préparer à Damas, à la vraie rose de Syrie... A mon âge, je ne mange plus que du mou. »

Il glissa un loukoum dans sa bouche.

« Mais venons en aux faits, c'est donc vous qui êtes tombé sous l'emprise du Nectar d'Amon Râ. A une époque, j'ai beaucoup écrit là-dessus, dans diverses revues ; une bonne douzaine d'articles, et des livres aussi. Mais voyez-vous, ces choses-là n'intéressaient personne, et m'ont fait regarder comme un hurluberlu. Notez bien que ça m'est devenu complètement égal – reprenez un loukoum - L'âge m'a fait abandonner toute espèce de récrimination. J'ai compris qu'il en est ainsi depuis l'origine de l'homme : l'aveuglement de la société est la condition nécessaire de sa survie. L'intelligence nuit gravement au genre humain. Il faudrait graver cela sur tous les temples, et toutes les écoles. »

Le vieil homme tendit les bras :

« Allons, montrez-moi ce vase canope... mais avant, laissez-moi vous donner un conseil... que vous ne suivrez pas : remettez cet objet où vous l'avez trouvé ! »

Il eut un petit rire espiègle, et s'essuya soigneusement les lèvres avec un mouchoir blanc. Puis, sans attendre ma réponse, il promena longuement ses mains fines sur les galbes du vase.

« Regardez là, me dit-il tout à coup, l'homme couché, c'est *Asmahout*, le cuisinier du Pharaon Djoser. Penché sur lui, Anubis, dieu des Morts, à tête de chacal. Sa présence est toujours mauvais signe ! Les jeunes femmes, de part et d'autre du défunt, ce sont les Erinyes, ou Bienveillantes, les Egyptiens les appelaient servantes de Selkis. L'une d'entre elles, penchée sur le cadavre et qui lui ouvre l'abdomen c'est Sî Melghïnit ou Melghänit, le nom est assez peu lisible, une servante de Selkis, la déesse scorpion.

Juste à côté, remarquez ces vases canopes, au nombre de quatre, dont le premiers, qui porte l'inscription *(⌬)[1] le foie*, est maintenu par un jeune homme qui tire la langue, ce qui, du point de vue de l'Egypte pharaonique, est un signe de joie.

Youssouf ben Youssouf al Lascar tourna le vase d'un quart de tour :

Considérez à présent cet autre tableau, cher Monsieur. Apparemment, la scène est identique à celle que nous venons de voir, mais cette fois, observez bien l'homme couché à qui l'on arrache le foie.

Je me penchais sur le relief hiéroglyphique :

Il tire la langue, dis-je, comme l'enfant que nous avons vu tout à l'heure !

Exactement, Monsieur Dagneau ! C'EST l'enfant que nous avons vu tout à l'heure, le même personnage, trois décennies plus tard ! Quant au petit garçon, qui est assis près du vase canope, il porte maintenant un bandeau sur le front et joue avec un perroquet – Le voyez-vous ?

J'acquiesçais sans comprendre.

Youssouf al Lascar imprime au vase un nouveau quart de tour :

« Eh bien, le revoici, allongé parmi le Erinyes, sur le point de lui ouvrir le ventre... »

De son mouchoir, le vieil homme chasse une mouche qui menace de se poser sur les pâtisseries, puis ajoute :

---

[1] Greywolf's 'Glyphs. Version 1.0 - 13 Mar 2003
An Egyptian-themed "dingbat" font by T. Jordan "Greywolf" Peacock
http://greywolf.critter.net/fonts.htm* (Voir également Chap. 11)

Le Secret du Chef

« Cessons-là, voulez vous, car il y a quarante-neuf (soit 7 x 7) de ces mêmes vignettes ! Il y a aussi une inscription, ici... (Il palpe du bout de doigts quelques reliefs hiéroglyphiques) que l'on pourrait traduire par : *Ô toi, serviteur d'Asmahout, quand l'heure sonnera, tu rendras ce que l'on t'a confié....*

Dois-je continuer ou avez-vous compris ?

-Je pense avoir compris. Dis-je, saisi d'horreur devant le mécanisme de la transmutation. Une vie de succès, et l'éviscération ! Oh Ciel ! La seule idée d'abandonner mon corps aux soins de ces bacchantes, aussi jolies soient-elles, me fait dresser les cheveux sur la tête. Car c'est bien de cela qu'il s'agit, n'est-ce pas ?

-Je le crains, en effet, cher Monsieur ! Si vous continuez à user de l'Epice, il faudra rendre un jour ce que vous empruntez ! Mais cela seulement si vous persévérez... Il est temps d'arrêter si vous le désirez ! »

Le vieillard se racla la gorge, cracha dans le petit mouchoir, leva au ciel ses yeux de lait en avançant les lèvres :

« Ce qu'il me reste de *conscience*, appelez cela comme vous il vous plaira, m'incite à vous déconseiller l'usage de l'Epice. Et cependant, moi qui suis bientôt centenaire et ne sais rien encore du trépas qui m'attend, je me figure que ce doit être rassurant de connaître sa fin, si cruelle soit elle. Car, voyez-vous, l'incertitude du dénouement est l'un des grands tourments de notre pauvre vie ! Le destin se plaît à se jouer de nous jusqu'au dernier moment ! Le vieillard lève à nouveau ses yeux délavés vers le ciel - permettez-moi, Monsieur, de vous conter une petite histoire... »

[Histoire de Youssouf ben Youssouf el Laskar ou les tours de cochons – trois fois impurs - de la destinée !]

Dans le submersible, on entend ici ou là de menus ronflements...

Le Secret du Chef

« Feu mon père, Youssouf ben Abdeslam al Laskar - paix à son âme - était un homme pieux, savant, honnête, et d'une grande modestie, qui exerçait les fonctions de mollah dans un petit village proche de Kerbala. Il récitait le Coran à l'endroit, à l'envers[1], de haut en bas, de bas en haut, et ne manquait jamais de bien se flageller.[2] Il honorait avec mesure ses quatre épouses ; et, bien que l'écho de ses vertus se fût répandu bien au-delà des murs de son village, il ne détestait rien tant que les mondanités. Il aurait pu, par ses talents, joints au prestige de sa lignée, devenir Grand Mollah, gouverneur ou ministre ; mais, en dépit de tout cela, vivre paisiblement était son unique ambition, et mourir dans l'intimité de ses proches son ultime souhait.

Cependant, le Seigneur du Pays, dont, par prudence, je tairai le nom, venait de faire pendre une demi-douzaine de conseillers fidèles, qui, imitant le Maître, pillaient sans vergogne les caisses de l'Etat, et désirait que l'on trouvât dans le pays un sujet réputé pour son intégrité afin de le nommer Chef du Gouvernement.

Mon père fut choisi et ne put refuser.

Honnête, il gouverna avec application, rétablit promptement les comptes du royaume, exerça sagement la justice...

Hélas pour lui ! Sa renommée en fut encore accrue !

A tel point que le Raïs, lui-même, prenant ombrage de sa notoriété, le fit emprisonner ! Mon père en fut soulagé et heureux et, du fond du cœur, remercia Allah, le Miséricordieux.

Puis, comme il s'apprêtait à mener une vie de prière et de renoncement, passant le fleuve, une tribu puissante assiégea le palais. Le tyran fut chassé. On ouvrit les prisons !

---

[1] C'est-à-dire en Arabe et en Rebeu.
[2] Youssouf ben Abdeslam al Laskar étant masochiite.

Youssouf ben Abdeslam, mon père – paix à son âme ! - fut porté en triomphe dans les rues de la ville et traité en héros.

On le nomma Premier Ayatollah et Conducteur du Peuple !

Le pauvre homme en mourut !

On put alors le croire à jamais soulagé du fardeau de la notoriété ; l'adversité le poursuivit jusque dans le tombeau !

Il devint un Martyr ! Ce qui, chez nous, constitue l'ultime distinction ! »

Mon interlocuteur fit une pause pendant qu'une femme couverte d'un grand châle nous apportait du thé, puis il continua :

« Quant à moi, aîné des 17 fils de Youssouf al Laskar, je venais d'atteindre ma quatorzième année quand mon père mourut. L'immense mausolée construit en son honneur n'était pas achevé, que je me retrouvai en pension, à Genève !

Le nouveau maître du pays, tout aussi corrompu que son prédécesseur, m'avait derechef condamné à l'exil, craignant de retrouver en moi les vertus paternelles.

Mais la Nature, qui ne fait jamais rien de ce que l'on prévoit, m'avait doté d'un caractère entier, bouillant, vindicatif. Prêt à tout pour me faire connaître, j'étais en cela le contraire absolu de mon père.

Enrageant de me voir privé de tout pouvoir et de toute espérance, je voulus fomenter une révolution dans mon pays natal.

Mais je voyais toujours quelque garde à ma porte et mes partisans disparaître, les uns après les autres, inexplicablement.

Faute d'appuis, je renonçai à la carrière politique et décidai de devenir savant. J'étudiai la théologie, la rhétorique, le droit canon, les mathématiques, la philosophie et, bien sûr, par héritage familial, la philologie, science dans laquelle je pus exprimer pleinement mes talents.

J'appris sans grande difficulté 850 langues dans lesquelles je traduisis, d'une façon toute nouvelle et en un seul volume, les contes des 1001 nuits, qui devinrent les contes des 850850 nuits.

Efforts de tant d'années fournis en pure perte ! Je ne vendis qu'un exemplaire soldé 8,50 francs au Printemps de Genève !

Dépité, je me tournai vers l'alchimie et l'ésotérisme. Je passais mes jours et mes nuits à lire la Kabbale, le Caducée Hermétique, le livre du Grand Secret, le Testament de Nicolas Flamel, la Table d'Emeraude... J'y perdis les yeux, mais réussis, au bout de vingt ans, à transformer le tabac en or !

Je crus dès lors ma fortune faite, ma renommée assise. Hélas, le cours du métal précieux s'effondra et, sous le coup de lois perverses, le prix du tabac s'envola ! On paya à prix d'or la moindre cigarette !

Amer, j'arrêtai l'alchimie - et la cigarette - et me mis au loukoum, en quoi je trouvai un honorable substitut à la philosophie. Un regard (intérieur, cela va de soi) sur mes expériences passées me fit alors clairement percevoir que le chemin vers la célébrité était pour moi long et semé d'obstacles.

J'aurais dû m'arrêter ; pourtant je m'obstinai. Je m'imaginai le succès plus aisé dès lors qu'il s'attachait à des objets futiles : je composai une opérette !

C'était l'histoire d'un douanier Suisse, nommé Guillaume Toll, amoureux d'une contrebandière. J'obtins d'emblée un franc[1] succès, mais la guerre du Golfe venait de commencer et l'opérette comportait ce couplet un peu leste :

« Et du travail s'en revenant

---
[1] Franc suisse évidemment

Dans son chalet, le douanier rend
Hommage à sa Dame
Hommage à sa Dame
Hommage à sa Dame. »

Inspiration traîtresse ! On argua de mes origines iraquiennes pour voir là une provocation.
Aussitôt, l'on déprogramma l'opérette, je retournai à mon anonymat. »

Yousouf ben Youssouf al Lascar ponctua d'un rot parfumé à la rose de Syrie le récit qu'il venait de me faire et avala une gorgée de thé :
« Vous voudrez bien pardonner, Monsieur, la lourdeur de ma démonstration, mais convenez que la somme des frustrations engendrée par un destin contraire, tel que je l'ai vécu pendant quatre-vingts ans, peut apparaître, aux yeux du philosophe, de beaucoup plus intolérable qu'une banale ablation hépatique accomplie post mortem par quelques jeunes filles, cruelles, mais charmantes !»
Il se racla vigoureusement la gorge et acheva sa tasse :
« Vous pensez que je tente de vous influencer. Je veux seulement que vous réfléchissiez. Quel qu'en soit le prix, le Pacte avec l'Epice vous apporte la gloire et la sécurité ; son refus – il me jaugea de son regard éteint - vous plonge dans la précarité. Oh, bien sûr, si, plus jeune, un tel pacte m'eut été proposé, je l'aurais aussitôt rejeté, confiant que j'étais dans mes futurs triomphes. Mais à ce jour ? Que suis-je devenu ? Et quand bien même j'ai renoncé au monde, il reste en moi un goût d'inachevé, une amertume, une rancœur tenace envers la destinée. Aujourd'hui encore, un orgueil mal éteint me pousse à vouloir figurer dans l'Histoire ! Votre visite m'en donne l'occasion. Faut-il y voir un signe ? Si vous persévérez à user de l'Epice, quelque écrivain louera un jour vos exploits

culinaires, rédigera votre biographie… Et moi ? Et moi ? J'entends toujours une voix qui murmure : *Youssouf, Youssouf, ta conscience pour un chapitre !* »

Le vieil homme soupira longuement :
« Maintenant, il faut que je me taise. Allez en paix, monsieur Dagneau…. Ecoutez votre cœur et soyez attentif à ce qu'il vous demande. »
Youssouf ben Youssouf agita une petite cloche.
La femme au voile apporta un coussin qu'elle glissa sous ses pieds.
J'allais prendre congé quand le vieillard m'adressa, en baillant, une ultime question :
« Comment, au fait, trouvez-vous mes loukoums?
-Délicieux, répondis-je, par pure politesse, quand bien même, comme l'a dit un fameux troubadour[1] :
« Je ne suis pas de ceux que les loukoums motivent…
Loukoums motivent…
Loukoums motivent !

* * *

[1] Troubadour natif de Toulouse, mais qui, toujours, préféra le marron à la violette.

Le véritable esclavage c'est la condamnation à s'abstenir.

(Italo Svevo - La conscience de Zeno)

Chapitre vingt (tout rond)

« *Loukoums motiv...* »

Donaïko coupe le son de l'enregistrement.
La voix profonde de Marcellus hante un instant les lieux avant de se tapir dans l'épaisseur des murs.

Le silence du sous-marin est quasi sépulcral!
Et tout à coup, tu éprouves une forme d'émotion spontanée qui apparaît d'abord comme le fruit d'une réaction sympathique envers le disparu, mais qui s'avère, en y regardant de plus près, un apitoiement sur toi-même et sur ta condition. Dans l'état où tu es, toute pensée t'est attendrissement. Le spectacle d'une banale feuille morte suffirait à te tirer des larmes ! Tes mains, enflées et tavelées de taches rousses, la raideur de ton corps, la mollesse de tes pensées te plongent dans un état, qui, tu le sens, prend sa source dans la morbidité. Tu comprends que le regard ému que tu portes aux choses qui t'entourent trouve naissance dans leur dissolution, que tout sentiment est décomposition, que la vie naît du pourrissement, et l'esprit de ses émanations, que la moisissure est l'Alpha et l'Oméga du monde ! Je pourris donc je suis !
N'est-ce pas Hubert ?
Picefroy est le premier à rompre le silence :
« A la bonne heure, Commandant ! Les propos que nous venons d'entendre illustrent parfaitement ce que nous

avions dit : Nous pouvons affirmer maintenant que la mort Grand chef découle de l'usage qu'il a fait de l'Epice. Et, dès lors que nous avons récupéré le corps...

-Pas trop vite, Monsieur le Secrétaire... Corrige le Commandant avec un certain embarras : Les choses ne sont pas aussi simples que nous le supposions...

-J'en étais sûûûre ! S'exclame Faëza Salami en une espèce de miaulement qui lui monte du fond de la gorge, accompagné d'un menu craquement de vertèbres...

-Accordez-moi quelques instants pour conclure, Madame, requiert le Commandant, les trois mois qui suivirent l'enregistrement que vous venez d'entendre furent les derniers de la vie du Grand Chef. La fièvre qui déjà l'habitait redoubla. Son sentiment de culpabilité s'accrut jusqu'à la déraison. Il délaissa l'Île Sonnante, croyant, un jour, y rencontrer Stuffton, ou bien, un autre, quelque infâme Erinye rôdant dans les cuisines. Il ne pouvait faire cinq pas sans se croire suivi. A l'hôtel Champrenard, il s'activait à ranger des papiers, et se confiait à moi :

« *Je n'eng peu plus, Donatiieng, Oh comme je voudrais que tout cela finisseu !* »

Alors, montrant une vigueur qui tranchait avec l'apathie des dernières semaines, il exécuta sans faiblir le plan qui devait le conduire jusqu'à l'issue fatale et à l'exécution duquel je me vis associé :

Tout d'abord, ce fut un jeu d'enfant de convaincre Monsieur Ducalm, en mal d'inspiration, de rédiger la biographie posthume du fameux Cuisinier.

(Ah Brigand ! Tu vas me le payer !)

Puis vinrent les ultimes instants qui devaient voir le Chef absorber seul, dans ses appartements, le restant mortel de l'Epice.

Nous dînâmes très sobrement d'un bouillon de poule truffé, accompagné de Beaume de Venise ; puis, conformément aux instructions reçues, je téléphonai à Maître Garel pour qu'il vînt, le lendemain matin, chercher les documents. J'en profitai aussi pour alerter les services du MAC afin qu'ils se préparent à entrer en action.

Puis le moment des adieux arriva. En silence, nous échangeâmes une poignée de mains, avant que le Chef ne se retire définitivement. »

« Qu'advint-il alors dans le secret de ce dernier huis-clos ? Probablement, le Chef rangea-t-il ses papiers jusqu'à ce qu'il jugeât le moment opportun pour le geste fatal : absorber le reste de Substance contenu dans la toque.

Le lendemain, comme prévu, Maître Garel arriva vers dix heures, et me pria de le conduire auprès de Monsieur Marcellus.

Il fallut, pour entrer dans la pièce, crocheter la serrure, fermée de l'intérieur.

Apparemment, tout s'était déroulé selon les prévisions : encore assis sur son fauteuil, le teint pâle et les lèvres pincées, le Grand Chef avait cessé de vivre.

Appelé sur les lieux, le médecin légiste, acquis à notre cause, privilégia la thèse d'une mort naturelle.

Avec des gestes lents, solennels presque, Donaïko sort une feuille imprimée de sa poche et lit avec application :

Le corps se trouve en position assise, les bras ballants, et les mains touchant presque le sol. La tête, légèrement penchée, repose sur le couvercle d'une valise grise, fermée à l'aide d'un petit mécanisme. La rigidité cadavérique ne semble pas antérieure à cinq heures si l'on se réfère au taux de myosine contenu dans les chairs, et laisse supposer que le décès ait pu intervenir, le matin, vers deux heures, consécutivement à un arrêt cardiaque...

Encore ému, du moins en apparence, le commandant poursuit tout en remettant soigneusement le papier dans sa poche :

« Sur le bureau se trouvaient des dossiers ainsi qu'un verre d'Armagnac encore à moitié plein. Juste à côté, la grande toque côtoyait un vase vénérable, décoré de signes égyptiens.

J'agis alors conformément aux instructions données : j'inspectai soigneusement les lieux, m'assurai qu'il ne subsistait plus de Produit dans la coiffe, non plus que dans le vase, puis laissai le notaire emporter la mallette.

Je pliai ma livrée, et, pour toujours, abandonnai ma condition de Majordome

* * *

« Que les gens ne montrent pas trop d'assurance dans leurs jugements, comme celui qui, dans un champ, estime les blés avant qu'ils ne soient mûrs. »

Dante.

Chapitre vingt-et-unième (Contemporain)

Donaïko respire et fait jouer ses articulations :

« Au MAC échut, tout naturellement, la mission de reproduire sur le corps du défunt Marcellus les opérations par lesquelles les anciens Egyptiens perpétuaient l'héritage hépatique et régénéraient la précieuse Substance, tel que décrit au précédent chapitre par Sidi Al Laskar : le foie, extrait par une jeune vierge, serait transféré dans le vase canope et placé en lieu sûr, *sur le sol national.*

L'opération, baptisée *Foie d'Agneau,* se déroula dans le plus grand secret.

Après l'enterrement du Chef, quand tout le monde fut parti, et que moi-même je maintenais Monsieur Ducalm loin de la sépulture par diverses considérations sur le milieu de la Gastronomie : *chaque fourchette est une épée, un grain de poivre une cartouche !* Ah ! Ah ! Nos agents exhumèrent le corps, que l'on transporta en un endroit secret, afin de procéder à la *Transmutation.*

D'abord, nous rencontrâmes quelques difficultés à trouver une vierge authentique, comme prescrit par les rites anciens, avant d'obtenir le secours d'une sœur carmélite, qui, moyennant quelques prières, voulut bien négocier son hymen.

Lorsque la chaste religieuse eut tranché, avec un long couteau à lame de silex, l'abdomen du défunt, le foie, jusque là contenu par les chairs, jaillit du ventre avec un grand bruit de succion, puis s'épandit en une masse de couleur violacée, frémissante et fumante, sur le ventre de son propriétaire. Une odeur douceureuse et tenace, mais point désagréable, émanait de cet amas sanglant. C'était un parfum d'Armagnac ! En approchant le nez, on pouvait discerner les arômes de fruits et les senteurs champêtres du breuvage gersois, mélangés aux effluves biliaires.

Malheureusement, un nouveau et épineux problème tenait à la masse du foie, bien trop grosse pour tenir dans le vase canope !

Le Docteur Diaf, Médecin-chef du MAC, se grattait la tête, qu'il avait fort large, et plissait ses petits yeux oblongs en observant la scène :

« Si l'armagnac n'est pas trop altéré, nous allons le réduire en le faisant brûler. Ainsi, l'organe, séparé de cet *excipient naturel*, grâce à la combustion, devrait perdre de son volume et rentrer dans le vase. Major, auriez-vous un briquet ?

-Que dites-vous, Docteur ? S'indigna le Major, qui était l'attaché aux questions culinaires. Ce serait un odieux gaspillage ! Récupérons plutôt ce précieux élixir ! Longuement affiné dans un ventre fameux, il doit avoir acquis du corps et de la jambe.»

L'on se rendit à ces raisons : le foie, soumis à diverses pressions, rendit cinq litres de breuvage un peu trouble, de couleur mordorée, d'abord sucré, goûteux, fleurant bon le terroir, mais qu'altérait ensuite, dans l'ultime longueur de la bouche, une amertume qui emplissait les profondeurs de l'âme d'une saveur de deuil[1].

A cet instant, l'abbé Ponza, qui jusque là feuilletait son bréviaire se récrie avec force :

« Tout cela est cuisine de mort ! L'appétit est croyance en la vie éternelle ! Communiez et vivez !

-Il se peut bien que vous ayez raison, répond Donaïko, cet organe sans aucune tenue se conduisit comme un vrai

---

[1] Ce breuvage est parfois appelé « huile de foie de mourant » (!)

mécréant ! Dès ce moment, tout alla de travers : le foie, privé de son sérum, commença à se dénaturer. Le filet de petites veinules, qui jusqu'alors l'enveloppait, se distendit et céda par endroit. Les graisses, qu'amollissait la chaleur de la pièce, se mirent à couler, puis les chairs, mortifiées, noircirent et lentement se nécrosèrent.

L'on tenta bien de les sécher, saler, poivrer, congeler, fumer, barder, étuver, presser...

Sans le moindre succès !

Puis on les réduisit, saisit, bouillit, ébouillanta, poêla, marina, roula, farina, pana, rôtit, farcit, confit...

Rien n'y fit !

Tout fondit. »

Un silence de mort suit ces déclarations.

Donaïko sort un mouchoir dont il s'essuie le front :

« Notre mission fut un échec, et le revers cuisant ! »

Faëza, qui semble exercer sur elle-même un effort surhumain, lance les dents serrées :

« Voulez-vous dire, Commandant, que vous nous avez imposé cet interminable discours pour en arriver là ? »

-Je n'en ai pas tout à fait terminé, Madame, répond Donaïko, qui ne manque pas, en bon soldat, d'aplomb ; accordez-moi quelques instants encore :

« Après ce funeste épisode, anéantis par la défaite, nous abandonnâmes le corps à proximité de la tombe, laissant supposer qu'il avait été déterré par quelque nécrophile.

Cependant, dès le lendemain, comme j'étudiais mollement mes cours de démotique, je reçus un coup de téléphone ; c'était le Docteur Diaf, qui donnait l'impression d'être un peu éméché :

« Commandant, j'ai une nouvelle pour vous !

-Allez-y, Diaf, je vous écoute.

-Une nouvelle pas ordinaire ! Vraiment pas ordinaire ! Vous n'allez pas en croire vos oreilles...

-Ce sont les vôtres qui vont chauffer si vous continuez !

-Eh, bien, hier soir ! J'en ai rebu une goutte, de l'Armagnac, vous savez, celui de Marcellus... Pas si âcre, finalement... Suffit d'y aller doucement...

-Question d'y aller doucement, on peut vous faire confiance...

-J'y viens, j'y viens, mon Commandant ! En le buvant, une idée m'est passée par la tête...

-Pas possible !

-Et bien si ! En le buvant, je me suis dit : Diaf, il ne faut pas abandonner comme ça la partie... Alors, beurk, je m'en suis resservi un autre verre, d'Armagnac...

-Rassurez-moi, mon cher : vous n'avez pas achevé les cinq litres !

-Non, celui-là, le verre, je l'ai amené au labo, à deux heures du matin, de l'autre côté de la ville. Avec le froid qu'il fait, faut se couvrir, c'est sûr !

-Nom de Dieu, accouchez, Diaf, quoi, merde ! - Pardonnez-moi, Madame la Ministre !

-Pas la peine de s'énerver, Commandant... J'y arrive : j'ai tout analysé. Il n'y avait pas de Substance, dans le foie du défunt...

-Quoi ! Vous me dites que le défunt n'avait pas avalé de Substance !

-Pas de substance, Commandant ! Depuis un certain temps, il ne s'en servait plus ! Dans son sang, pas une particule ! Rien sur le spectromètre, le réactif gastrique est resté incolore, totalement, hips ! Incolore...

-C'est à peine croyable ! Mais alors... De quoi Marcellus est-il mort ?

-Cholestérol ! Cholestérol, Commandant ! Beurk ! Sept grammes par litre de sang, ça foudroie un hippopotame ! »

Ménageant ses effets, Donaïko fait craquer doucement ses phalanges puis s'adresse au Ministre :

« Considérez combien, Madame, cette surprenante nouvelle nous redonnait d'espoir : Marcel Dagneau mort du Cholestérol, nos errements devenaient pardonnables ! Le Cholestérol ! Ce perfide et vénéneux lipide effaçait nos échecs ! Car, entendez-moi bien, si le Chef était mort avant d'avoir absorbé le reste de Substance, ce reste de substance DEVAIT encore se trouver quelque part ! »

Il interroge, menton en l'air, par pure rhétorique :

«Alors, pourquoi n'avais-je rien trouvé en inspectant la toque, ni dans la pièce où gisait Marcellus ?

-Je ne vois qu'une solution, avance en bon élève, Patrice Mangebien : quelqu'un était entré dans les appartements !

Donaïko exulte :

-Impossible, cher Professeur ! Car nous faisions étroitement contrôler les issues ! Le seul ayant, brièvement, pénétré dans la pièce était Maître Garel, en venant y chercher la mallette ; mais j'avais surveillé le moindre de ses gestes ! »

Le Commandant, index dressé, parcourt lentement l'assistance des yeux :

«Il ne reste, mes chers amis, qu'une seule et unique réponse qui se trouve dans le rapport du médecin légiste que j'ai lu tout à l'heure ! »

Il récite, l'air pénétré, en détachant les mots :

« *Le corps se trouve en position assise, les bras ballants, et les mains touchant presque le sol. La tête, repose sur le couvercle d'une valise grise, fermée à l'aide d'un petit mécanisme.* »

Air satisfait, regard périphérique :

« Et maintenant, compte tenu de ces indications, considérons si vous le voulez bien ce petit scénario :

La nuit de son décès, le Chef, assis à son bureau, range les papiers nécessaires à sa biographie dans la mallette grise. Cependant, alors qu'il en a presque terminé – je dis bien : "presque terminé" – comme le prouve l'étrange désordre dans lequel nous sont parvenus les papiers - il sent, sous l'effet du Cholestérol ses muscles se raidir et son cœur s'emballer. Dès lors, la crainte de ne pouvoir achever sa besogne lui fait à la hâte rédiger une lettre destinée à Monsieur Ducalm, son futur biographe :

« Cher Félix, permettez que depuis le tombeau j'honore ma promesse [...] Déjà, un froid funeste s'insinue dans mes veines... etc., etc. »

Alors, mes chers amis, dans ce dernier moment, ce pathétique face à face avec une mort programmée, sur le point d'avaler la Substance qu'il tient entre ses doigts, brusquement, foudroyé par le Cholestérol, le redoutable Cholestérol, il laisse échapper le funeste Ingrédient, qui tombe au fond de la valise parmi les documents...

Fièrement, l'index dressé, Donaïko regarde l'auditoire :

« Une fraction de seconde plus tard, propulsé vers l'avant, son chef – C'est-à-dire le chef du Chef, s'il m'est permis d'user de cette homographie - s'en vient buter sur le couvercle de la mallette, qui, nanti du petit mécanisme, se referme automatiquement sur les restes précieux !

Clac !

Clac !

Donaïko accélère le rythme de ses phrases :

Aussitôt, réconfortés par notre découverte, nous courons jusqu'à l'étude du notaire avec la certitude d'y trouver le produit.

Malheureusement, conformément aux dispositions qu'avait prises Marcel, Maître Garel vient de confier le legs à son destinataire : Monsieur Félix Ducalm. »

Le Commandant te considère de bas en haut avec condescendance :

« L'opinion que je m'étais forgée sur les mœurs de notre biographe ne me laissait point supposer combien il serait malaisé de retrouver sa trace dans les rues d'Avignon !

(Tu vas me le payer, misérable !)

Ainsi, de bars typiques en officines *pittoresques*, où, sous le manteau, (du Père Noël ! Ah ! Ah !) s'effectuent d'intéressants échanges (œillade), nous parvenons à la Dive Bouteille, un bar prétendument *philosophique,* où, pitoyablement, piquette rime avec Epictète ! Picrate avec Socrate ! La vinasse avec... Lavinas ! Et j'en passe ! Ah ! Ah ! *(Continue, je suis mort de rire !)* Là, l'un de nos agents nous révèle que notre protégé, quasiment ivre mort, a failli se faire trucider par une femme à barbe d'un coup de tire-bouchon, et, mieux encore, qu'un Anglais à l'air louche vient tout juste de lui subtiliser une mallette grise !

Ah, vaurien, tu ne perds rien pour attendre!

Sans perdre une minute, le quartier est bouclé, du pieux palais papal à l'épais pont de pierre, sous les voûtes duquel, sans coup férir, nous appréhendons le cleptomane britannique, qui s'est déguisé en clochard, et récupérons le fruit de son larcin.

Le narrateur reprend haleine avant de déclarer :

Mais hélas ! Dans la mallette, pas un atome de Substance ! Non plus que sur l'Anglais, que nous fouillons méticuleusement et soumettons, comme il vous en souvient, à la question dite *ordinaire* :

« Where's the Product, Stuffton? »

(Où est l'Epice Stuffton?)

Puis *extraordinaire*:

« Where's the fucking Product, Stuffton? » Ping ! Pang ! Poung ! (...) »

(Où est cette fichue Epice, Stuffton? Parlez sans crainte, je vous prie !) ...

« Et alors ? Soupire Faëza Salami, en serrant les mâchoires.

-Rien n'y fait ! Répond le Commandant. Malgré les méthodes les plus pointues de la persuasion, l'Anglais reste d'Albâtre[1] ! » (Mine défaite)

Chez la Ministre on sent l'ire qui enfle. Elle palpe du bout des doigts la commissure de ses lèvres, lisse un instant une barbe invisible, cambre nerveusement la taille – qu'elle a de guêpe – expire avec humeur une haleine irritée, mendie du ciel un secours incertain, puis braque sur Donaïko la noire artillerie de ses yeux andalous. Vulgairement parlant, elle craque :

« Arrêtez de nous accabler de détails, Commandant ! Droit aux faits ! » Tonne-t-elle.

« J'y viens, j'y viens, Madame ! Dès la fin de l'interrogatoire, il nous est apparu avec une claire évidence que, si l'Anglais n'avait pas découvert de Substance au fond de la mallette, c'est que Monsieur Ducalm devait l'avoir soustraite peu avant le larcin !

Mais le suspect, malgré tous nos efforts, demeurait introuvable ! Parmi tous ceux que nous interrogeâmes, Annie Réglisse, sa logeuse, déclara qu'elle l'avait vu la veille dans un *drôle d'état* ; de son côté, Hélène Lessabaud, une jeune enseignante avec qui il avait entretenu une liaison sans suite, suggéra qu'il pouvait se trouver à Chateauneuf-du-Pape...

(*Retenez-moi, je vais faire un malheur !*)

Quant à Hamid, un acolyte photographe et dealer à ses heures, il était brusquement devenu amnésique :

Vois pas Ki C, ce Mek !

---

[1] Comme il sied aux habitants d'Albion.

Et nous en étions là, Madame, lorsque Maître Garel se rappela que notre biographe, conformément aux volontés de Mr Marcellus devait venir récupérer un vase, ici-même, à l'hôtel Champrenard ! »

Du doigt Donaïko montre l'urne égyptienne :

« Récupérer CE vase !»

Pauvre Félix ! Cette fois, c'est ton tour ! En un seul mouvement, toutes les têtes se sont tournées vers toi ! Tu voudrais te lever et donner quelques explications, mais une force d'inertie titanesque te ligote à ton siège. Tu te figures un autre toi, virtuel et ectoplasmique, courant vers la sortie. Mais dans tes veines du plomb liquide a remplacé le sang…

Quelque chose te dit que commencent les affaires sérieuses.

* * *

« [...] Mais avoir peur de l'infini sommeil velouté, de la nuit à jamais parfaite, tellement plus supportable et plus intelligible que l'insomnie hétéroclite de la vie ? Absurde ! »

Vladimir Nabokov – Le Guetteur

Vingt-deuxième Chapitre
(Coucou le voilà !)

Ça Chaufff ! Ca Chaufff ! Croââck ! Croââck !
(Pour une fois tu as raison, volaille ! ça sent le roussi ! ça sent diablement le roussi !)

Le Général s'adresse à toi, en détachant ses mots :
« Monsieur Ducalm, l'heure est venue de nous dire où se trouve l'Epice ! »
Tu as une trouille d'enfer, mais tu lances :
« Je l'ignore ! »
Le militaire prend un air contrarié :
« Un peu de compréhension, je vous prie, le temps nous est compté, je devrais dire : *vous est compté*. Où diable avez-vous caché cette épice ? Dois-je demander à Castor de venir vous fouiller ? »
Tu te cramponnes à tes dénégations comme un naufragé à sa planche :
« Je n'en sais rien ! Laissez-moi ! Je veux sortir d'ici !
-Monsieur Ducalm ! Les questions que l'on vous pose sont, pour notre pays, d'un intérêt considérable. Il faut absolument que vous collaboriez ! »
Péniblement, tu articules :

« Collaborer ? Jamais ! Savez-vous que mon père fut un grand Résistant ! »

Picefroy :

« Je me demande à quoi il a pu résister !

-Au Travail ! Précise Donaïko en consultant ses notes, pendant un demi-siècle ! »

Du regard, tu mitrailles le Commandant, et craches, avec toute la force de tes faibles poumons :

« Ô vous ! Ne m'adressez plus la parole ! Vil histrion, barde de hall de gare, aède d'urinoir, chantre de vespasienne... »

Picefroy (A part) :

« Sur ce point là, au moins, je lui donne raison ! »

Le Général, revenant à la charge :

« Mais enfin ! Vous l'aimez, notre Pays, Monsieur Ducalm, notre belle Patrie ? La Liberté, la FRANCE...

-Ah, parlons-en de la Liberté, Général ! » Lances-tu, en désignant les gardes du menton.

Picefroy, amusé :

« L'innocent ! Il croit encore aux droits de l'homme ! »

Pendant ce temps, Madame la Ministre fixe sur toi ses pupilles tournicoti-tournicotantes et humecte, du bout de la langue, qu'elle a joliment pendue, ses lèvres roses et (momentanément) décloses. Visiblement elle a opté à ton égard pour une démarche beaucoup plus conciliante. En un mouvement plein de grâce, elle se penche vers toi :

« Cher Félix, vos aveux nous rendraient un immense service ! Et, comme vous l'a dit le Général Pedzek, constitueraient un acte vraiment patriotique ! »

Sous son chemisier sa poitrine se tend :

« Et votre maman, j'en suis sûre, serait fière de vous ! »

Ta mère ! Fière de toi, pour une fois, la pauvre femme !

La rhétorique du Ministre trouve en ton âme repentante un écho immédiat :

Tu avoues ! Tu abdiques ! Tu obtempères :

« Eh, bien, soit ! Proclames-tu, haut et fort : j'ai avalé le reste de Substance ! »

Un aveu qui, singulièrement, ne suscite que la consternation. De part et d'autre de la table, on soupire, on hausse les épaules, on se regarde avec effarement.

Picefroy, d'un air las :

« Assez de sottises, jeune homme ! C'est tout simplement impossible ! Vous ne POUVEZ PAS avoir INGURGITE l'Epice ! »

-Et POURQUOI n'aurais-je pas INGURGITE l'Epice ?

-Parce que, didactique-t-il, en soupesant ses mots, si vous aviez, comme vous le dites si bien, INGURGITE l'Epice, vous seriez déjà MORT !

-Je *serais* déjà MORT ! Oh ciel ! Ma vie ne tient qu'à un conditionnel !

Et l'Abbé d'ajouter avec solennité :

« Rappelez-vous ces mots de l'antique sentence : Le trépas emporte le DERNIER de ceux qui utilisent le nectar d'Amon Ra : *Ô toi, ultime serviteur d'Asmahout, quand l'heure sonnera, tu rendras ce que l'on t'a confié...* ».

Est-ce le trop plein d'émotion ? Autour de toi, tout bascule et se brouille. Comme aurait dit un poète fumeux (Oh pardon, fameux !) : sur ta conscience en deuil, tombe un lourd rideau noir !

« Regardez ! Oh mon Dieu ! On dirait qu'il est mort, le pauvre ! s'écrie Faëza Salami dont le sein de pietà déjà se creuse d'une empreinte où le trépas ferait poser ta tête, ta chère tête !

-C'est donc bien vrai qu'il avait avalé la Substance, reprend Marie-Jeanne Audéoudre !

-Quel malheur ! J'avais fini par bien l'aimer ce garçon, ajoute Patrice Mangebien, le Grand Diététicien.

-Il avait l'air si doux, si calme, surenchérit Castor, reniflant d'une étrange façon.

-Observez comme son corps s'est recouvert de taches rouges, fait remarquer Pollux.

-Et bien voilà ! Bougonne le Commandant DZ. Il suffit de passer de vie à trépas pour acquérir tout un tas de vertus dont personne, absolument personne, n'aurait songé à nous parer, vivants !

-Et qu'on nous dénierait bien vite si nous ressuscitions ! Ironise Albert Darmonovitch. Il n'empêche, c'est bien triste de partir comme ça ! »

Le Commandant fixe ton ventre avec concupiscence :

« Au moins, allons-nous récupérer le foie ; sa mort, en somme, nous simplifie la vie !

-Et nous lui donnerons une belle médaille, conclut d'une drôle de voix, Faëza Salami.»

Cependant, Picefroy, de la dextre, se gratte l'occiput :

« Plus nous parlons, et plus je m'interroge : si Monsieur Ducalm est réellement mort, qui désormais, raconte notre histoire ? »

Cette question existentielle plonge le groupe dans la consternation.

« Oh, mon Dieu ! Y a-t-il encore un NARRATEUR dans le présent roman ? » Demande Gros Mollet, laissant tomber un verre :

Tgliiiing !!!!

« Regardez, regardez ! Il se réveille, il bouge ! » S'écrie Castor, mettant un terme à une ellipse insoutenable.

Pour d'obscure raisons, qu'il serait fastidieux de détailler ici, ton admission dans le cercle fermé des auteurs d'outre tombe[1] vient d'être refusée.

Tel Lazare te voilà de retour ! Tu sens une chaleur, qu'un véritable auteur se doit de nommer *bienfaisante*, renaître dans tes membres. Mais, aussitôt, lugubrement, les tôles humides du Boris Vian te ramènent à la réalité !

* * *

---

[1] On pense bien entendu à René de Châteaubriant qui lui-même s'était présenté à plusieurs reprises sans obtenir de carte de séjour...

« Ce qu'un vivant peut penser, seul un mort peut le dire. »

Nicolaï Erdman – Le Suicidé

Chapitre vingt-troisième

« Mais enfin ! Il doit bien y avoir quelque chose à faire pour redémarrer cet engin ! » S'insurge Faëza Salami, refusant de céder au fatalisme ambiant.

Le Capitaine fait grise mine, perdu dans ses méditations sur la loi d'Archimède.

« Le seul espoir, c'est que le Rhône baisse ! » Lance Albert Darmonovitch qui a, décidément, de l'humour à revendre... (Avant liquidation !)

*

A'chlôgh !... A'chlöoogh !!...

« Nous r'montons ! Crie une voix venue du poste d'équipage.

-On r'monte ? Comment k'sasfait ? Pour r'monter, faut du gaz ! Dit un marin sceptique.

-Et du gaz, y'en a pas ! Rappelle le Second.

-C'est un miracle ! Alléluia ! Clame l'Abbé, qui ne manque pas d'air.

-Du gaz ? Mais j'y pense ! Fait Picefroy en se topant la paume d'un revers (lifté ?) de phalanges :

LINGOTS DE CUCURON
Aux petits lardons !

Mais oui, bien sûr ! Insidieusement, le féculent bas vauclusien, absorbé quelques heures plus tôt, est entré en action. Dans le secret des intestins, dans le réduit des duodénums, le ballonnement touche son paroxysme ! D'autant qu'associé au cachat du Ventoux, le fayot multiplie ses effets gazogène ! Le Boris s'est enflé telle une montgolfière ! C'est l'apothéose de l'aérophagie !

Flatulomètre au maximum, Capitaine !

Lâchez du gaz ! Nom de Dieu.

Tous ensemble... Tous ensemble...

Nous remontons si vite qu'on va défoncer la couche d'ozone !

Euphorique, l'équipage entonne :

« V'la bon vent... »

Oh mon Dieu ! Que direz-vous, Lectrices et Lecteurs, en parcourant ces lignes ? Et Laenardt ? Et Hélène ? *« Je suis le ténébreux, le veuf, l'inconsolé... » C'est beau, tu ne trouves pas, Félix ?* – Oh si, tellement beau, Hélène ! Mais, dans l'instant, à des sonnets lumière du sublime Nerval, il nous faut revenir à ces ballonnements sans lesquels notre histoire coulerait à pic parmi les canoéistes et les kayakistes qui zèbrent de leurs avirons ailés la surface du fleuve, les fantômes de pêcheurs à la ligne, disparus depuis des décennies, mais qui hantent, tels des Nibelungen sudistes les rives du Rhône, ce frère jumeau du Rhin, le colvert élancé, le laborieux castor, tout ce menu peuple de l'onde qui ne s'attend pas à voir surgir, telle une fusée, le Boris Vian propulsé au gaz de flageolet.

Cependant, en dépit de l'euphorie naissante, l'idée de faire surface est une aberration puisque l'Anglais nous attend de pied ferme après notre saut de grenouille. D'autant que désormais le John Lennon prête main forte au McCartney pour nous écrabouiller.

All you need is love...
Tu parles !

« Tous à l'avant ! » Hurle le Capitaine alors qu'à peine au faîte de notre impeccable ascension, déjà nous sommes en train d'amorcer la descente.

Ainsi, lesté du bec, selon les meilleurs principes de stratégie navale, le sous-marin plonge plus sec, près du débouché de la sorgue. Encore un coup d'hélice - et hop ! Nous voici dans le petit chenal s'enfonçant sous la ville, au nez et la barbe des Rosbifs refaits !

Les *sorgues* d'*Avignon*, pour l'essentiel, couvertes au dix-neuvième siècle, forment un dédale de cours d'eau qui sillonnent la ville.

La progression du sous-marin est lente. On croise des *flottants* de diverses natures :

Cercueils paléochrétiens,

Chiens, rats et pneus crevés,

Débris de crosses épiscopales, cardinalices et de fusils d'assaut,

Poupées gonflables plus ou moins dégonflées,

Fragments de retables polychromés, de châsses d'eau, et d'autels louches,

Cadavres de spéléologues recrachés par les résurgences karstiques des plateaux de Vaucluse,

Liasses d'actions de l'emprunt russe,

Caisses à savon, caisses noires, caisses claires,

Polystyrène,

Sacs d'os variés

Sacs d'hosties avariées

Ex-votos, ex votants,

Gamelles, barils, bouteilles, fiole, fiasques, flacons, aiguières, calices, burnes (cassées) et bidons, dondons…

Sacs en plastique,
Sacs en plastique,
Sacs en plastique... Tique... Tique ...

Malgré cela, nous progressons, alourdis de parasites tel un orque couvert de poux de mer, tandis que notre étrave laboure infatigablement la fange épaisse de l'antique cité.

Quelques hectomètres de plus, et nous débouchons à l'air libre, près du clocher déchiqueté des Cordeliers, dans la sorgue des Roues. Les rayons du soleil qui passent à travers les hublots projettent des lueurs changeantes sur la tuyauterie.

De toutes parts, dans le Boris, des rires jaillissent. Et l'on chahute même, dans une ambiance bon enfant, digne d'une colonie de vacances.
Hip! Hip! Hip! Pour les sous-mariniers et la sous-marinade !
A la proue, à quelques encablures, une immense noria, qui primitivement actionnait des métiers à tisser, nous barre le passage.
« Terminus ! Tout le monde descend ! crie le Cap'tain Croqu'neau d'une voix joyeuse ; et par pitié - il se bouche le nez - ouvrez grand les hublots !
A tribord, sur le quai, on aperçoit la rue des Teinturiers, haut lieu du célébrissime Festival d'Avignon, où se succèdent les théâtres, les échoppes, les cafés fréquentés par de nombreux touristes qui arpentent les rives.
Lorsque nous sommes sur le pont, quelques passants, croyant à un spectacle, nous prennent en photo.

De son côté, Faëza Salami, le portable à l'oreille, affiche avec ostentation son mécontentement : les services

Le Secret du Chef

chargés de la sécurité se sont trompés de sorgue ! Personne n'est venu pour nous récupérer !

« Eloignons-nous le plus rapidement possible, recommande à mi voix le Commandant DZ, accélérant l'allure ; et descendons jusqu'au rempart la rue des Teinturiers. »

Sur le pavé usé de l'antique calade[1], nous sommes escortés de passants goguenards et d'un groupe de Japonais tractant de gros bagages signés Louis Vuitton.

Quant à toi, soutenu par Pollux et l'un des matelots, on te traîne, christique pénitent, couvert de taches rouges, tel un martyr jusqu'au le lieu du supplice.

Au passage, image enguirlandée d'une vie antérieure, lieu baroque autour duquel depuis un certain temps tourne ta destinée, le *Tambour Battant* se dresse devant toi. Sur l'étroite terrasse, disposant quelques verres, comme saisi par la vision d'un revenant, Tim, le patron, te fixe du regard et reconnaît en toi le client à la triste figure, l'Homme à la Tequila !

Vite ! Saisir ta chance ! Lui demander de prévenir Hamid, ou, quoique cela coûte, de contacter Hubert...

Mais, avant même de prononcer un mot, le coude de Pollux te frictionne les côtes.

Et le rude Donaïko te chuchote à l'oreille :

« Restez tranquille, Monsieur Ducalm, au bout de la rue, on viendra vous chercher pour aller au labo. »

Qu'est-ce que c'est encore que cette histoire de labo. Tu aimes ton pays mais quand même !

Devant la *Maison 4 de Chiffre*, charmant castel aux allures gothiques, un confrère Père Noël tend à d'hypothétiques mômes la toile blanche de sa barbe, telle une grosse araignée rouge. Sous le bonnet un peu fripé, tu reconnais ces grands yeux tristes : Nicolas ! *Le haricot grimpant*,

---

[1] Rue pavée de galets grossiers mais cependant de bonnes intentions.

mon camarade en écriture ! Ah ! Voyez où conduit la Littérature !

Peu après la sandwicherie PAUL, *En-cas*, nous traversons la rue Guillaume Puy, avant de retrouver celle des Teinturiers, qui, dans cette portion, devient ombragée et étroite. Sur notre droite, face au théâtre *le Loup qui Hurle*, un bâtiment d'allure austère servit de cadre à l'une des créations majeures du génie provençal : le Pastis !

« Voici les gars de la Sécurité ! Lance Donaïko, désignant un groupe d'hommes-grenouilles qui se déshabillent nonchalamment devant une grosse berline.

« Allez-y, leur crie-t-il, prenez tout votre temps ! »

L'un d'entre eux s'avance en retirant son masque :

« Désolé pour le retard, Chef ! C'est à cause du GPS, qui marche pas dans l'eau !

Le Commandant contracte les mâchoires, avale sa salive :

« Et pour aller à Pôle Emploi, retrouver du boulot, je vais vous en faire avaler un, moi, et qui marche, de GPS ! »

Le type en régurgite une gorgée d'eau sale.

« En attendant, vous allez prendre en charge Madame la Ministre, et le Monsieur aux boutons rouges, et plus vite que ça ! »

L'homme-grenouille t'empoigne brusquement et t'entraîne vers la grosse voiture.

Mais, presque immédiatement, l'étreinte se desserre tandis que tu sens sur ton cou la froideur d'une lame.

* * *

> « La question est de savoir pourquoi l'on condamne toujours plus sévèrement les incohérences de la fiction que les absurdités du monde réel, comme l'on donne plus de torts au valet qu'au maître... »
>
> *Sevy Tnofal – L'Envers et l'Endroit*

Chapitre vingt-quatrième (Dit le Bref)

Ce qui vient de se passer constitue, pour les spécialistes, un exemple original d'encerclement stratégique et de ruse guerrière : à notre grande stupéfaction, les touristes nippons qui cheminaient derrière nous ont extirpé de leurs bagages (Louis Vuitton) toutes sortes de bibelots coupants et contondants ! En moins de temps qu'il ne faut pour l'écrire, nous voici encerclés...

Décérébré d'un coup de katana[1], l'homme-grenouille qui naguère assurait ta sécurité bat spasmodiquement des cuisses en de vains mouvements natatoires tel un batracien dans un laboratoire !

Quelques manœuvres encore, taï-chiquement orchestrées, et te voici adossé au rempart, surveillé par un garde du corps !

Quant à tes anciens camarades, regroupés sur le bord de la sorgue, ils attendent, abasourdis, le bon vouloir des assaillants nippons.

---

[1] Long sabre japonais, extrêmement coupant. Sa présence tend à affirmer le style ***romanganesque*** du chapitre, ce savant mélange de romanesque et de manga.

Alors, après une démonstration de divers moulinets et sifflements de lames, un authentique samouraï, musculeux, tout couturé, les cheveux ramenés en chignon, saute d'un bond sur le parapet de la Sorgue :

« Oô ! Oô ! Clame d'une voix rauque, l'agile Japonais : Je m'appelle Agatô ! Je m'appelle AGATÔ !

Et comme la réaction que visiblement il escompte semble se faire attendre, il reprend, roulant des yeux, et soignant son articulation :

«Je ma pelle AGATÔ …
Je ma pelle A GATÔ ! M'zzzz ! M'zzzz ! »

-Ça va ! Ça va ! : Pelle à gâteau, on avait compris ! Reprend avec audace Albert Darmonovitch, qui en matière de calembredaine en connaît une tranche ; personnellement, hum, hum, je trouve ça assez moyen… Connaissez-vous celle de la geisha qui repeint le plafond ?

-Ç'assez ! Ça sushi ! Dit Agatô, sec. »

Car Agatô, la concurrence, ça l'irrite. Son calembour ça fait douze chapitres qu'il le mitonne, le mijote, l'oulipeaufine :

« Vous riez ! » Glapit-t-il, brandissant vitement son sabre.

Pourtant personne ne rigole.

Précision (qui a son importance) : ce n'est pas une constatation, mais un ordre :

« Vous riez, sinon Agatô vous couper en morçôs ! »

De fait, c'est fou ce que l'on rit, se marre, se tord, se poile, se gondole, les plus dociles en mouillent leurs dessous !

L'ultime pouvoir des dictatures ce n'est pas de se faire obéir mais de contraindre à l'enthousiasme.

« Encore, vous riez ! »

(Que vous disais-je ?)

« Et vous, pas rire jaune[1] »

Alors là, mes amis ! C'est l'esclaffade générale, la haute voltige gingivale, le grand soleil zygomatique ! L'anthologie des blagues de l'Almanach Vermot n'aurait pu déclencher un fou rire pareil !

Désignant le nippon du menton, Marie-Jeanne Audéoudre profite du tumulte pour poser la question :

« *Mais enfin, qu'est-ce qu'il veut, celui-là ?*

La réponse vient de la bouche du Japonais lui-même, telle qu'elle figure en toutes lettres dans le prochain chapitre :

* * *

---

[1] L'éventuelle présence de stéréotypes culturels ou ethniques, dans ce passage, comme dans l'ensemble du récit, ne saurait en aucun cas relever d'une volonté discriminatoire, mais de la simple méchanceté.

« Nel peggio non c'e fine. » *(Dans le pire il n'y a pas de fin.)* - *Proverbe italien.*

Chapitre vingt-cinquième
(Précédemment *prochain chapitre*)

-BANZAI ! A E ! A E ! GA-KATSUOBUSHI - DONBURI-MONO-KIRIBOSHI DAIKON ! IL RESTUNE TABLE DE LIBRE. » Rugit le Japonais en sa langue natale, rugueuse et sibylline, qu'une gamine, en costume de collégienne et coiffée de travers, traduit en notre idiome clair et intelligible :
-Monsieur Agatô indique que vous êtes de vils vermisseaux à peine sortis du cul d'une mouche... »

-UCHI MATA !
Et il pèse ses môts.

-ASHI GURUMA ! GRING ! SHASHIMI - KA -KA YOKSHIO GATAME - DONAK ZABAL BEASKOA ! - B A- B A !
-Vous croyiiez que le Grand Maître (c'est encore de Monsieur Agatô qu'il s'agit) s'était suicidé aux jeux de cuisine aquatique de Barcelone, en 1981[1], après qu'un débile et malodorant agent des services français eut, pour le discréditer, glissé dans son FUGU, préparé à la mode de CHENU, un venin de serpent qui tua deux personnes ! Eh bien, vous vous enfonciez bien profondément les doigts dans vos orifices puants (il s'agit des yeux).

---

[1] On se rappelle (ou non) que ces jeux aquatiques avaient été remportés par Marcellus dans des circonstances assez troubles.

-IPON !
Tricheurs !

-FOKU
Hypocrites !

-IPI !
Va-nu-pieds !

-DE ASHI BARAI AYEMI ASHI-SUMI OTOSHI- AGAT - YOKO - ASHI WA-ZA! SAK - WASABI…
Vos manigances méphitiques n'aboutirent à rien puisque vous ignoriez, sacs à morve dégoulinant d'humeurs immondes, que, nos propres agents suspectaient votre compatriote, Monsieur Marcel Dagnô, d'avoir ignominieusement triché au concours culinaire !

-KA -KA YOKO SHIO GATAME, VOULEZ-VOUS UN APERITIF…
… Car votre cuisinier avait usé, dans sa façon de préparer la brème à la sauce landaise d'une technique bien trop sophistiquée pour un chef de son âge, et éveillé nos vertueux soupçons. C'est pourquoi nous reniflâmes un KUFURE (coup fourré) lié à l'utilisation d'un produit illicite susceptible d'améliorer le goût des aliments, une mixture ignoble sécrétée par vos cerveaux dégénérés, débordant de sanies infectes, telle la vulve d'une truie obscène qui vient de forniquer, et déjouâmes vos projets abjects.

(Agatô se bouche le nez)

-POUAH !
C'est dégueulasse !

-DASHI-NO-MOTO! YAKIFORI -HO HO HO - VOUSE REZMIEUX PRESDE LAFE NETRE -LES WCSONFAU FONDDEL ASALLE - NON ! NOUS N'AVONS PAS DE PANDA A LA BROCHE !

Le Secret du Chef

Votre assemblée de chiens lubriques aura compris que le Maître (c'est toujours de Mr Agatô qu'il s'agit) laissa croire qu'il s'était fait harakiri à la suite de son erreur fatale en coupant le fugu, mais ce fut le corps de son maître, Roykô, roi du poulet yakitori, mort peu avant de grippe aviaire, que l'on retrouva finement découpé en morçôs … Ho ! Ho ! Ho !

-SHINKANSEN !!
Vous riez !

-YOKO… DE ASHI BARAI ! VOULEZVOUSDURIZ – ETPOUR BOIRE VOUS PREN ZDRE DU SAKE OU JEVOUS APP ORTE UNE CA RAFFE D'EAU…
Dès lors, ramassis de crétins incurables, nous surveillâmes étroitement Monsieur Marcel Dagneau, bien décidé à percer son répugnant secret. Et c'est ainsi que nous croisâmes Regis Stuffton, le fourbe Britannique, lui-même à la recherche de l'épice hépatique, tel l'odieux coprophage assoiffé d'immondices…

-ONO ! PREN DREZVOUS DESBA GUETTES POURMAN-GER VOTRE REPAS ? EFL POR L-EPOU LEFDOIS T'APPOR TER DELA SAUCSO JA …
C'est en suivant ce méprisable esclave de l'indigeste cuisine d'outre Manche que nos démarches victorieuses nous conduisirent jusqu'à votre nid de vermines puantes où misérablement se dandinait tel un paon diarrhéique le nouveau détenteur de l'Epice, l'homoncule hébété, abonné aux neurones absents, Félix Ducalm, prétendu biographe. Vous riez !

Maintenant, d'un geste de la main le Japonais réclame le silence :
-KATSUOBUSHI – KONNYAKU ! - SHICHIMI TOGARASHI – SHIRATAMAKO - YAKI-ONIGIRI !!!
La fille aux cheveux de travers parcourt l'assistance de son regard mauvais :

Maître Agatô daigne encore préciser à votre bande dépenaillée de frustrés de la casserole qu'il est : **le plus Grand Cuisinier du Monde !**

Le plus GRAND Cuisinier du Monde ?
Ah, mes amis, dans quel monde Vuitton !

*

Tronnng… Tronnng… Tronnng…
Au-dessus de nous, suspendu au milieu des nuages, un disque métallique, qui ressemble à un couvercle de poubelle, projette une ombre menaçante.

« Ça alors ! S'exclame Albert Darmonovitch, le Nutritionniste, qui n'en rate pas une : on dirait un OVNI… d'hirondelle !

-Vous, ta gueule, Dit Agatô de sa voix haute (car c'est vrai qu'elle est haute sa voix !), Monsieur le vermisseau (c'est à toi qu'il s'adresse), voici notre navette ! »

Aussitôt, de dessous le singulier engin, sustenté par des jets de vapeur fusant de petites ouïes (mais oui !), une passerelle télescopique se déploie dans notre direction…

« A vous l'honneur, donnez-vous la peine d'entrer ! » me lance, en ricanant, le Jap au nez.

Sitôt dans la navette, un malabar, le torse nu et portant de curieuses couches culottes te saisit par le col et te projette sur une espèce de matelas trop fin pour amortir ta chute.

Ouille !

Autour de toi tout est blanc, éblouissant, chirurgical, à l'exception des hublots aux vitres teintées dans lesquels se multiplie le reflet d'un Agato hilare !

A ses côté, la fille aux cheveux de travers te lance :

« Monsieur Ducalm ! La perspective d'une excursion au pays du Soleil Levant ne semble pas vous donner bonne mine ! On va vous injecter un petit remontant ! Car nous tenons beaucoup à vous garder vivant !»

Mort de crainte, mais peu disposé à obéir à la baguette, tu cherches un trait d'humour digne de figurer dans ta nécrographie, quand soudain, la face large et burinée du Japonais se fige. La peau épaisse se fendille, et les yeux, inondés d'un tsunami interne, se dilatent et se noient. Puis cette face, devenue d'une pâleur extrême, fait place à celle de Mélanie Réglisse.

Oh non, tu l'avais oubliée, celle-là !
C'est horrible !
Tu tombes de Charybde en Scylla !

« Emile ! Fais-moi un gros câlin, dit la jeune femme, serrant contre sa joue un petit aspic noir, bien vif, cornu, aux écailles luisantes, les crocs encore teints du sang du Japonais.

Et puis, t'examinant de ses grands yeux violets :

« Monsieur Ducalm ! Je savais bien que nous nous reverrions ! Quel plaisir d'être seule à nouveau en votre compagnie ! Je m'étais cachée dans la soute, avec Emile, mon petit compagnon. »

Tu ne peux réprimer un frisson en voyant le reptile tourner vers toi son bout de nez sanglant et sa langue fourchue.

« N'ayez crainte ! Dit Mélanie Réglisse. Emile est très affectueux, bien élevé, et d'un bon naturel pour un serpent de race (bisou)… Mais il peut se montrer extrêmement jaloux ! »

Est-ce un effet de cette jalousie ? Sur le sol, gisent les corps du perfide Agatô, de la traductrice aux cheveux de travers, du grand dadais en barboteuse, ainsi que ceux des membres d'équipage. Le rictus des visages surpris par le poison, les mots d'effroi coincés au fond des gorges, les lèvres exsangues, les chairs bleuies, prouvent à l'évidence que Mélanie et son allié cornu n'ont pas donné dans la demi-mesure.

-Juste un brin de ménage, lance la jeune femme, désignant les cadavres.

Du menton, je pointe l'holocauste :

-Vous êtes trop modeste, je parlerais plutôt d'une grosse lessive.

Elle hoche en souriant la tête :

-Si vous pouviez me voir quand je passe aux affaires sérieuses : un vrai baril de poudre ! Mais au fait, Félix, comment vous sentez-vous ?

-Aussi mal que possible !

-Allons ! Allons ! (regard de compassion) Du cran ! Profitez pleinement de vos derniers instants.

-Trop aimable, ma chère ! J'apprécie énormément vos encouragements ! Où vous me conduisez-vous ?

-Un peu de patience, Félix ! Je vais vous expliquer ce que j'attends de vous... Mais avant, je veux, moi aussi, vous conter mon histoire... »

Une histoire ! A ces mots ton front se couvre de sueur rien qu'en imaginant la tête de Laenardt et sa théorie sacro sainte de l'unité d'action !

Mais elle te regarde, le doigt devant la bouche, tandis qu'Emile pointe vers toi un museau attentif :

« Et surtout, Félix, ne venez pas me parler d'Editeur ! »

* * *

Il convient d'en finir avec les récits, comme avec les taureaux : *par une estocade !* (Yveo Campeo de la Fuente - *Romancero Loco*)

Chapitre vingt-sixième (et antépénultième chapitre)

Aux commandes du Nivu Nikonu (le nom de la navette), vêtue d'une tunique à la mode égyptienne, un pied sur le tableau de bord, boudeuse, Mélanie parle vite, d'une voix monocorde :

« Je crains, Félix, que vous n'ayez gardé de notre première rencontre un piètre souvenir. Sincèrement, je le déplore ; car je peux bien l'avouer aujourd'hui : je n'étais pas totalement insensible à vos charmes ... »

Crô...
(Je t'arrache la tête !)

« Mais, reprend-elle, pianotant nerveusement sur un clavier tactile, mon destin ne permettait pas de vivre une romance !

-Oh ça, je l'avais remarqué ! Réponds-tu, tandis qu'un goût d'eau trouble te revient à la bouche. »

Elle tourne vers toi ses yeux violets, cernés de khôl, aux reflets hypnotiques, semble réfléchir un instant, et te dit :

« Je dois tout d'abord vous parler de celui qui m'a donné le jour, car sans lui rien de ce qui nous arrive ne serait advenu !

Elle fixe à nouveau son regard sur le tableau de bord, laissant voir un profil de médaille antique :

« Mon père, André Réglisse, était un génial inventeur, très en avance sur son temps mais d'une humeur fantasque, qui resta incompris. »

Elle te regarde par en dessous avec un soupçon de défiance :
« Tenez, savez-vous qu'on lui doit :
L'épluche dossier électrique
Le mesureur de paroles (et autres propos)
Le dépose plainte automatique
Le lance-pierre philosophale
La bride à ambitions (livrable sur mesure et dans toutes les tailles)
Le pifomètre atmosphérique
Le repose-lauriers
Le déboucheur de coins
La fendeuse de pipes
[…] ? »

Puis, laissant cette liste en suspens, elle conclut, la voix lasse :
« Malheureusement, aucune de ces originales découvertes, ne connut le succès ! Comme dit un auteur oublié[1] : *du génie le mépris est l'éternel salaire*. Affecté par l'échec, profondément déçu par l'ingratitude du monde, mon père, se tournant vers la morale et la métaphysique, se mit en tête de réformer les mœurs de ses concitoyens, et conçut la *machine à rendre les gens bons*.

Il fut félicité et couvert de louanges, mais dut abandonner, faute de candidats !

La jeune femme, du bout des doigts, tape sur un clavier dont les lettres s'allument.

La voix est grave et rauque :

« Découragé, et rempli d'amertume, papa se détourna des sciences morales, et transforma sa *machine à gens bons* en *machine à billets*. Ce fut pour nous une période faste, mais de courte durée ! La machine à billet se transforma bientôt en

---

[1] Puisqu'on vous dit qu'il est oublié !… [NDE]

machine à s'attirer toutes sortes d'ennuis ! L'initiative fut mal perçue par les Autorités et son instigateur condamné à trente ans de prison.»

Elle fait, d'un geste rebelle, ondoyer ses cheveux et cliqueter les ibis de ses boucles :

« Il y resta six mois ! Utilisant une invention qui lui coûta beaucoup moins d'efforts que les autres : la *machine à couper les barreaux.* »

Nous traversons, à des vitesses supersoniques, de gros nuages blancs qui se déchirent en filaments ouatés.

« En cavale, poursuit la jeune femme, mon père se prit de passion pour le jeu et pour les martingales. Il excella au bridge, au whist, au chemin de fer, au baccara, au sphinx, à la momie, au jeu de pharaon... Mais la police le suivait à la trace. Sans cesse, il changeait de cachette et de déguisement. Alors, pour affronter les nécessités de la vie clandestine il confectionna, utilisant la *Force Interstitielle* qu'il avait découverte, et de vieux plans trouvés dans un cahier du génial H. G. Wells, une *machine à sillonner le temps*[1], grâce à laquelle ses poursuivants eurent toujours sur lui un moment de retard (ou un moment d'avance !).

Fabuleux souvenirs, Félix, que ceux de cette époque, lorsque, mon père me faisait visiter Troie, Rome ou Constantinople ! Et Pompéi, juste avant l'éruption du Vésuve ! J'en ai la chair de poule !

Nous fîmes, hélas, un voyage de trop !

Nous nous étions rendus dans la vallée du Nil, à Thèbes, pour le jubilée de Ramsès qui célébrait ses cinquante ans de règne : un spectacle à vous couper le souffle...

Mais au moment où nous allions quitter la ville, nous eûmes la malchance de retrouver notre *machine* en panne !

---

[1] On trouvera mention de cette invention p°24, Chap. II.

Défaillance du Panneau solaire d'alimentation de la batterie coaxiale ! Diagnostiqua mon père, la mine grave. Je ne vois pas comment nous allons réparer. »

Par bonheur, un dépanneur de chars (que les Egyptiens appellent *charagiste*) se trouvait à la sortie de Thèbes, deuxième allée de sphinx, près de l'hôtel Ibis. C'était un petit homme, noir, sec, et de mauvaise humeur :

« Râ le bol de ces problèmes d'allumage ! Peuvent pas utiliser des silex de bonne qualité ! Nom d'un petit chacal ! Avec les crues du Nil, faut trois décades pour les faire venir ! »

L'air buté et les mains sur les hanches, l'homme réfléchissait.

« J'ai bien un jeu de six esclaves, concéda-t-il en désignant du doigt un groupe de Nubiens au fond de l'atelier ; rien de tel pour pousser votre char ; mais c'est de l'excellente marchandise que je ne peux céder pour moins de soixante débens…

-Soixante débens ! Rendez-vous compte ! fit remarquer mon père, ça les met à dix débens la pièce ! Les moindres accessoires deviennent hors de prix ! Et puis, comment échanger nos euros en devises égyptiennes ? »

Cependant, pendant que nous réfléchissions, un attelage, que conduisait un homme vigoureux, altier, qui arborait sur les épaules une peau de lion, s'arrêta près de nous :

« Brosse les chevaux et donne leur du foin ! Ordonna-t-il au charagiste. Et vérifie l'essieu ! J'ai roulé sur un dos de chameau !

-Bien, Monseigneur ! Lui répondit le petit homme sec qui aussitôt se mit à bichonner la croupe d'un superbe étalon, lequel plein de reconnaissance, gratifia l'assemblée d'un gros crottin bien chaud.

-Sale temps pour le jubilé de notre Majesté ! Fit remarquer le conducteur désignant de gros nuages sombres.

-Ça, vous pouvez le dire, ô Maître ! Plus d'un mois qu'il tombe de la grêle, des mouches, des moustiques, sans parler des grenouilles... Quelles plaies ! A croire que les dieux nous ont jeté un sort !

Puis le grand homme à la peau de lion se retourna vers nous et m'observa avec une vive attention :

« Par Amon (*qu'il prononçait Paramount*) ! S'écria-t-il, je n'en crois pas mes yeux ! Est-ce vous 𓀀𓁐𓂀𓃭𓄿, fille d'Isis, servante de Selkis ? »

Et comme je restais interdite, il descendit du char et s'approcha de moi :

« 𓀀𓁐𓂀𓃭𓄿 ! Votre présence est un signe du ciel ! Béni soit le Seigneur qui vous envoie à Thèbes ! »

Alors, croisant les mains sur la poitrine à la mode égyptienne :

« Je suis Sisnêtoy Sëdonk Tomphrêr IV, neveu de Ramsès II, Prince du sang, Grand Contrôleur des Travaux Infinis.

-Je crains que vous vous mépreniez, Monsieur Thomphrêr, lui répondis-je, un peu intimidée, mon nom est Mélanie Réglisse. Nous revenions, mon père et moi, du jubilé de votre oncle Ramsès, lorsque nous fûmes les victimes de soucis mécaniques. »

(J'ai oublié de préciser que nous avions *une machine à traduire les langues*.)

L'homme fixa sur moi son regard de faucon :

« Allons, Madame, je connais votre goût du secret, qui n'a d'autre origine que votre discrétion. Mais vos yeux ! Vos beaux yeux ne me peuvent mentir. (Sisnêtoy parlait à la manière ancienne) Ne dites rien. Nous savons qui vous êtes. Accordez-nous votre aide, et je m'engage à faire démarrer votre char, dussé-je y employer toute l'armée d'Egypte ! Mais, pour l'instant, de grâce, venez en ma maison, nous y bavarderons... »

Désemparée, et n'ayant d'autre choix, je laissai mon père avec le charagiste, et suivis Sisnetoy jusqu'à son domicile : un élégant trois pièces : pylône, salle hypostyle, harem, près du temple d'Amon.

Devant la porte se trouvait un groupe d'embaumeurs qui attendaient le Maître pour des essais de bandelettes.

« Nous règlerons cela demain ! Dit le Prince, les congédiant d'un geste. Je dois m'entretenir avec Madame d'une affaire pressante.

-Comme il plaira à votre Altesse, mais gardez-vous de la moindre imprudence, En matière de momification, rien n'égale le sur-mesure ! Un mort bien vêtu en vaut deux !»

Puis nous entrâmes dans une pièce ornée de bas-reliefs. L'un deux représentait Sëdonk, bandant son arc dans une attitude martiale.

Le grand Prince me fit asseoir sur sa peau de lion - *un vieux mâle tué d'un coup de lance lors d'une expédition* – qu'il déposa sur un pliant d'ébène. Ce faisant, je pus voir, entre ses pectoraux fermement dessinés, un scarabée de cornaline pourpre suspendu à une chaîne d'or. Le Prince dégageait une impression de force, mais aussi de sagesse.

Dès que nous fûmes installés, on nous offrit du karkadé[1] millésimé dans des hanaps de corne.

Les mains posées sur les genoux, Sisnêtoy m'adressa la parole :

- 𓈖𓂝𓏤𓏤𓎛, je vais vous confier le secret le mieux gardé d'Egypte : récemment, notre Seigneur et Maître, le puissant Pharaon, s'est fait dérober un objet d'une immense valeur : un vase antique contenant une épice au pouvoir merveilleux avec laquelle il escomptait assaisonner les mets lors de son jubilé. Mais hélas, un certain Akelphrït, un Hébreu, compagnon du rebelle Moïse, a volé la précieuse substance et s'est

---

[1] Boisson préparée avec des fleurs d'ibiscus. Le karkadé de Messoussi (Nord) passe pour le meilleur d'Egypte.

enfui, par delà la Mer Rouge, et ce, malgré une division de chars lourds[1] envoyé à ses trousses.

Depuis, le Pharaon ne décolère pas. Il a arraché sa barbiche, répudié plusieurs de ses épouses, fracassé la tête de quelques serviteurs ! Beaucoup plus grave encore, solidaire de son fils bien aimé, RÊ, le Dieu tout puissant, le Feu divin, le Soleil en personne, rechigne désormais à darder ses rayons sur la terre d'Egypte !

Voilà pourquoi, Madame, afin d'amadouer le Père, nous devons découvrir le moyen de calmer le Fiston[2] !

Puis me lançant un regard entendu :

« 𓂀𓏏𓍿𓏭𓁐, il faut sauver le monde, ramener en Egypte le Vase de mon oncle !

-Hélas, Prince, lui répondis-je, je ne suis pas du tout celle que vous croyez !

-Oh que si !

-Oh que non !

-Vous l'êtes !

-Non point !

-Si fait !

-Que nenni !

-Avouerez-vous ?

-Je ne puis !

-Que si !

-Que non !

-Vos yeux !

-Mes yeux ?

-Enfin, m'entendrez-vous, Madame ? Tout concourt à penser que vous êtes celle que nous cherchons ! Ce matin-même, les entrailles encore fraîches d'un hippopotame albinos ont révélé au Grand Mage Royal, Windosophis Sept, dit

---

[1] Les Egyptiens les nommaient *panthères divisions*
[2] *Fiston* [𓅭𓏏] : abrégé de ***fils*** *d'**Aton*** (le disque solaire) – *L'Egyptien sans peine - La Méthode Assinil.*

le Sage, qu'une jeune vierge répondant au nom de ⟨hiéroglyphes⟩ (en Egyptien : la fille aux yeux violets), servante de Selkis, la déesse scorpion, nous était envoyée pour sauver le Royaume !

J'ouvris tout grands mes yeux (violets), et restai coite. D'un côté, je me sentais profondément troublée par le concours d'extravagantes coïncidences qui marquaient ma venue en Egypte, mais d'un autre, j'étais flattée de ce qui m'advenait, et, pour des raisons que je peinais à expliquer, peu disposée à décevoir le Prince.

Cependant, au fond de ma conscience, un reliquat de rationalisme tenace me prévenait contre ces sollicitations. Je fus sur le point d'expliquer à mon hôte que je venais d'un monde où la magie, les superstitions, la divination, le recours aux sciences occultes, n'étaient que de l'histoire ancienne ; que, de même, on avait aboli l'esclavage, et prohibé les inégalités ; que les Lumières, baignant généreusement nos esprits, et inspirant nos lois, avaient engendré le Positivisme, la Laïcité, l'Etat de Droit, La Démocratie, l'ONU, les ONG, la SECU, la Carte de Crédit, la Pensée Unique ! (nique ! nique !) ; qu'affranchis de l'obscurantisme, moralement régénérés et politiquement corrects, nous vivions dans le meilleur des mondes…

Mais, au dernier moment, Sisnêtoy me regarda d'une telle façon, que j'annonçai, sans même y prendre garde :

« Je ferai, Prince, tout ce qu'il vous plaira ! »

Ce même jour, nous prîmes, avec mon père, que nous étions allés rechercher au charage, une felouque pour traverser le Nil, et longeâmes, en direction du nord, sa rive occidentale, où séjournent les morts.

Le repaire du Mage se situait au pied d'une haute falaise, au nord de la vallée des Rois. De loin, un vol de vautours tournoyant dans le ciel signalait sa présence. Plus près, c'était une odeur méphitique, insupportable, pestilentielle, qui frappait les narines. Autour d'un enclos, fait de terre battue, de puantes carcasses que se disputaient les rapaces, jonchaient le sol aride, piqueté de buissons.

Nous poussâmes une porte de bois et pénétrâmes dans la cour entourée de petits édifices. Dans cet espace empuanti, plusieurs tables avaient été dressées, autour desquelles s'activaient des enfants des deux sexes.

Ecole de divination en tous genres, indiquait un écriteau sculpté.

-Maître ! Maître ! S'étonnait un jeune garçon, je ne comprends pas ce que je viens de lire dans un foie de poulet :

Auteuil - Prix Léautaud - Cabotin du Haras - Dix contre un - Dans la sixième.

-Ce n'est rien, mon Petit, juste une prédiction qui s'est trompée d'époque !»

Passant d'un écolier à l'autre, un personnage hirsute, noiraud, bancal, d'une saleté repoussante, prodiguait ses conseils :

« Un peu plus de marc de karkadé par ci... Tourne par là ta boule d'obsidienne ... Regarde mieux ce dernier hiéroglyphe...»

C'était Windosophis, le Mage.

« Que vos Seigneuries veuillent bien se donner la peine d'entrer !» Dit l'homme en nous voyant.

Puis me détaillant avec un plaisir évident :

«᛫᛫᛫᛫᛫᛫, ma chère enfant, ma perle d'améthyste, ta présence est un baume dans mon vieux cœur de Serviteur du Temps.

Il était sale, mais pas méchant. »

A cette évocation, Mélanie marque une pause, l'air pensif. A travers les vitres panoramiques teintées (d'origine) du Nivu Nikonu, se dessine la ligne dorée d'une côte sableuse, soulignée de vaguelettes blanches. La stéréo 3D incorporée, *Komplet Plenitud*, à cristaux liquides, diffuse du Chopin.

Sortant de sa méditation, la jeune femme fait jouer ses doigts fins sur le tableau de bord :

« Ce paysage ! Cette musique ! Quel dommage, Félix, que votre espérance de vie soit aussi limitée, je me sens presque heureuse en votre compagnie !

-Oh, Mélanie ! Je suis touché par tant de générosité ! Pour un peu, je vous inviterais à danser cette valse ; j'éprouve un petit faible pour les danses macabres ! »

Elle reprend son air boudeur et poursuit son récit :

« En claudiquant, le Serviteur du Temps me conduisit dans une salle où se dressait la statue de Selkis, la déesse scorpion.

Une vieille femme, voutée, couverte de haillons et luisante de crasse, qui chassait à l'aide d'un balai une ribambelle de poules ainsi qu'une petite chèvre dont les sabots sur le pavé jetèrent des étincelles telles des pierres à briquet, me salua d'un sourire édenté.

Puis le vieil homme me fit asseoir sur un trépied et entama une longue prière tandis que la femme, de ses mains calleuses, ôtait mes vêtements.

Comment fus-je initiée aux mystères de Tanit Misraïm et élevée au rang de Première Servante ? Je le tairai, car j'ai promis (juré, craché) de garder le secret. Je puis seulement dévoiler que ce jour-là mission me fut confiée de ramener, à Saqqarah, dans le mastaba du Grand Chef Islapeth, l'Ultime Possesseur de la Divine Epice, un homme jeune dont on me fit, à grands traits, le portrait. »

Interdite, je demandai au mage :

« Mais comment trouverai-je cet homme ?

-N'ayez crainte ! Me répondit avec sa coutumière bienveillance Windosophis le Mage, tôt ou tard vous le rencontrerez... Nous autres, gens d'Egypte, nous avons tout le temps...

Une ombre de sourire courut sur son visage :
-Toute l'Eternité ! »

Le moment du départ arriva. A nouveau, nous passâmes le Nil, puis l'on nous conduisit, par le dromos périphérique, à Thèbes Sud, où se trouvait notre machine.

Nous fîmes nos adieux à Sisnêtoy Sëdonk Tomphrêr et à Windosophis le Mage, qui, pour le grand malheur de nos narines, avait tenu à nous raccompagner. Juste avant le départ, ce dernier me glissa dans la main un petit être noir, long et vibrionnant qui me fit frissonner. C'était Emile, mon protecteur, encore tout bébé...

Enfin, poussé par une équipe de vigoureux gaillards assistés de plusieurs éléphants, notre engin démarra.

Le cœur serré, nous quittâmes l'Egypte, et regagnâmes sans échanger une parole la ville d'Avignon. »

PSSITTTHHH....

Actionnant les freins à disques colloïdaux *Konfianz Total*, Mélanie amorce la descente.

« Dès lors, dit-elle, la vie de tous les jours me parut insipide. Ma mission occupait constamment mes pensées. En tous lieux, en tout temps, je m'appliquais à rechercher le possesseur du Précieux Condiment. Mais les visages succédaient aux visages, et aux espoirs les désenchantements ; le temps passait, mon humeur devenait exécrable et je m'affaiblissais ! Alors, je finis par comprendre que mon désir secret était de voir le Prince ! L'interdiction de retourner à Thèbes, avant d'avoir parachevé ma tâche, excitait mon envie, avivait mes tourments. Sisnêtoy m'en paraissait plus proche ! Sa pensée m'obsédait. Je le sentais, tout près de moi, généreux et superbe ! Son visage plein de noblesse, son port royal, son long corps fuselé et musclé se dessinaient dans mon esprit avec une acuité cruelle. Je m'enflammais sous ses regards ! J'étais étendue sur la peau de lion, offerte, brûlante, éperdue...»

Tu ne peux réprimer un geste de recul, effrayé que tout à ses visions, elle ne joigne le geste à la parole.

Mais elle semble ne plus rien voir, plus rien entendre :

« ...Alors l'image de Grand Guerrier disparaissait dans l'or du crépuscule, me laissant orpheline, malade et languissante. Oh qu'il est Douloureux, quand on n'a pas vingt ans de supporter le poids trop pesant des secrets ! Autour de moi, personne à qui confier mes peines, personne pour apaiser mon âme, pour étancher mes larmes ! Ma mère était aveugle aux changements qui s'opéraient en moi. Quant à mon père, tout à ses découvertes, il persistait en solitaire à parcourir le Temps ! J'appris à son insu qu'il rencontrait Windosophis le Mage, s'adonnant avec lui à la divination et au jeu de Pô Kher[1]. Alors, je pensais, avec une infinie tristesse, que, peut-être, il revoyait le Prince !

Tu ne l'écoutes plus ! Ses déceptions et ses chagrins d'amour, qu'est-ce que ça peut te faire ? Tu te refuses à consoler quelqu'un qui veut te changer en Onguent ! Toi, tu préfères rester vivant, ou bien redevenir poussière, simple poussière, comme tout le monde ! La plus modeste des poussières ! Qu'on te balaie ! Qu'on t'aspire ! Qu'on te disperse ! Mais de grâce, pas de vase canope, de bouillon gras, de fond de casserole ! Vivant, ou poussière !

Pourtant, les esprits, contrairement aux vases, ne communiquant pas, Mélanie poursuit son soliloque :

---

[1] Jeu de cartes de l'Egypte ancienne, proche du Tha Rô.

« J'en voulais à mon père d'être devenu si distant ! Je n'osais lui poser les questions qui me brûlaient les lèvres ! J'éprouvais envers lui un incessant courroux ! »

D'un geste brusque, elle baisse la tête et rentre les épaules.

« Puis, je finis par accepter l'idée qu'une destinée singulière détourne inexorablement de ceux que nous aimons ; et je lui pardonnai.

Décision sage ! Félix, Car j'appris peu après qu'en survolant le port d'Alexandrie, sa machine heurta un phare et s'écrasa sur la bibliothèque, qu'elle réduisit en cendre !

Jamais je ne sus comment il put regagner Avignon, ni dans quelles circonstances il mit au point son ultime invention : la ***machine à casser sa pipe***, qui, cette fois, fonctionna remarquablement bien ! »

Elle actionne en reniflant quelques manettes sur le tableau de bord :

Mon père décédé, j'acceptai stoïquement mon sort, et, attendant que le devoir m'appelle, j'appris quelques langues anciennes, étudiai la littérature et devins lectrice chez un Grand Editeur...

Ah ! Que n'étais-je demeurée dans l'antre puant de Windosophis VII ! Je m'ennuyais terriblement au *Département de Poésie Contemporaine* que l'on m'avait confié : un authentique nœud de vipères ! Un vrai panier de crabes ! Un bouillon d'inculture !

Epuisée, découragée, je profitai des congés de Noël pour aller voir ma mère...

On n'entend plus dans le Nivu Nikonu que les arpèges chopiniens qui cascadent dans l'air conditionné tels des flocons de givre.

De temps à autre, de fins traits de fumée, striant le ciel à des vitesses fulgurantes, témoignent de la présence de missiles ennemis : russes de la VODKA, iraniens du CAVIAR, bulgares du GOULASH, dont se joue le vaisseau, conduit de main de maître.

« Dès que je fus en Avignon, dans ma ville natale, poursuit la jeune femme, je retrouvai le calme et la sérénité. D'une manière inattendue, l'harmonie d'une vie antérieure semblait renaître à chaque coin de rue. Le bleu profond du ciel, bien qu'il gelât à pierre fendre, la pente nonchalante des toits, le grain primitif de la pierre... tout me plongeait dans la félicité. J'oubliai mes soucis et mes obligations ! Avec délice je parcourais la ville et décidai d'aller prendre un café.

Alors je vous ai vu ! Je vous ai vu, sagement installé sur un banc du Beaubar ! Stupéfaite, je ressentis cette étrange impression mêlée de triomphe et de crainte que génèrent souvent les attentes trop longues. Je découvrais enfin l'Homme que je cherchais : l'Homme à l'Epice, dernier consommateur du Nectar d'Amon Râ ! Et l'*Homme de ma vie*, s'il m'est permis d'user d'une expression quelque peu détournée de son sens !

Nous peeermettoons ! Croackkk ! Croackkk !...
Cette fois, je te désintègre !

Mais vous aviez, Félix, un aspect tellement insolite, vos ciseaux à la main, en train de découper un livre de Rimbaud ! Et cette façon tout à fait surprenante de fixer mes pendants ! Je me suis demandé si vous n'alliez pas me couper une oreille ! »

De la main droite elle caresse sa boucle :

« A cet instant, je fus sur le point de vous adresser la parole, mais, au dernier moment, une force intérieure d'une extrême puissance me détourna de vous. Totalement déconcertée, et comme étrangère à moi-même, je décidai de rentrer chez ma mère.

Quelle surprise alors, lorsque je vous revis, installé dans ma propre maison ! *Un nouveau locataire ! Un chasseur d'adjectifs et un gentil garçon,* a précisé maman.

Que vous étiez attendrissant lorsque, devisant au milieu du salon, vous me parliez de ce vieux grippe-sou de Laenardt ! « Une *tentative dysajectivale et subjonctiphobe* ! » Ah ! Ah ! Vous aviez l'air d'y croire ! Et je me pris pour vous d'une vraie sympathie. Mais pour notre malheur, comme on dit en Egypte : ce qui est écrit est écrit, et le destin ne fait jamais de fautes d'orthographe ! Ah ! Pourquoi fallait-il que le bourreau s'émeuve en voyant sa victime ? Bien que mes protecteurs m'aient proscrit tout commerce amoureux, je luttais contre un trouble naissant ! J'aimais ce calme, Félix Ducalm, cette distinction nonchalante, cette touchante fragilité qui émane de vous ! »

Croâ......

Tu vas te taire, ou je te pulvérise !

Elle te regarde avec tendresse de ses yeux d'améthyste :

« Le soir même, animée d'une incroyable audace, j'osai pousser la porte de ma... de votre chambre ! (Battements de paupières) Pour la première fois, je fus près de connaître un instant de bonheur ! Prête à goûter enfin des plaisirs interdits ! (air mutin) Hélas ! Vous connaissez la suite ! Sèchement, ma Maîtresse, Selkis, me rappela à l'ordre. Et, sentant son venin se durcir dans mes veines, je vous abandonnai dans un état second et me forçai à oublier moi-même ce qui s'était passé.

A cette évocation d'étranges contractions te serrent l'œsophage.

« Un instant, lui dis-tu, une chose m'intrigue : comment avez-vous deviné que j'étais celui que vous cherchiez ? »

-Oh, vous savez, dit-elle, avec un rire espiègle: assez peu de jeunes auteurs arborent un perroquet vert du Nil Bleu sur l'épaule !»

Croäcckk !!! Cruiiicckk... Cruiiicckk !!!
Ah, je le savais bien, sale bête !

« Dès cet instant, continue-t-elle, je vous suivis partout dans les rues d'Avignon, sans jamais détourner ma pensée de mes obligations :

J'éprouvais au début un sentiment de culpabilité, mais bien vite je pris goût à l'action.

Je me conduisis comme un vrai détective et vous suivis partout! Par des prodiges que seul le devoir - ou peut-être l'amour - rend possible, et sur lesquels je ne m'étendrai pas, je fus témoin de chacun de vos actes :

J'étais là, lorsque tel un conspirateur, vous sortîtes de chez Maître Garel, cramponné à votre mallette !

Là encore, quand le prétendu Donatien et ses sbires du MAC, en mauvais détectives de série policière, vous recherchaient partout !

Toujours là, dans l'antre poisseux de la Dive bouteille lorsque Stuffton, à la manière du renard de la fable, vous déroba vos précieux documents !

Dois-je vous rappeler ce que je fis encore ? Je mis en fuite la troupe britannique que conduisait le redouté Stuffton !

Et pour finir, vous en fûtes témoin, j'exterminai, avec mon cher Emile, Agato et sa bande ! »

Dressant fièrement sa petite tête cornue, le reptile conclut cette tirade d'un petit sifflement.

Et maintenant, à la bonne heure, je suis seule avec vous ! Ah ! Ah ! Ah ! Et moi qui voulais de l'amo... Pardonnez-moi : qui voulais de l'action !

Brusquement la musique s'arrête tandis que sur le pare brise feuilleté, Tutêvu Kantabu, s'affiche un message en idéogrammes nippons.

« Saqqarah ! Traduit la jeune femme, avec un air peiné. Terminus, tout le monde descend...

Puis, du bout des lèvres, et posant sa main sur la mienne :

« Y a-t-il une dernière chose, Félix, que je puisse pour vous ?

-Oui, dis-je faiblement, envoyez un texto à ma mère ! »

* * *

« Mais, si loin que les géologues soient descendus dans les profondeurs de la terre, ils n'ont trouvé que strates sur strates. Car, jusqu'à son axe, le monde n'est que surfaces superposées. Au prix d'immenses efforts, nous nous frayons une voie souterraine dans la pyramide ; au prix d'horribles tâtonnements nous parvenons à la chambre centrale ; à notre grande joie, nous découvrons le sarcophage ; nous levons le couvercle et... il n'y a personne. L'âme de l'homme est un vide immense et terrifiant. »

Herman Melville – Pierre ou les ambiguïtés.

Vingt-septième (et avant dernier chapitre)

On a des Egyptiens des idées toutes faites. Prenez Ramsès II, par exemple : un homme effacé, pas très grand, qui parle en sifflant, car l'air lui échappe à travers les dents, et par la cage thoracique. Rien à voir avec les colosses qui gardent les temples !

Rien de spectaculaire, non plus, chez notre hôte, Islapeth, le Cuisinier royal : un bout de crâne, quelques vertèbres, deux tibias et beaucoup de peine à se tenir debout.

Quant au public, plutôt clairsemé, il se compose de momies plus ou moins délabrées qui servent de rempart à un tas d'ossements ; difficile de s'y retrouver dans tout ça ! A tel point que les Morts Egyptiens ont fini par s'attribuer, d'une façon plaisante, des surnoms en accord avec ce qui leur reste :

Ainsi on compte dans l'assistance :
Plat de Côte
Os à moelle
Le Père au Nez
Belle Echine
Cube Itus

Abdo Men
Bras cassé
Que d'un Œil
Main baladeuse
Sein des Seins
Bout d'Gras
Belles Affaires
Reins Tintin
Encéphale au Gramme
Tronc de l'Air
Prépuce à l'oreille
Humérus d'Honneur
Pénis d'Amarrage
Talon Agile
Bec et ongles
Cuisse légère
Coude levé
Cul ôté
Etc...

Le seul qui ait conservé fière allure, c'est Sisnêtoy Sëdonk Tomphrêr IV, élégamment emmailloté de lin, qui se trouve près de Mélanie Réglisse :

Ces deux là ! Les yeux dans les yeux, Ils semblent s'être abstraits de toute contingence pour poursuivre en silence une idylle plusieurs fois millénaires.

Quant à moi : l'invité d'honneur, si j'ose cette marque d'orgueil, on m'a placé au centre de la salle, allongé sur un autel de pierre en tout point identique à celui figurant sur le vase canope. D'où je suis, je peux, sans effort, contempler l'assistance, et, en tournant légèrement la tête, détailler les nombreux bas-reliefs qui, du sol au plafond, tapissent les murs de pharaons et de divinités.

Le Secret du Chef

Près de l'autel, à même le sol, recouvert de dalles poussiéreuses, se trouvent quatre vases canopes, et, posé sur l'un d'eux, un couteau d'obsidienne au manche ciselé que je ne puis considérer sans éprouver des contractions au ventre.

« Beughrrk !

Un silence glacial interrompt tout à coup les claquements osseux.

Ramses II, un papyrus en main, s'adresse à l'assistance... Mais sa voix ne porte pas plus loin qu'un pet de scarabée. Ah, ces problèmes respiratoires ! Les hypogées, profanés par les pilleurs de tombes, sont pleins de courants d'air.

Et ce n'est pas mieux du côté du leste Sisnêtoy : bronchite chronique, très chronique : son timbre évoque le battement des ailes d'un papillon de nuit.

« 𓊪𓏏𓇯𓂋𓏺rgh !... »[1]

Finalement, on trouve dans la foule un certain « Fort en Gueule », encore ingambe, à qui l'on demande de faire la lecture :

« ⲍ𓍯ⲍⲱ ⲋⱽⲒⲒ+ⱳ+ⱽⲒⲒ ⲋⱽ ⲍ+ⱳⲋⲍ+ⱶ ⲍⲋⱽⲒⲒ ⱽⲋⲍⱴⲍⲋ ⱽⲒⲒ ⲍⲋⱽⲒⲒⱽⲒⲒ+ⱴ: ⲋⱽⲒⲒ[2] !» Enonce bravement le jeune homme, qui n'a pas trois mille ans, et s'exprime en une forme modernisée de la langue égyptienne que ne comprennent ni les anciens, ni Mélanie Réglisse.

Ah ! Se lamente-t-on, que ne se trouve-t-il, dans notre illustre aréopage, un nouveau Champollion !

« Vous ne sauriez mieux dire ! Prononce une voix familière venant de la porte d'entrée : je n'aurai pas appris en vain, pendant près de trente ans, le hiératique pré dynastique

---

[1] Par Osiris ! On dirait des bandelettes dessinées !
[2] RK Meroic (demotic) - Police crée par : R. Kainhofer - Pichl 27 - Abtenau - AUTRICHE.

et le démotique saïte de la période intermédiaire ! Dites-moi, chers amis, en quoi puis-je vous être utile ?

-Donaïko ! M'exclamé-je en m'adressant au nouvel arrivant : mais comment, diable, avez-vous fait pour venir jusqu'ici ?

-Opération spéciale ! » Souffle le Basque, un peu ébouriffé.

Puis il ajoute, les dents serrées :

« Avec un peu de chance, je vais pouvoir ramener votre Foie jusqu'en France !

Ah, mes ami(e)s, quelle consolation !

Cependant, jouant des os, les Egyptiens observent avec une certaine suspicion ce personnage en complet bleu, venu d'un autre monde, et se balancent, au creux des côtes, des coups aigus de coudes...

Clac ! Clac !

Mais l'on sait le talent de l'ancien majordome dans le domaine des relations humaines.

A un squelette du premier rang :

« Et ça vous fait combien ?

-Quatre mille deux cent six ans, trois mois et douze jours ; car je suis né une année bissextile !

-Toutes mes félicitations ! Comment va la famille ?

-Par Anubis, je n'ai pas à me plaindre ! Répond le vieillard sans se faire prier : rien que du côté de ma première épouse, j'ai quatorze momies, trente-cinq petites momies, quatre-vingt-douze arrière petites momies, cent soixante quinze... »

-Allons, allons ! Trêve de généalogie, Jêth[1] ! Coupe un demi-cadavre malpropre enroulé dans des linges puants que je suppose être Windosophis le Mage, veuillez, Monsieur, nous lire ces prières ! »

---

[1] Cette momie répondant au nom de Jêth Rotule !

Alors, sans une hésitation, avec ce cabotinage consubstantiel qui lui est propre, Donaïko Zabalbeascoa Nafarrasagasti Uberetagoyena Caldumbidequoa Echabebarrena fait résonner la salle des litanies sacrée :

« Ô Pharaons, Ô Pharaonnes, Ministres, prêtres et prêtresses, Scribes et Scribouillardes, nobles squelettes... (Les Egyptiens ont la fâcheuse habitude des listes !)

Après plusieurs millénaires d'errance et de transmutations, le foie sacré du divin Islapeth est de retour sur la terre sacrée!

Ô Momies, Ô résidents du Royaume des Morts, Ô pensionnaires de l'immortel EHPAD[1], à vous la manne et le nectar! A vous le festin des dieux! A vous les joies et les délices du REPAS ÉTERNEL !

Gloire à Selkis, servante d'Amon Râ !

(Claquements d'os! Roulements d'omoplates ! Frottement de tibias... Donaïko fait un véritable triomphe!)

« Quant à toi, Étranger, pilleur de tombe, dépeceur de cadavres, détrousseur d'organes, prépare-toi à subir l'ultime châtiment ! »

(Qu'est-ce que c'est que cette traduction ? Il y va fort, le dénommé DZ ! Je t'aurai, misérable ! Rira bien qui rira le dernier !)

L'horrible individu observe un long silence, puis se penche vers toi :

« *Ô toi, serviteur d'Asmahout, l'heure est venue de nous rendre ce que l'on t'a confié...* »

Tremblant de tous mes membres, me reviennent en tête ces fatales paroles, prononcées par Youssouf ben Youssouf, le philologue genevois s'adressant à Marcel !

« *Les osselets sont jetés* », conclus-je, parcouru de frissons !

---

[1] En anglais : Eternal Hosting Place After Death

Alors, tenant le couteau d'Obsidienne, Mélanie Réglisse s'est rapprochée de moi.
Croack ! Croack !
(Adieu Lectrice ! Adieu Lecteur ! Adieu mon fidèle oisillon, envole-toi bien vite vers d'autres horizons !)

Douleur atroce ! Qui fait passer une piqûre de scorpion pour de l'acupuncture !
Et puis, presque aussitôt, le calme. L'esprit qui vagabonde, le regard qui se brouille...
Des voix autour de moi, chaudes ; comme un chœur de gospel :
« Il est gros,
Bien gras et bien doduuuu,
Bien saignant,
Bien bardéééé,
Et bien épais aussiiii...

Les bas reliefs des murs se mettent à tourner ; très lentement, puis de plus en plus vite. Les effigies des pharaons et des divinités prennent vie et s'animent en se superposant. En une scène toujours se répétant, je vois la déesse Selkis tendre un vase canope au pharaon Ramsès !

Tout tourne, tourne sans cesse dans ce carrousel à la mode égyptienne... et le visage de Ramsès, qui va rajeunissant, me rappelle quelqu'un ! Oui, cette face étroite, longue, acérée, c'est... Hamid ! L'homme au profil unique ! L'homme au profil de hiéroglyphe !
Tiens, me dis-je, et son portable ? Il doit être de l'autre côté !
Et je ris, je ris ! Amusé de mon propre rire, surpris de mon étonnement. Est-ce donc cela le moment fatidique,

l'instant ultime, la dernière heure ? Je l'aurais cru peuplé d'êtres plus chers et de pensées plus graves...
    Tout se dissout
    Et je passe
    De rire à trépas
    Ou peut-être bien le contraire !

* * *

« Et ce fut tout comme disent les bons auteurs pour bien montrer que c'est bien fini. »
Georges Perec - Quel petit vélo à guidon chromé au fond de la cour ?

Vingt-huitième et dernier chapitre (en forme d'épilogue)

Le 13 avril 20**, à trois heures et demie du matin, Félix Ducalm acheva son roman. Il déposa avec un bâillement sonore la dernière page sur une pile de feuillets humides et encore fumants. Puis fermant les yeux, il savoura l'instant, soulagé, aérien, l'esprit libre. Certes, l'accouchement avait été mouvementé et parfois douloureux, mais le bébé avait fort bonne mine avec ses pages bien remplies, sa ponctuation régulière, son petit ventre blanc (qu'on cacherait bientôt sous une couverture), son dos épais, ses pieds[1] charnus, ses en-têtes bien faites, ses appendices élégants, et son index habilement dressé... Oui, il était dodu, bien né, et pesait ses deux livres !

Le bienheureux papa leva les yeux, et, à son grand étonnement, aperçut Annie Réglisse, sa propriétaire, en compagnie d'Hamid, le tirailleur photographique qui l'observait de sa prunelle unique, en forme de rivet.

« Nous nous sommes permis d'entrer, dit la propriétaire, avec un peu de gêne, la porte était ouverte... Votre ami demandait à vous voir... Et j'en ai profité pour laisser le courrier.»

Puis, à petits pas feutrés, Annie Réglisse quitta la chambre, le laissant seul avec son visiteur.

---

[1] Pieds de pages s'entend.

-Salut Mek, dit Hamid, le portable à l'oreille, On ta pa DranG telment TaV l'R absorB !»

Puis il ajoute, sourcil dressé presque à la verticale :

« Je T cherché partou, j'saV pas ouk'TT ! »

Félix Ducalm observa, incrédule, le profil égyptien de son jeune acolyte, et comprit d'où lui étaient venues ses dernière visions. Celles qui lui avaient permis de terminer le livre !

« J'voulais aussi rékupéré l'habit du Père Noël et les morceaux de shit... »

Trop fatigué pour se lever, Félix montra le sol, au pied du lit, où le grand manteau rouge prenait l'aspect d'une tache de sang :

« Tout est là, dit-il, passe le bonjour à Roxane, et aussi à Momo... »

Il hésita quelques secondes avant de lâcher un **merci** !

Hamid parti, il s'étira, plissa les yeux, s'ébouriffa, rangea les feuilles et les glissa dans son cartable, entre Verlaine et ses ciseaux.

En haut de la pièce, le soupirail qui servait de fenêtre, laissait, par intermittence, pénétrer les rayons de soleil.

Il était sur le point de quitter la chambre lorsque son portable sonna.

Le numéro lui était familier ! Son cœur se mit à battre :

Elle appelait... parce qu'elle était... un peu inquiète depuis son dernier coup de fil, depuis sa cuit... enfin... quand Hubert l'avait raccompagné... Tu vois ce que je veux dire ? - Il voyait très bien ce qu'elle voulait dire ! - Alors, elle avait pensé que ça n'allait bien - Des policiers, des types un peu bizarres, l'avaient interrogée...voulaient savoir où il était... Ah ! Tant mieux, puisque tu me dis que ça va ! ... Et tu viens, à l'instant, de terminer ton livre ? Drôle de coïncidence ! *Le Secret du Chef*, hum, pas mal ! Ça va marcher j'espère ! - Ses vacances s'étaient très bien passées. Beau temps, mer magnifique, ma-gni-fique ! Lecture, repos, plage... Royal ! - Hubert ? Oui, venu. Des clandestins... à la frontière ! - Tu le connais, Hubert ! - Tu parles s'il le connaissait ! - La petite aussi s'était bien amusée - Elle s'était fait une bande d'ami(e)s - Ils avaient pêché un crabe : Nestor ! (rire) - Lui aussi se crut obligé de rire - Elle a même demandé après toi ! Mais si, c'est possible ! (Reniflement ?) - NOON, elle n'avait PAS rencontré de *copain(s)* ! D'autres choses à faire ! Surtout avec Béatrice ! Et, au moins pas de *complications* ! (Grognement ?) - Tran-quille ! Se voir ? Oh non ! Non ! Quand même ! Ou alors... comme ça... en *amis*! (ton ferme) - Au cinéma U-Top ? Ce film : *le jour où les oiseaux ont cessé de chanter...* (*Mute*, en Anglais), avec Steven Murray... »

Il rangea lentement le portable, serra le poing, expira longuement, laissant décroître les battements saccadés de son cœur. Cinq minutes plus tôt, il était sur le point de se faire éventrer sur l'autel d'une tombe égyptienne ! Et là... Ah ! Ah ! La vie de romancier !

Il mit du temps à recouvrer ses sens et pensa au bouquin. Oui, ça allait marcher ! Il ne restait qu'à rencontrer Laenardt...

Il prit son cartable, et passa au salon.

On y trouve des sans-logis ! disait, à la télé, la plantureuse Isabelle Oléoléar.

Machinalement, il chercha la réponse, tandis que ses yeux observaient un portrait sur le vieux guéridon.

« Ma fille, Mélanie, dit Madame Réglisse, je ne sais pas si vous vous rappelez...

Félix Ducalm bredouilla quelque chose, puis fila, sans se retourner, vers la porte...

« *La Bohème* ! Un pays sans domiciles fixes ! Ah ! Ah ! Monsieur Théodore Soulpond gagne un voyage en caravane! Clap ! Clap !»

Dehors, il fut surpris par la tiédeur du temps. Le soleil semblait avoir vaincu sa timidité hivernale, traitant en éboueur pressé les neiges persistantes.

Plus il marchait, plus la belle assurance qui l'avait habité en pensant au succès de son livre, se muait en sourde appréhension.

Il imaginait l'expression contrariée de Laenardt saisissant la pile de feuillets, puis en tirant, avec une exactitude cruelle, la plus mauvaise page. Alors, dénouant sa cravate et tirant sur ses manches, il lirait, grimaçant, un demi paragraphe, regarderait l'auteur par-dessus ses lunettes, un pli amer au coin des lèvres, et lui désignerait de son gros doigt velu : adjectifs superflus, subjonctifs disgracieux, pléonasmes, lourdeurs, solécismes, clichés, barbarismes, verbiages, coq à l'âne, chinoiseries, incohérences, sans parler des fautes d'orthographe, tapies au coin des phrases...

A cette évocation, il ralentit son pas, pivota sur lui-même, s'engagea dans la rue de la Carreterie, et entra au *Beaubar*.

Dans ce lieu, se dit-il, en s'asseyant sur la banquette de moleskine exténuée, tout avait commencé. Sur sa gauche la place où se trouvait la fille aux yeux violets, était inoccupée. Il se remémorait les ibis de ses boucles d'oreilles qui lui avaient donné les premières idées de son nouveau roman...

Par habitude, il fut sur le point de sortir du cartable Verlaine et les ciseaux, mais il se ravisa, animé par un sursaut d'orgueil.

Il commanda un café et ouvrit le journal.

La météo : dégel et remontée de la température.

Page 2 : Remaniement ministériel : Monsieur Harpin Dépisse obtient le portefeuille de la Gastronomie.

Page 4 : *Un Français, originaire du Pays Basque, dévoré par les crocodiles dans la vallée du Nil.*

Le Secret du Chef

Ah ! Ah ! Ah Quelle terrible fin !

Ce ne fut pas l'habituel serveur en habit noir qui déposa sa tasse sur la table, mais un jeune garçon de haute taille, affable, portant un long tablier blanc.

Ce n'était pas non plus l'habituel café, amer et trop serré, mais un breuvage au parfum doux, qu'il savoura à petites gorgées.

« Un vrai régal ! Dit-il au jeune serveur lorsqu'il vint encaisser, vous faites un café délicieux ! »

A ces mots le visage du jeune homme rosit, puis il se balança, passant d'un pied sur l'autre « J'ai un petit secret ! » déclara-t-il d'une voix frêle qui n'avait pas mué…

Puis, quand il se retourna pour servir un autre client, Félix Ducalm remarqua qu'il avait une oreille coupée et qu'une longue cicatrice courait sur sa joue gauche !

Alors, du fond de la salle, une voix criarde lança :

« Marcellîîino ! Deux caféééés, pour la troiiîîis !

* * *